中国专业作家小说典藏文库

中国专业作家小说典藏文库
肖克凡卷

失眠

肖克凡 ◎著

中国文史出版社

目　　录

第 一 辑

第 二 辑

第 三 辑

第 一 辑

工厂折子戏

张大娘儿们

罗厂长走进办公楼的时候，听到有人喊他。他做出毫无反应的样子，径直走进黑洞洞的楼道。厂长当得久了，人也就成了精，暗中积累了许多宝贵经验。譬如说走在厂里听到有人呼唤罗厂长，他是绝不应声的，大摇大摆继续朝前走去。见他麻木不仁的样子，人们都以为他听力有限，也就不追究了。当然，也有跑上来拦驾的，横着身子挡住去路，一个劲儿向他诉说着。这时候的罗厂长往往贡献出一双耳朵——听。久而久之，罗厂长的耳朵起了一层茧子。这种"耳聋战术"虽然恶化了他的公众形象，但毕竟为他省去了许多麻烦。总而言之他心中最为明白，自己是患了厂长综合征。

罗厂长走进黑洞洞的办公楼，就是工人们通常所说的厂部。大中华日用化工厂的厂部设在这幢昏暗潮湿的危楼里，阐述着领导班子的廉政建设的业绩。身材粗壮的罗厂长虽然走进暗无天日的楼道，但并没有甩掉身后的那个尾巴——张义声声叫着罗厂长，小步一串儿跟了上来。

说起这个张义，在大中华日用化工厂原本是一个名不见经传的人物。他一双小眼睛，其貌不扬，走起路来八字脚，形象猥琐。由于他的名字与传统京剧里的人物雷同，尤其是上了几岁年纪的女工见到他，总是要张口唱起《钓金龟》里的段子："叫张义，我的儿啊，听娘教训，待为娘对娇儿细说分明……"

就这样，张义成了全厂女工的儿子。

《钓金龟》里的张义是一个丑角儿。大中华日用化工厂的张义也就成了反面形象。广大群众总是拿他开心。时间长了，张义成了一个自卑心理很重的工人。

而立之年的张义追在罗厂长身后说："这一大早儿您跑到哪儿去啦？我们从八点就在您办公室门前等着，现在已经九点半了……"

听着张义的叨叨，罗厂长抬头朝着前面望去。果然，厂长办公室门前聚着一大群人——全厂十几位著名病号手里拿着一沓子医药费单据，等待着他的到来。

罗厂长笑了。当年杨白劳出门躲债，躲到腊月三十那天的傍晚，也就告一段落，匆匆赶回家去跟喜儿过年。如今当厂长，躲债的日子永远不会告一段落，无论什么时候都有人站在门口向你讨债。新债旧债三角债，钩打连环，撕扯不清。怀着这种心情，罗厂长怏怏走到办公室门前。

那十几位全厂著名的病号不声不响看着他。

"罗厂长，我们又来跟你磨牙了，真是不好意思。不过我们也没有办法呀！谁让我们的身体不争气呢，治病就得吃药……"

"如今跑一趟医院最少也要花上一百多块钱吧？厂里什么时候能给我们报销一部分医药费呢？哪怕只给报销百分之三十，也能缓解一下我们家里的经济压力啊……"

"我们也需要扶贫！"

这十几位老病号你一言我一语，站在罗厂长办公室门前诉起了苦。

罗厂长毫无表情地掏出钥匙，打开办公室门。于是这十几位老病号随着罗厂长走进办公室。

一车间著名病号秦金符张口就说："其实咱厂的一车间挺好的，可是偏偏来了一个日本商人要买咱们的地皮！买就买吧，一下子又流了产，真是麻子不叫麻子，坑人！"

老病号们愤怒起来了。四车间的张义大声说道："我早就说日本鬼子最不是东西！从甲午海战开始他们就没停止欺负咱们。"

罗厂长觉得张义这家伙说出话来与众不同，就劝慰大家。最近，厂领导班子针对一车间的困境，几次召开专门会议研究出路问题，可望拿出一个切实可行的办法。之后，罗厂长苦苦一笑对大家说："其实我平时有个头疼脑热的，也是舍不得看病吃药，就这么硬扛着。"

二车间著名病号宋玉安说："头疼脑热扛一扛就过去了，我这肺气肿能扛吗？一口气上不来就要蹬腿咽气！罗厂长你真是站着说话不腰疼啊。"

罗厂长说："是啊，我什么时候要是患上肺气肿，咱们就算是扯平啦。"

张义苦苦哀求说："罗厂长你跟财务科说一声儿，每人先给他们报上二百块钱。虽然解不了穷，也解一解急。你看行不行啊？"

"一人二百，十人就是两千，一百人就是两万啊。咱厂要是富余那么多钱，二车间不早就能够买来原料开工生产了吗？咱厂没钱呀！最能赚钱的一车间又唱上了'空城计'。大家容我一段时间。再有三五个月，我估计形势就能好转！"

说起大中华日用化工厂的形势，其实去年还是很好的。今年一下子就不行了。一车间的地皮先是被一位日本商人看中，说是要开发，建立一家夜总会。于是一车间的人心就散了。正当谋划搬迁的时候，日本商人突然改变投资方向，闪了一车间的腰。之后又赶上市场动荡，一车间一下就没了元气。二车间的日子基本能够维持，可就是没有资金购买原料，成了等米下锅的傻媳妇。风雨飘摇的四车间原本是全厂最差劲的地方，主导产品"万年油"积压在库失去市场，只得停产。车间主任李富起，外号"老母鸡"。然而"老母鸡"毕竟有"老母鸡"的办法，历尽千难万苦，鸡啄碎米一般觅到一条生路：来料加工，为一家外商独资公司生产柔柔牌女式高级内衣内裤。这一招儿可谓独辟蹊径，四车间一下子看到了光明的前程。张义，正是四车间的工人。

"老母鸡"果然不同凡响，立即组织人马动手改造旧有厂房，四车间的工人们大干快上，只用十天时间就将四车间变成一座亮堂堂的缝纫厂。然而走上岗位的，却只能是清一色女工。四车间的男工们呆呆看

5

着，成了一群无可奈何的待业者。

张义也在其中。

张义找到车间主任"老母鸡"，强烈要求上岗。

"老母鸡"问道："你一个大老爷儿们跟着起什么哄啊？坐在缝纫机前边你能跟那些老娘儿们一样，往那高级乳罩上轧花？"

张义承认自己对高级乳罩那东西很不熟悉——妻子平时只穿中式背心。但他仍然强烈要求上岗试工。"老母鸡"无奈，只得让他上岗一试。消息传出，立即成了全厂的笑谈。张义却不为所动，第二天早晨上班，就坐在缝纫机前，干了起来。"老母鸡"很是惊讶："张义从前你做过缝纫啊？"

张义摇了摇头告诉"老母鸡"，自己只是在家里练习了一天一夜。

"老母鸡"暗暗统计，张义的缝纫速度，比一般女工稍慢。看着张义那灵巧的手指，"老母鸡"同意他上岗试工，以观后效。第四天的时候，张义一跃成为这道工序的轧花冠军。全车间的缝纫女工无不悻悻然，没人能够追上他的进度。很快张义就得到一个绰号"张大娘儿们"。

张义说适者生存。人必须随着环境变。既然四车间能够变成缝纫车间，那么张义也就应当变成"张大娘儿们"。但人们都说张义这种不男不女的做法，不是给改革增光而是给改革抹黑。

张义乐此不疲，乐乐呵呵上岗，成了一个缝纫男工。这头五条腿的牛，月月奖金都是轧花工序第一。

大中华日用化工厂落入困境以来，工人们眼珠儿都胖了。只有缝纫男工张义成了唯一受益者。有人怀疑，坐在缝纫机前的张义已经不是男人了。于是每当张义走进厕所的时候，身后总是跟着几个好奇的小青年儿，想当场给他验明真身。

工人们愤怒地说："咱们刚刚开始企业改革，张义就变成了娘儿们。真他妈的没劲。"

一时间，张义仿佛成了一个莫大的错误。

如今，张义又随着这一群全厂著名的病号，跑到厂长办公室里诉苦来了。

这时候罗厂长不再说话，定定坐在椅子上抽烟。这十几位著名病号也都蔫头蔫脑的，仿佛中了鸡瘟。于是就这样沉默着。

桌子上的电话铃终于响了。

抄起听筒，罗厂长嗯嗯着。

"对不起诸位病号，我要去参加一个紧急会议，马上就到点了。你们所反映的情况，厂里一旦有能力，立即解决。希望你们理解厂里的难处。大家散散吧。"

秦金符说："罗厂长你是不是存心躲着我们？"

"我躲得过初一，躲得过十五吗？"他拍了拍秦师傅的肩膀，众人也就随着站起来，往办公室外边走。

站在楼道里秦金符又说："我们这一代人论年岁吧，不老不小的，活得真没意思！"

罗厂长听了这话，默然。

人们都走了。四车间的张义又转了回来，脸色显得很不好看："罗厂长我有几句话要对你说……"

这时候罗厂长恍然大悟："我也让你们给闹糊涂了。张义你怎么也成了老病号啦？没病没灾的你跟着起什么哄呀！"

张义苦笑着说："从前我是没病没灾的。可是天有不测风云啊！"

罗厂长看了看手表："咱一边走一边说，我要赶到局里参加紧急会议。"

张义却不言不语，静静跟着罗厂长朝前走去。

张义的一举成名，也令罗厂长感到新奇。一个男人居然能够在心灵手巧的女工堆儿里抢到一只饭碗，得到"轧花冠军"的称号，真是特大新闻。于是他就对跟在身后的张义说："你有什么事情就说吧。"

张义环顾左右然后压低声音说道："罗厂长我告诉你一件事情！你没看出我有什么反常的地方吗？我得了一种怪病！胡子越来越少啦……"

"胡子越来越少啦？"罗厂长停住脚步，盯视着张义的脸颊。张义此言不虚，无论是他的上唇还是他的腮下，当初"亩产上纲要"的沃土竟然变成稀稀拉拉的盐碱滩。照这样下去，有朝一日张义的面孔肯定要成为不毛之地的。

"张义，这到底是怎么搞的？你要抓紧去医院检查啊。"

"查了，从验血到 CT，查了好多项目，医院纯粹是为了赚钱。大夫也说不出子丑寅卯，就让我先注射一个疗程的雄性激素。医药费我吃不消啦，所以急着找你报销。"

罗厂长眉头紧锁。是啊，人们刚给张义起了一个"张大娘儿们"的外号，这家伙就不长胡子了。俗话说这就叫众口成灾。这真是不可思议。

"张义，我问一句不应该问的话，你现在的夫妻生活怎么样呀？"

"原来还能维持每周一歌的水平，现在退步了，变成每月发薪了。再退一步，恐怕就要变成每年上缴公粮了。"

不知为什么，罗厂长心底涌起一股悲哀的浪潮。一个男人居然不长胡子了。目前虽然病因尚未查明，但罗厂长断定，这十有八九属于社会转型时期的心理紊乱症。心理的紊乱造成角色认知的迷失，误导生理特征，便成为一个走在男女边缘的男不男女不女的"二刈子"。

"张义，厂里眼下经济非常困难，肯定不会给你报销医药费。"说着罗厂长伸手从上衣里摸出一只纯皮的钱夹，翻出里面的所有钞票，"真不好意思，这二百块钱你拿去吧，算是我对你的声援。病，一定要抓紧治。千万可别变成了女的。你要是变成女的，你老婆怎么办吧。她跟你可就成了姊妹关系啦，那真乱了。所以我说你必须牢固树立战胜疾病的信心。"

张义将罗厂长递来的二百块钱接在手里："我自从当了缝纫男工，每月工资四百八，还能挺住……"

"挺什么呀！你都快变成女的啦。"罗厂长拍了拍张义的肩膀，转身就走了。张义追上来说："罗厂长，我的病你一定替我保密！"

罗厂长走到汽车库，钻进那辆破旧的上海轿车，赶往局里参加紧急会议。

局里非常关心大中华日用化工厂的处境，紧急会议的主要内容就是讨论如何促使企业尽早走出困境。会上，制定了嫁接外资的方案。会后，立即与美国的一家公司开展谈判——全厂轰轰烈烈闹开了合资。一忙，罗厂长将张义这个人忘到脖子后边去了。

一天，他坐在办公室里起草合资意向书，门吱地一响，张义走了进来。

看到张义，罗厂长恍如隔世，双眉紧锁似乎绞尽脑汁也很难忆起前世的事情。

张义从怀里掏出一只黑皮钱夹，捻出两张百元钞票说："罗厂长……"

罗厂长定定注视着这二百元钱，记忆一下就恢复了："哦！张义你的病到底怎么样啦？"

张义小声说："没有什么明显恶化。"说罢，就将二百元钱放在罗厂长的办公桌上。

罗厂长急了："我什么时候说过要你还这二百元钱？张义你到底是怎么想的呀！这钱，你拿回去。"

张义沿着自己的思路说："我呢下一步还想继续吃药。我相信胡子很快就会重新长出来的，因为我不可能没有胡子。我听说咱厂要跟美国人合资？"

罗厂长告诉张义，这次与美国人合资，只包括二车间以及一车间的一部分。至于已经改成缝纫厂的四车间，与合资毫不搭界。

张义颇为失望地说："那我就继续往乳罩上轧花吧。"

罗厂长看了看手表，差十分两点。厂长办公会的时间就要到了。张义却在桌子对面坐了下来。

"罗厂长，我想请你吃一顿饭……"

罗厂长想了想："嗨！张义你什么时候学会了这一套啊！等你的病治好了，我请你吃一顿饭！"

张义笑了笑："罗厂长我觉得你这个人挺好的。我想跟你交一个朋友……"

听了这话，罗厂长心头泛起一阵警惕：张义这家伙是不是性变态啦？我一定要多加小心。这样想着，罗厂长就换了一个话题，问张义是不是又遇到了什么新的困难。

张义低着头说，没遇到什么新困难，跟妻子的关系也在调整之中。

罗厂长心里说，张义啊你的当务之急是想办法长出一茬胡子来。

张义嘿嘿笑着，又说："罗厂长其实我是来告诉你一个好消息的。你知道《男友》杂志吗？发行三百八十万册啊。它命题征文，叫'男人心事'。每篇不能超过三千字，必须真情实感。我呢就把自己如何成为全厂唯一缝纫男工的事情写了出来，其中还提到我的外号'张大娘儿们'。当然，文章里我没说自己不长胡子的事情。寄去一个月就有了消息，说我得了一个二等奖。昨天刚刚收到《男友》寄来的八百元奖金。罗厂长，敢情写文章也能小康呀。编辑部把评委的评语的复印件给我寄来啦。评委说，这篇文章以切肤之痛描写了当前国有企业男性职工的处境，表现了身与心的冲突，个人生命与外部世界在社会转型期的碰撞……"

他打断张义的话说："明天你把《男友》带来，我想看一看你写的文章。"

张义十分感激地笑了。他来找罗厂长，正是为了满足自己的荣誉感。一个胡子渐渐绝迹的男人，除此之外还能有什么引以自豪的事情呢？于是他使劲与罗厂长握了握手，噙着眼泪扭头走了。

罗厂长看到那二百元钱摆在办公桌上，看来这个张义从不随便接受别人的援助。罗厂长叹了一口气，将这两张百元钞票放进抽屉，起身到会议室去开厂长办公会了。会上，罗厂长接到市政府办公厅的一个电话，说是李吉钢市长明天上午来厂视察。

全厂立即行动起来，连夜大搞爱国卫生运动。

第二天上午八点半钟，李市长的车队驶进工厂大门。工厂领导班子迎上前来，请市长到会议室里听取汇报。李市长说不听汇报，径直走进四车间的大门。

这属于冷射，打了一个措手不及。

10

大队人马拥进四车间。车间主任李富起连忙迎了上来。这位外号"老母鸡"的车间主任不亢不卑说了一句欢迎视察，就闪到一旁。罗厂长挤了上来，向李市长介绍说："四车间适应市场变化，给外商来料加工制造柔柔牌高级女士内衣内裤，这里百分之九十五是女工。目前职工的收入，居全厂中上游水平……"

四车间的厂房光线明亮。一百台缝纫机，横看成行，纵看成排，机器轰鸣汇成一曲大合唱。罗厂长告诉李市长，这里实行两班制生产，这样一百台缝纫机就变成二百台了。

李吉钢市长顺着车间通道朝前走去。两边都是缝纫机，中央的通道显得很窄。两侧看到的都是缝纫女工的背影。她们埋头工作着，没有工夫回头，更没有工夫遐想。从一个个缝纫女工的背影上，似乎已经很难看出她的脾气秉性、性格情绪。她们只是一个个背影而已。罗厂长为自己的这个发现暗暗感到震惊。是啊，如果男人看到的只是女工劳碌的背影，那么女工幽深的心灵必将成为盲点。

紧张有序的生产场景似乎感染了李市长，他指着一个女工背影对罗厂长说："你看她缝纫的速度！熟练得就跟杂技演员一样……"

说着李市长就越过一台台缝纫机，朝"杂技演员"走去。

随行的记者们立即准备拍照。

这真是一位"杂技演员"——缝纫起来她身体的任何部位都在散发着巨大的潜能。左手一甩，那只高级胸罩唰地进入针下，顺势一牵，眨眼之间机器轧花完毕；右手一甩，这件成品就落入身旁的塑料筐里。全套动作一气呵成，堪称一流技艺。李市长兴奋地说："应当归纳成一套工作法，推广！"

这个"缝纫女工"猛然回头，瓮声瓮气说了一声谢谢市长。李市长毫无思想准备，被这个女工堆儿里突然冒出的粗声大嗓吓了一大跳。市长的警卫员本能做出反应，将身体横在市长与缝纫机之间，虎视眈眈注视着"缝纫女工"。

李市长必须与人民群众在一起。他伸手拨开警卫员。罗厂长这时说道："李市长，这是一位缝纫男工啊。"

望着留着两撇小胡子的张义，李市长极其惊讶："什么，动作这么利落怎么是一个缝纫男工啊！"

张义抬起头来大声说道："我本来就是一个男的！"

罗厂长也对张义唇上突然出现的两撇小胡子感到意外。张义一定是吃了什么好药。

"怎么这里还有缝纫男工啊？"李市长问道。

"老母鸡"说："多年以来，我们都是提倡男女同工同酬的呀！张义强烈要求上岗，我们不能剥夺他劳动的权利啊。"

李市长看了看张义："好！时代不同了，男女都一样。改革嘛，能将懒惰的变成勤快的，也就应当打破男女界限。譬如说如今劳务市场已经出现了男保姆，这也是新生事物嘛。"

文字记者忙着记下市长的言论。摄影记者忙着拍下这个感人的场面。

市长一行前往二车间视察去了。

张义捋了捋两撇小胡子，笑了笑。之后，他低下头去，继续往那一只只高级乳罩上轧花。

下班之后，张义破例到厂里的浴室洗澡。走进更衣室，就听到隔壁女浴室里传出一段女声京剧大合唱：

"叫张义啊，我的儿，听娘教训，待为娘对娇儿细说分明……"

张义站在女浴室门口大声喊道："都给我闭上你们的臭嘴！"

之后，张义拎着毛巾走进男浴室。

改革开放讲究卫生，工厂浴室已经取消了池堂，全都换成喷头式的淋浴。站在喷头下，任热水喷淋在头上，张义突然大声喝道："我是一个男的！"

人们以为张义发了神经，就都离他远远的，希望事态进一步恶化，然后看乐儿。

张义站在高处的一只喷头下面，涂满洗发液开始洗头。很快，他头上就蓬起一团白色泡沫，覆盖了他的面目。一个外号猴七儿的小伙子趁机跑上前去看了看，然后跑回来悄声对大家说："没错，这家伙是个男的!"

人们低声议论起来。

"很快张义就要变成一个女的啦!"

"这年头什么事情都可能发生。变性手术你们知道吗?男的能变成女的,女的也能变成男的。"

一阵水响,张义站在喷头下面,哗哗冲去头上的泡沫。他擦干面孔四处看了看。人们立即闭嘴不语。

这时候,顺着浴室的明渠,从张义方向漂来一宗物件。

猴七儿猫腰捡起来,仔细看了看,突然哈哈大笑:"假的!张大娘儿们的胡子敢情是粘上去的……"

人们抢着去看猴七儿手里的假胡须,为真相终于大白而感到无比快乐。

张义悄无声儿擦干身子,穿上衣裳走了。

走在厂道上,迎面遇到罗厂长。罗厂长正要问张义胡子的事情,张义当头就说:"我呢凭劳动吃饭,到什么时候也不算错误。罗厂长,厂里什么时候能给我们报销医药费?"

不等罗厂长回答,张义大步走了过去。进了四车间,车间主任"老母鸡"喊住张义:"李市长视察咱们车间的时候,跟你合拍的那张照片明天报纸就登出来啦。咦,张义什么时候把那两撇小胡子给刮啦?"

张义说:"李主任我跟你说,无论我有没有胡子,只要全市举办职工技术比武,轧花这道工序我保证拿第一。你不信我的话就把那八个女工都裁了,她们的活儿我一个人全包啦!如今也不选劳模了,我这个人就是生不逢时。"

"老母鸡"呆呆望着张义,不知道说什么才好。

好大一棵树

金光荣是神州化工厂的厂长,今年六十岁了。五十八岁那年他从厂长的位置上退了下来,在家歇着。半年之后,神州化工厂陷入混乱,岌

13

岌可危，全厂职工五百三十七人联名给化学工业总公司的领导写信，强烈要求退休在家的老厂长金光荣同志重新出山，收拾残局。记得那也是一个大雪纷飞的日子，他回到厂里重掌帅印。坐在办公室里他自言自语说："我已经是一个老人了，神州化工厂还是离不开我。这说明什么问题呢？说明后继乏人啊。"他力挽狂澜，厂子渐渐度过最危险的时刻。

实话实说，金光荣的长相很像《智取威虎山》里的座山雕。于是职工们不叫他金厂长而叫他"金老爷子"。这位金老爷子对企业实行的是传统管理，坐在厂长办公室，一嗓子喊到班组。这属于非常落后的管理方式。由于金老爷子自身十分廉洁，尽管管理落后，但职工们还是拥护他。

二度出山之后，老革命遇到新问题。尽管金老爷子自身非常廉洁，但个人的廉洁却无法解决市场经济的问题。缺乏拳头产品的神州化工厂前景不容乐观，于是金老爷子心中暗暗起急。

回到家里，金光荣就是一个暴君，动不动就摔桌子砸板凳，吹胡子瞪眼。老伴不敢怠他，儿女们也都退避三舍。于是形成这样一个恶性循环的局面：一人当厂长，全家遭殃。

金老爷子心中暗暗后悔，早知如此，何苦二次出山呢？如果真的要是败下阵来，岂不坏了我一世英名。

第二天一大早儿，金老爷子头一个进厂，倒背着双手四处转悠，心里还是没辙。

看起来开发新产品是振兴企业的一条有效途径。可是开发新产品必须拥有资金，如今到哪里去谋求资金呢？全国上下处处银根吃紧。

走到工厂后院，他站在一棵大树下。这是一棵老桃树。想起荒废久矣的气功，金老爷子心中不禁黯然神伤。

怎样才能使企业早日走出困境呢？

走进办公室，他给自己沏上一杯茶。如今的香片味道大减，使人怀疑这茶水是草帽儿沏的。

桌上的电话叫唤起来。

他抄起电话。传达室的瘸刘说，门口有人要见金厂长。

金光荣问是谁。瘸刘手里似乎拿着来者的名片，电话里一板一眼念道："大、东、亚、冷、冻、公、司……"

"让他进来。"

于是，瘦小枯干的金老爷子坐在办公室里喝着热茶，等待那位来自冷冻公司的不速之客。

叩门之后，不速之客走进门来。金光荣抬头细看，是一位西服革履的中年男子。不等他说话，中年男子就十分响亮地叫了一声金厂长。

这时候，金光荣也觉得对方颇有几分面熟，就问："你从前认识我啊？"中年男子递上名片：大东亚冷冻公司董事长姚栓柱。

这个名字很是生疏。

姚栓柱笑了笑说："十五年前您在太平街住平房的时候，门口有一个卖冰棍儿的小伙子……"

金光荣又看了看名片："你从卖冰棍儿发展到冷冻公司，真是不简单啊！"

姚栓柱说："感谢党中央的富民政策。"

见这个私营企业主说出如此话语，金光荣就给他沏了一杯草帽儿味道的热茶。姚栓柱快人快语，喝了一口茶水就将此行的来意和盘托出。

听罢来意，金光荣感到非常惊讶。

"是谁让你来买我们厂里的大桃树啊？"

姚栓柱说是田大师。

田大师？金光荣终于想起本市新近崛起的一位意念大师田德万。田德万出道不久就受到广大群众的爱戴，亲切地称他为"我们的田大师"。田大师的电话号码人人都能背诵："26366868。"

姚栓柱从皮包里掏出一沓子人民币，说是两万元订金，一旦成交，立即将八万元补齐。说着，这位冷冻公司的老板给金光荣深深鞠了一躬："为了我的身家性命，请求金厂长伸手救我一把……"

姚栓柱眼里含着泪光向金光荣告辞，转身走了。

金光荣望着桌上的两万元人民币，不知如何是好。当了这么多年厂长，遇事从来都有主张。今天，可算是首次没了主意。

"这可不是一件小事儿……"这样想着，他抄起电话拨通党总支书记李石的办公室。

党总支书记李石立即跑步来到金光荣办公室。

金光荣厂长指着桌上的两万元钱，告诉李石刚才来了一个人，要买工厂后院里从东边数起的第二棵大桃树。

李石很惊讶："一棵树竟值两万块啊！"

金光荣告诉李石这两万元只是订金，姚栓柱出十万元买一棵桃树。

李石更惊讶了："他有病吧？"

"不。是他老婆有病。你知道市歌舞团的那个女中音孙玉雯吗？那就是姚栓柱新娶的太太。自从住进那幢价值五百万的别墅，她就开始闹病。姚栓柱爱妻如命，就找到田德万大师求救。田大师测了测方位，说必须移植一棵树龄三十九岁的老桃树，然后选一个黄道吉日栽到别墅的院子里，定能避邪消灾。姚栓柱按照田大师指点的方位，一下子就找到了咱厂后院里的那棵桃树。你算一算吧，那桃树是公私合营那年栽的。如今正好三十九年。"

李石听罢，笑了。俗话说"人挪活，树挪死"，姚栓柱投资十万，到时候买到家里的恐怕也是一棵死树。

金光荣告诉李石，姚栓柱已经出重金聘请绿化研究所的移栽专家蔡玉田工程师，保活。目前摆在金光荣面前的问题是卖树的十万元现金究竟如何处置。

这是一个原则性问题。李石立即闭口不语。

金光荣催促这位党总支书记表态。

李石说："是不是先搞一个调查研究？我总觉得是在听一个神话故事……"

"好吧，那我就派你到现场去搞一个调查研究。一定要做到知己知彼。"金厂长就这样给李书记下达了任务。

李石不敢怠慢，立即动身，终于找到人称"冷冻大王"的姚栓柱别墅，开始了他的调查研究。

他到附近一个烟摊买了一盒万宝路，指了指那幢白色小楼问烟贩：

16

"听说这一幢别墅要卖啊？"

烟贩摇了摇头："'冷冻大王'姚栓柱的新宅，他刚刚住了三个月，能舍得卖呀？除非你杀了他。说真的，你是不是被人雇用的职业杀手，前来踩道的？"

李石知道烟贩一定是侦探小说看得太多，见了谁都觉得是杀手。点燃一支香烟，李石又问："听说姚栓柱的家宅犯了什么忌讳？"

烟贩告诉他，姚栓柱娶了一个歌唱演员名叫孙玉雯。进了门就闹病，三个月也不见消停。姚栓柱在门口贴过一张告示，说谁要是能够消除他太太的疾病，必有重金酬谢。俗话说重赏之下必有勇夫，可是也没见有人前来揭榜。

听着烟贩的念叨，李石认为调查研究有了重大进展，就打道回府向金光荣汇报情况去了。

听罢情况汇报，金光荣问李石，卖树是不是违法。李石说国家已经颁布了绿化法，树木属于国有。但是全中国树木成林，国家恐怕也弄不清楚到底有多少棵树。金光荣伸手一拍桌子说，凡是对企业复苏有利的事情，不用犹豫。

李石也认为，只要那十万块钱不装进私人腰包，就不为错误。

五一节到了。国家的法定节日是休息一天，金老爷子居然开恩放假三天，职工们都很高兴。

五四这一天是青年节，职工们进厂上班。有人看到工厂后院出现一个大坑，细看，才发现少一棵大树。这工厂后院原本栽了四棵桃树，每棵都有一丈多高，从东向西，被人们称为"王朝""马汉""张龙""赵虎"。如今"马汉"突然失踪。

好大的一个坑。人们从来也没有见过这种怪事，就站在大坑周围，议论纷纷。这大坑直径将近十米。公私合营那年栽下的桃树，根须已然深远，何等伟力有如神助，竟然能将大树移去。人们普遍认为，这项工程没有两辆起重吊车恐怕是难以完成的。

工会主席魏如海走上来说："我看呀，一定是夜里来了龙卷风，呼的一声将大树连根拔走，直冲霄汉。"

"直冲霄汉？那大树总该有一个着落吧？"

魏如海颇为认真地说："别着急呀！过几天你等着看报纸吧。兴许在山东啊辽宁啊河南啊，别管什么地方吧，嘭的一声从天上掉下来一棵大树。弄不好新闻联播也要报道的。"

人们将信将疑，呆呆看着工会主席魏如海。

魏如海一本正经说："我们探索大自然的奥秘，永无止境。"

这时候，工厂的喇叭响了。金光荣通过麦克风对全厂职工讲话。"大家都知道咱厂少了一棵大树。少了也就少了。大自然的伟力嘛，这有什么大惊小怪的？从今以后谁要是再谈论这件事情，我立即除名！希望大家都记住我说的话。另外，我宣布一个消息，今天中午，食堂的三鲜打卤面，每人一份，免费供应。"

免费供应三鲜打卤面的消息，一下子就打动了全厂职工的心。

由于是五四青年节，厂团总支立即组织青年积极分子开展义务劳动，将那个大坑给填平了。

那棵三十九岁的大桃树就这样神秘地失踪了。不知道是谁打电话向绿化管理委员会举报了这件怪事。于是，绿委会就派了两位官员，进厂调查此事。金厂长陪同这两位官员在厂里走了一圈儿。晚上，工会主席魏如海出面在美利坚大酒店摆了一桌，喝了五粮液与人头马，席间大谈关于龙卷风的奇闻趣事。至于那株大树失踪的事情，也就不了了之。

工厂后院里，只剩下"王朝""张龙""赵虎"。这三株老树早就不结果了，站在一起怀念着失踪的"马汉"。

第三天，工厂贴出一张告示，内容是说面对竞争激烈的市场经济，神州化工厂缺少拳头产品。兹日起设立"新产品开发专项资金"共十万元号召全厂职工积极投身开发新产品的活动，立功者有奖。

见厂里有了专项资金，立即有人行动起来，着手新产品的开发。

神州化工厂人气重聚，渐渐出现生机。

金光荣嘿嘿笑了。

工会主席魏如海召开工会积极分子动员会，成立了三个新产品开发小组，利用业余时间开展活动。魏如海亲自率领一个小组，走上街头，调查研究。

魏如海的小组亲眼看见一个老太太倒在路旁。当他们跑上前去的时候，老太太已经不能讲话了。她终于死在送往医院的路上。

魏如海说："老人上街，成了一件非常危险的事情。"

于是魏如海小组连夜画出一张草图：电子安全报警手杖。

二楼小会议室里，魏如海向金光荣厂长介绍着这种划时代新产品的主要功能。

电子安全报警手杖的手柄上装有一个记忆显示屏，老年人独自上街遇到突发事情需要紧急救助的时候，揿动按钮即可发出鸣号；同时，装在手柄上的显示屏也将本人姓名、子女联系电话等等重要内容显示出来，从而使这种手杖具有很高的实用价值。打开市场之后企业一定能够赢得良好的经济效益。它的特点是投资少见效快。

金光荣厂长听罢，拍着桌子说了一声好，立即宣布成立"电子安全报警手杖项目开发小组"。

一个月之后，电子安全报警手杖几经曲折终于投产，进入市场之后，呈平销趋势。金光荣表示满意，拍着魏如海的肩膀说："平销就是胜利。下一步咱们争取旺销！"

国庆节的时候，电子安全报警手杖给神州化工厂带来了明显的经济效益。厂里发给职工每人两瓶孔府宴酒，说是欢度国庆。工人们心里热烘烘的，都知道这是电子安全报警手杖给大家带来的好处。

金光荣为魏如海领导的新产品开发小组颁奖。奖金究竟给了多少？保密。据说不少。

秋高气爽的一天，金光荣悄悄出厂，伸手拦了一辆出租车，驶向姚栓柱的别墅。那里从前是一片荒地，如今成了高等住宅区。

下了出租车，他向一个卖香烟的打听"冷冻大王"的住宅。烟贩用审视的目光注视着他，半晌才说出一句话。

"最近一段时间，总有职业杀手前来打听姚栓柱的动静。你是我所接待的第七个啦。"金光荣笑了笑："我只想打听一下，姚栓柱院子里栽的那棵大桃树是不是活啦？"

烟贩指着姚栓柱别墅的围墙说："活啦！你看，那大桃树的枝子都伸到墙头外边来啦！"

看来这一切都是真实的。金光荣放心了，他又叫了一辆出租车，赶回厂里。坐在办公室里，金老爷子喝了一杯热茶，不是草帽儿是龙井。关于开发新产品的宏伟蓝图，渐渐在他心中展开。他知道企业必须朝前走去，不进则退。于是他抄起电话，拨通了一个电话号码：26366868。

电话响了八声，终于有人接了。金光荣说："喂，请问是田大师府上吗？"

对方是个浑厚的男声，说是。

金光荣说："我是神州化工厂，我有一件事情……"

浑厚的男声拦住他的话头："神州化工厂？我知道你迟早会打来电话的。好啦不要在电话里说了，你来我这里面谈吧。"

"您是谁？"金光荣已经猜出对方的身份，却还是问了一句。

"我姓田。我知道你姓金。你是厂长。"

放下电话，金老爷子心中不免一阵折服。看起来这位田大师果然名不虚传，通过电话线就能识别身份。真可谓天外高人啊。

金光荣乘坐厂里的红色夏利朝着华苑住宅小区驶去。田大师的住处，在这座城市里可以说无人不晓。司机在一幢楼前打听田大师的地址，立即就有人愿意车前引路。看来田大师是一位深得人心的高士。

田大师约我面谈，究竟要谈什么事情呢？金光荣想着，夏利已然停在一幢楼前。

田宅在四〇三室。

叩门的时候，金光荣不知何故，猛然感到心头一阵紧张。多少年来见过多少人物，金老爷子从来不懂得什么叫作紧张。今天却尝到了心跳的滋味。

开门的居然是一个小女孩儿，很甜，只有五六岁的样子。金光荣慈祥地摸了摸女孩儿的脑顶。女孩儿跑过大厅，到屋里报信去了。

顺着小女孩儿的路线，金光荣叫了一声田大师，就朝里面走去。

从东面的屋里驶出一辆轮椅。金光荣看到，轮椅里坐着一个戴墨镜的男子，头发疏松，给人以营养不良的印象。

"金厂长你好。"轮椅上的男子朝他挥了挥手，指着一张椅子请他落座。

他问："您是田大师？"

田大师说："你就叫我田德万吧。"

这时候金光荣看出，田大师似乎与自己的年龄相仿，六十岁上下的样子。

"田大师您叫我到府上来，有什么指教吗？"他小心翼翼问道。

田大师摇了摇头："你打来电话找我，一定是有事情要跟我说吧？"

金光荣想了想，轻声问田大师是不是认识一个名叫姚栓柱的人。

田大师突然笑了，然后伸手摘下墨镜。这时金光荣看到一双亮晶晶的眼睛。

"今天你既然来了，有什么事情就张口说吧。"田大师说。

金光荣鼓了鼓勇气，开口说道："我想拜托您一声，神州化工厂后院里还有三棵大树呢……"

田大师突然仰天发出一阵朗声大笑。

金光荣怔怔看着坐在轮椅里的田大师。

"我知道神州化工厂面临困境，就暗暗帮着你卖了一棵大树。没想到金厂长你吃惯了甜头，想让我继续帮你卖树。姚栓柱的十万块钱厂里这么快就花光啦？"

金光荣心中一惊："莫非田大师当初为姚栓柱指点迷津，就是为了掏那个大款的腰包来赞助面临困境的神州化工厂啊？"这样想着，金光荣脱口问道："田大师，既然如此，那么您这个意念大师究竟是真是假呢？"

"信则真，不信则假。移栽那株三十九岁的大桃树之后，姚栓柱的太太百病皆愈，家宅太平，内外祥和。你说这是真的还是假的？"

金光荣越发迷惑不解："您让姚栓柱去买神州化工厂的大树，而且还为他标定了价格，十万。您这样做究竟是为了救姚栓柱呢还是为了救神州化工厂呢？"田大师坐在轮椅上，似乎陷入沉思。这时候太阳越过窗子，照耀在田大师的脸上。金光荣看到，这是一张干枯的瘦脸。

"金厂长，我对你实话实说吧。二十年前我在神州化工厂当锅炉工，砸断了腰，从此我就躺在家里。我原来的名字叫田春山。就这样天长日久，厂长换了一任又一任，神州化工厂里知道田春山的人越来越少。我似乎已经不在人间。虽然断了工资，可是我毕竟是神州化工厂的人啊。前一阵子我听说厂里遇到困境，就想暗中帮助厂里一把。终于等到了这个机会。我想我只能做这一次。于是我就让那棵大树给厂里换来十万块钱。我气功得道，但天意不可违。我已经说得太多了。金厂长你恕我直言，厂里的那三棵大树恐怕永远也卖不出去啦。你要想振兴企业，必须扎扎实实走正路啊。"

金光荣听罢，朝着田大师苦苦一笑。

出了田宅，金光荣赶回神州化工厂。他急急忙忙从劳资资料调来卷宗，查找田春山这个人。

终于在一份泛黄的档案里找到这个人。上面竟然写着：田春山，已故。

金老爷子喝了一口茶水，心乱如麻。

看车姑娘

大学毕业，我被分到机械厂。第一天上班，起了个大早儿，蹬上老"飞鸽"自行车，兴冲冲地奔向工厂。

"挂牌儿。"我在存车处门口停住车子，唤道。

"来——啦。"空旷的大车棚，光线挺暗，一个角落传出来回音。

没到上班高峰时间，已经有几百辆自行车停放在车棚西头。一个人影从那里慢慢站起，像从地底下长出来似的。紧接着，小步颠颠跑了过来。

是一个姑娘！皮肤生得雪白，反显得那件淡黄色衬衣愈发黄了。整撮子黑发扎在脑后，一翘一翘。她挓挲着两只沾满泥污的手。

我这才发现，这是个暗绿色的世界。大大的车棚顶，全是用绿色塑料瓦楞板铺成的。清晨的阳光照着棚顶，地上洒着绿色的光。

"早啊。"她非常熟练地甩手将竹牌挂到我的车把上，随手递来另一支竹牌。

我支起车梯。她那水汪汪的大眼睛望着我。

五年前，我接到大学录取通知书时，落榜者们也曾用这种目光望着我。我如今成了一名技术干部，将要坐在绘图桌前描画出生活的灿烂远景。落榜的人们呢？可能也去看管自行车了，像她一样，待业。

"新来的吧?"

"嗯。"我顺鼻音蹦出个单字。

"分哪儿啦?"

"设计科。"天知道我为什么挺起胸脯。

23

"干部，哪个组？"她目光中流露出羡慕的神色。

"一会儿才能知道。"我边走边答。

"那辆自行车是你本人的吗？"

她竟然如此发问，我不悦地说："我从来没有偷窃行为！"

"我，我不是那个意思。我是想知道，你每天都骑它来上班吗？"

"公休天不来。"

"哈哈……"她突然笑了。

我在心中给她定性：待业青年常见病——寂寞无聊，故意攀谈几句，以填补心里的空白。

她好像还要扯东问西，我蹽起步子走开了。哼！

第二天上班存车，又是我扯起嗓子将她从车棚深处唤出。她十分兴奋地跑了出来。

"旧车，放在那头儿。"

"分在哪个组啦？"她认出了我，继续聊昨天的话题。

"设计一组。"我匆匆离开车棚。

"电话，是443吗？"

并非我为人淡漠，对这种喜说好讲的姑娘，少搭讪为佳。现在的年轻人啊……

初入工厂，竟然事事遂心。一天，科长举着个纸条找到我，说："小肖同志，上边发了个自行车购买证，全科的年轻人，就你一人骑旧车，换换新吧！"

墨绿色02型飞鸽车！我美得似驾了云。

当我骑着新"飞鸽"来到车棚时，她笑了，我第一次看到她的酒窝。

"就知道你那辆旧车骑不长久。"

我却在想：她每月最多三十几元薪金。当班丢车，还要按价赔偿。听说雇工合同上明文写着。

"你也有一辆漂亮的车子吧？"我顺口应付着，按了按亮闪闪的转铃。

"这不，全是我的。"她挥手一指车棚，在空中画了个大圆圈。

"啧啧，真漂亮，两年之中，你不会再换车吧?"

我没搭腔。她问这话干什么呢?

一个月过去了。我们之间说话越来越少了。有时我只用余光扫扫这位待业青年。

一天，她突然在车棚门口叫住了我："新车不去打钢号，过期要缴滞纳金的。"

我说了声："谢谢!"

打上钢号的新"飞鸽"，成了我的心爱之物。它轻、快、美。单说这前后轮胎吧，从推出自行车商店到现在——一个多月光景竟然没用充气! 用手去捏，总是硬邦邦的。

一个燥热的午后，我正趴在桌子上冲着一张图纸"相面"，电话铃响了。

"肖川同志吗? 你的车子出了毛病，抓空来一趟。"

是她?!

一定是看车人失职，哗啦啦倒了一大片，把我的车子砸在最下边! 链合瘪、大腿弯、车把歪、漆皮落……

自行车的海洋。我忙向新"飞鸽"奔去。

咦? 我的车子呢?

"人哪?"我起了急。

"哎——"绿光之中，她又在车丛深处露头了，汗淋淋的面孔。远处，一台风泵正在启动着。

我性急地迎上前去。

"头一次打这种交道，用电话叫你来……"她手中举个风枪。

我只想知道车子"伤"在何处。

"可能是后胎扎啦。"她指向小木屋——我的车子停在那里，像一匹单槽喂养的"马"。

是啊，上班时抄近，我骑了一段石碴路。

"送修车站吧，免费。下班之前保准得活，不耽误回家。"她轻声

25

说着。

她怎么会在车海里发现我的车子撒气呢?

她扯下一页小纸条,垫在一个大本子上写着:A类,家远,急修!末了又在纸条上盖上一个图章。我看到一个十分雅致的名字:王白妮。

我向小木屋里瞅去,墙上挂着一块大黑板:今日记事。下边是一行行粉笔大字:

0174692,赵学义,机修车间三工段。前胎撒气,第二次巡检发现。电话通知。

0061817,许冬莲,金工车间天车组。母子车连接轴裂纹,第一次检……

0219162,李大明……

啊,这一个个连自行车主人都不见得能够记清的钢印号码,十分醒目地写在黑板上。

我偷眼去瞅她手中的大本子:钢号,姓名,单位,电话号码,密密麻麻写满几十页……

"快去修吧,在车棚南头有个小屋……"

我终于明白了,她为什么不顾一个姑娘的矜持,每天都在主动地向成百上千辆自行车的主人们搭话,包括我这个妄自尊大的小伙子,大学毕业生,技术干部。

"找那个戴近视镜的——小黄。"她催着我。

"小黄"使她涨红了脸,红扑扑的脸像一只熟透的苹果。

她又钻入车丛,手里举着个小铁棍,依次去敲打一辆辆车子的前轮后胎。遇到半瘪的,就伸过风枪,输入气风——这奔驰的动力……

我蓦地想起:一个多月以来,我的新"飞鸽"的轮胎为什么那样坚实、饱满。

我顿觉自己非常浅薄;而她,还有那个每天都要牺牲午休时间为人修车的小黄,却永远是充实的。

破案之前

临近下班的时候，温小苹在楼道里遇到聂总经理。身高马大的聂总经理平时凡人不理，架子很大。今天他却一反常态，笑容可掬。温小苹受宠若惊，回到自己的办公室，就趁机照了照镜子。

镜子里的温小苹三十九岁。中国人的说法是"女人四十豆腐渣"。西方人的说法则令人振奋，"女人四十一朵花"。在豆腐渣与一朵花之间，温小苹难以给自己定位。她掏出唇膏给镜子里那个女人补了补口红。这时候，到了下班的时间。

温小苹背起皮包走出办公室。楼道很长，很像通往前沿的战壕。她的高跟鞋嗒嗒敲击着地板，那声音悠远而动听。温小苹平生最喜欢两种音乐：一是贝多芬，二是自己穿着高跟鞋走在路上发出的脆响。她的丈夫对女人的价值命运颇有一番深刻见解。他说女人走在王宫里就是脚穿金鞋的贵妇，女人走在青纱帐里就是脚穿草鞋的农妇。是啊，穿上金鞋的女人就是一朵花，穿上草鞋的女人就是豆腐渣。想到这里，温小苹觉得生活非常有趣。

她从聂总经理办公室门前走过，看到室门大开，她迟疑地朝里边看了看，就听到聂总经理的声音："进来吧！"

温小苹是国营金光集团资料室的资料员。聂总经理不读书不看报不借资料，于是她也就没有机会走进这间对她来说颇为神秘的总经理办公室。

五十六岁的聂总经理正在批阅文件。他抬起头来定定看着温小苹，说："你是资料室的小温吧？"

温小苹立即答道:"对,我叫温小苹。"

聂总经理点了点头,说这个名字很好,然后就低头批阅文件。温小苹无所适从,就呆呆站着。

聂总经理批罢文件,突然大声说:"咱们企业面临的形势非常严峻!"

其实国营金光集团就是从前的第一金属制品厂,而聂总经理就是过去的聂厂长。无论是金光集团还是金属制品厂,它的拳头产品金光牌铜线还是颇有市场的。温小苹认为聂总经理属于目光远大的企业家,晴天出门总是带上雨伞。

这时候聂总经理收起文件,站起身来问她,每天上下班是不是骑自行车。温小苹说乘地铁。聂总经理穿上风衣,问她家住在什么地方。她说复康花园。聂总经理哈哈大笑,说是必经之路。温小苹搭乘聂总经理的黑色奥迪驶出金光集团的大门,上了环城南路。

车上,聂总经理告诉她,资料室的工作其实非常重要,并且鼓励她关键时刻要为企业做出贡献。她认真听着,频频做出有如醍醐灌顶的表情。

黑色奥迪驶到复康花园的路口,司机小刘问她在什么地方停车。她指着远处一株杨树说停在那里。

聂总经理与她握了握手,说好好干吧。温小苹蓦然生出几分恋恋不舍的情绪。

回到家里,丈夫还没有下班。坐在客厅的沙发上,她突然感到事情的蹊跷。聂总经理平时架子很大,平时在楼道里遇到属下,总是睬也不睬。今天一下子就变得平易近人,实在令人感到意外。

下厨炒菜,她弄煳了锅。给丈夫盛米饭的时候,她又烫了手。丈夫目光定定注视着她,她笑了笑。

丈夫名叫高宏伟。高宏伟的身材并不宏伟,如果将男子分类,高宏伟肯定将被划入次轻量级。但这并不妨碍高宏伟成为温小苹的丈夫。当初温小苹在车间里当工人,身为银行职员的高宏伟利用手中掌握贷款的权力,将她从蓝领队伍里提拎出来,塞进白领阶层,成为国营金光集团资料室的资料员。

夜间，丈夫完成了男人的家庭作业，呼呼睡去。温小苹却失眠了。她不知道自己为什么睡不着，就眨着一双大眼睛定定注视着黑暗之中的屋顶。

经过装修的屋顶，看上去使人想起天文馆。凌晨时分，她才迷迷糊糊睡了过去。她梦见自己身穿一套蓝色工作服，走进车间上班。醒来她将这个梦境告诉了丈夫。丈夫说，日有所思，夜有所梦。高宏伟说罢就匆匆上班去了。

温小苹也去上班了。她坐在资料室里整理着资料，电话铃响了。

电话是党委副书记刘兴打来的。为了精兵简政，刘兴身为党委副书记的同时，兼任保卫处长。温小苹以为刘副书记要借什么资料。刘副书记说不借资料而是要她到保卫处去一趟。

保卫处在五楼。温小苹的高跟鞋走在楼梯上依然发出嗒嗒的脆响。

聂总经理坐在屋里听着这种声音，觉得非常性感。他就喝了一口酽茶。很苦。

温小苹走进保卫处。刘兴说了一声坐，保卫处的大干事屠玉林立即给她扯过一张椅子，也说了一声坐。椅子摆在办公室中央。很多电影里的罪犯都曾坐在这个位置。温小苹一时觉得很不舒服。刘兴又让屠玉林给她沏了一杯茶。温小苹稳不住了，问有什么事情。

刘兴笑了笑，说有一项十分艰巨的任务，需要温小苹去完成。

屠玉林插话说，一定要注意保密。一句话说得温小苹心里紧张起来。

刘兴告诉温小苹不要紧张。于是温小苹的心情愈发紧张。刘兴问她知道不知道最近几个月半成品车间接连发生了几起盗窃案件。

温小苹立即摇了摇头，说不知道。

屠玉林插话说，两耳不闻窗外事，一心只读圣贤书。

温小苹觉得屠玉林说这话的时候，充满幸灾乐祸的心理。当年屠玉林也在车间里当工人，曾经追求过温小苹。温小苹认为他的文化水平太低，不予理睬。于是屠玉林就跟一个文化水平更低的女工结婚了。之后屠玉林扬长避短，调到保卫处当了干事。

刘兴对屠玉林的插话很不满意，就命令他去楼下打开水。屠玉林快快而去。

刘兴笑了笑，将经过领导班子研究的"一号侦破方案"给温小苹做了扼要介绍。

其实工厂当局已经察觉半成品车间2号铜线丢失严重。几天前的一个晚上，有人在缆沟里又发现了四盘2号铜线，立即报案。这显然是犯罪分子存放在这里伺机盗走的。值班人员当夜埋伏在缆沟附近，可惜对方诡计多端，并未成为守株待兔者的猎物。事后保卫处对半成品车间采取严密措施，罪犯已无法下手再窃。然而，厂方急于破案，就制定了这个"一号侦破方案"，引蛇出洞。温小苹在"一号侦破方案"里，充当的角色是一名夜班女工。

温小苹问刘兴："为什么偏偏要我充当那个上夜班的女工呢？半成品车间本来就有十几个上夜班的女工嘛。"

刘兴告诉她，执行"一号侦破方案"必须严格保密，绝不能使用半成品车间的女工。

屠玉林打来开水，拎着水壶给温小苹的茶杯斟水。温小苹试探着问刘兴，能不能换一个人替她。屠玉林又插话说，是不是你家老高舍不得让你上夜班啊。

尽管事实上高宏伟的确是一个迷恋床笫之欢的男人，温小苹还是觉得屠玉林的插话非常无聊。

刘兴告诉她，这是公司领导班子的决定。

温小苹站起身来说："既然这样，我就服从领导的决定吧。"

刘兴笑了笑："那你现在就回家休息吧，今天晚上十点钟到半成品车间上夜班。我们已经把一切都安排好啦。"

温小苹回到家里，口服两片舒乐安定，躺在床上。白日的阳光爬上床来，动手动脚抚摸着她身子。她就这样静静躺着，开始胡思乱想。罪犯肯定是一个男的，长得高高大大的，行动敏捷头脑清醒，平时一派不显山不露水的样子。

渐渐，这个男子朝着温小苹走来。近了，温小苹看到的却是一个背影。她恨不能立即看到他的真实面目，就急得哭了。醒来，她看到丈夫高宏伟站在床前。

"你是不是病啦？梦里哭了起来。"丈夫说着伸手摸了摸她的额头。

她告诉丈夫，公司下达紧急任务，今天晚上是她的夜班。

"夜班？"丈夫满脸不解。结婚多年，妻子从来也没有上过夜班。

她再次强调，这是公司下达的紧急任务。丈夫仍然不解，问道："是不是又开始工业学大庆啦？会战什么的……"

安眠药片的力量还没有完全消除。她起床走进厨房，有一种太空行走的感觉。她去照了照镜子，镜中的温小苹处于安眠药片的余威之下，表情显得十分单纯。一个接近"豆腐渣"年龄的女人竟然拥有如此单纯的表情，这令她感到意外。

晚饭之后门铃响了，进来一个送礼的。她知道来者一定是想得到丈夫的帮助，弄上一笔贷款。于是她避入内室。客厅里顿时肮脏起来。

温小苹躺在床上，心头一片空白。

九点钟的时候，客厅里空气仍然很混浊。温小苹以对晚间地铁的运行时间不甚了了为理由，起身穿衣，准备去上夜班。

走到客厅里，她朝客人点了点头，然后轻声对丈夫说了一句"我走啦"，就走出家门。丈夫居然追到楼道里，十分激动地说："你从来也没有上过夜班，怎么又上起了夜班呢？"

她笑了笑，说这是临时任务。丈夫突击上来，吻了吻她。她知道丈夫追到楼道里就是为了与她吻别的。走进地铁车站的时候，她想到有生以来这是第一次去上夜班，心情渐渐激动起来。

日子过得太熟悉了。多少年来不曾品尝这种生疏的感觉。这时候地铁停站，她看到一个男子高大的背影走下车去，心头一惊。

这背影与梦中的男子极其相像——或者说这就是梦中男子的背影。这时温小苹蓦然感到，自己分明已经走近一种危险的生活。走出地铁远远望见公司大门的时候，她的这种感觉愈发强烈起来。

公司的办公大楼在前，工厂的车间在后。温小苹与门卫打了一个招

31

呼。门卫非常惊讶，问她这么晚了怎么还到公司里来。她懂得保密规则，没有告诉门卫实情，只是笑了笑，十分镇定地走进公司大楼。

保卫处里坐着十几个护厂队员，一派摩拳擦掌的样子。屠玉林走上前来压低声音对她说："别怕，咱们一起行动!"之后屠玉林递给她一套蓝色工作服。接在手里，她看出这套工作服正是梦中见到的式样，心中顿时神秘起来。

党委副书记刘兴将她叫到办公室里，单独谈话。今天夜里温小苹的任务非常简单，就是穿上工作服戴上工作帽，坐在半成品车间的工作台前，佯装工间小憩的样子，造成形单影只的局面，以诱使犯罪分子上钩。

温小苹问道："哦，我就是现场的一件道具，对不对?"

刘兴笑了笑："你的这种理解其实是非常准确的。我们将兵力布置在四周。譬如说屠玉林吧，就埋伏在你身前的工作台下。所以说你的安全绝对能够得到保障。"

温小苹走进资料室，换上这套蓝色工作服，站在镜前照了照。这时候她感到镜子里的那个女人有些陌生，就自言自语说："我已经不是我啦。"

她脱下高跟脚，换上一双普通的平底便鞋。这时候她认为自己已经成了一个女工。

温小苹走进半成品车间。走到事先指定的四号工作台前，她坐在那张铁椅子上，左右环视着。远处的一号工作台前坐着一个老师傅，温小苹知道这又是一件道具，心里坦然起来。

远处，车间的黑暗角落里随意扔着三盘2号铜线。温小苹知道这就是破案的诱饵。这时候她猛然想起屠玉林，就朝工作台下看了看。

工作台下黑洞洞的，什么也看不见。这时她伸手握住手柄，摇起工作台上的那只轮子。于是，金黄色的铜线延伸开去，缓缓缠绕在滚轴上，拉开单机生产的序幕。

一种久违的心情冲上心头。温小苹被闪着金色光芒的铜线感动了，进入生产者的状态。是啊，尽管她没有上过夜班，但多年之前她曾是这个车间的工人。此时，沉积心底的情感被蓦然唤醒，她忘记了这是破案之前，也忘记了自己的角色，不由自主操作起来。

子夜时分，她居然缠满八公斤2号铜线。喘了一口气，她感到口渴，抬起头来看到一号工作台前那位已经昏昏欲睡的老师傅，这才猛然想起此时自己的身份。

盗贼还没有出现。

她就呆呆坐在工作台前，一派失落的样子。后来，她终于进入角色——趴在工作台前，自言自语，道具睡吧。

后来"道具"果然睡着了。

醒来的时候，天色大亮。她起身离开工作台，伸了伸胳膊踢了踢腿，走向车间深处的女厕所。党委副书记刘兴迎面走来，口气非常柔和："今天的夜班结束了，你可以回家休息了。"

温小苹回头看了看四号工作台，颇为留恋的样子，然后径直朝着车间大门走去。

温小苹接连上了三个夜班，太平无事。丈夫的不满情绪达到高潮，嘟嘟哝哝咒骂着。

这分明是一起内盗案件。高宏伟说除非犯罪分子有眼无珠，无法识别温小苹是一个冒牌的女工。

温小苹只能劝慰丈夫少安毋躁。一连三天的夜班，使她重返当年的车间生活，心里一下饱满起来。尽管这或多或少含有小布尔乔亚情调，但她确实被自己沉积多年的情愫所感动。她开始怀疑自己这几年的生活。于是对她来说，破案并不是一件多么重要的事情。她甚至完全忘记埋伏在工作台下的屠玉林。

生活应当是真实的。

就这样，到了温小苹的第五个夜班。

今天她将缠出第五轴2号铜线。虽然这只是她的副业，但毕竟没有白白浪费一个夜班的时光，她在充当道具的同时为国营金光集团创造了产值。

温小苹非常高兴。她心中默默接受"女人四十一朵花"的说法，从而排斥"女人四十豆腐渣"的错误论调。

子夜时分，温小苹终于认识到刘兴们所制定的"一号侦破方案"的愚蠢。如果这是一起内盗案件，那么犯罪分子一眼就会看出身穿工作服坐在工作台前佯装操作的女工温小苹是个道具。这种守株待兔的伎俩只能劳而无获。那三盘扔在车间角落里权作诱饵的铜钱，依然无人问津。

温小苹渐渐感到，自己充当的这个角色是多么荒唐。她就低头缠着铜线——这时候劳动成了她的第一需要。

盗窃分子们销赃之后，肯定隐藏到爪哇国去了。

她又缠出一轴铜线。喝了一杯水，擦了擦额头的汗珠，她下意识朝着摆放诱饵的地方看了看。现在是深夜两点钟。困意袭来，她想睡觉，就伏身趴在工作台上。这时，梦境与现实世界，在她的脑海里混淆起来。

工作台下有人摸她的脚。这仿佛一股电流，霎时传遍她的全身。她本能地躲避着工作台下的那双大手。那双大手十分有力，脱下她的两只鞋子，用力握住她的双脚。这是一种十分粗鲁的力量。渐渐地，她的双脚不再挣扎，任凭对方的把玩。

她猛然清醒过来，慌忙站起——鞋子分明穿在脚上。她猫腰朝着工作台下望去。

工作台下空空荡荡。

这时候，车间里响起一阵纷乱的脚步声。她抬头看到，埋伏在四面八方的护厂队员们已经冲到摆放诱饵的地方。

她心头一振："犯罪分子落网啦！"

快步走上前去，她拨开护厂队员们，挤进了人墙。

她惊呆了。那三盘充当诱饵的铜线已经不翼而飞，犯罪分子根本没有留下任何踪影。

刘兴大声说道："这分明是一个飞贼，来无影，去无踪！现场是谁最早发现的？"

一个矮个子护厂队员说："两点半的时候，那三盘铜线还在。到了两点五十分我睁眼再看，那三盘铜线就没啦！可是，我在原地发现了一张纸条，上面写着六个大字……"

刘兴一把抢过纸条，仔细看了看，不由啊了一声。

刘兴将那张纸条装进衣兜："今天就到这里吧！大家都回去休息，听候通知。"

人们面面相觑。

温小苹也就懵懵懂懂随着人流走出半成品车间。这时她想起那两只大手，就认为那是发生在梦中的事情。

她乘地铁回家。走进家门的时候，正是早上八点半钟。丈夫居然还没起床，躺在被窝里看书。她轻声问道："今天你不去上班啊？"

高宏伟说："我已经连续睡了五夜空床了，今天我必须跟你做爱。"

温小苹不言不语躺在丈夫身旁。

丈夫势如下山猛虎。

床头的电话铃响了起来。

丈夫大声叫着："不接！不接！"

电话铃不停地响着。她用乞求的目光看着兢兢业业的丈夫："接吧，一定是银行有什么急事找你……"

丈夫停止作业，抄起电话喂了一声，然后气哼哼将话筒递给她："找你！"

她从电话里听到党委副书记刘兴的声音。刘兴要求她立即赶回公司，有急事。

高宏伟十分不满地跳下床去，穿起衣服。温小苹很窘，就说了一声对不起。

温小苹穿好衣服，呆呆坐在镜前看着自己——那是一个憔悴的女人。

走进公司，她看到人们正在议论着什么。见到她来了，又立即闭上嘴巴，仿佛她是一尊瘟神。上楼的时候，聂总经理与她擦肩而过，匆匆下楼去了。

她走进党委副书记刘兴的办公室。刘兴口气很是不满："你怎么现在才来，慢慢吞吞的……"

刘兴请她坐下，眉头紧锁："夜间发生的事情你都亲眼看到了，我也就不重复了。现在呢案情已经与你有了牵连，所以把你从家里叫来。你呢把情况讲清楚，对组织有一个交代，也就没你什么事了……"

温小苹听不懂刘副书记的话，就呆呆看着他。

"我们在丢失铜线的现场发现一张纸条，这显然是犯罪分子行窃之后故意留在现场的。罪犯太嚣张啦！胆敢把纸条儿扔在现场，难道就不怕我们顺藤摸瓜吗？所以说罪犯既嚣张又愚蠢。温小苹你看一看吧，纸条儿上的笔迹，你是不是很熟悉呢？"

她起身走到办公桌前，拿起那张纸条儿。纸条儿上墨笔写着六个大字：温小苹，我爱你。

她放下纸条儿，茫然地看着刘兴："这纸条儿是谁写的？笔迹我并不熟悉呀……"

刘副书记将纸条儿锁进办公桌的抽屉里，沉下脸色说："你再好好想一想吧！"

温小苹想也不想，说："我真的不知道谁是盗窃犯……"

刘兴正色道："你说你不知道谁是盗窃犯，我信。但是你说不知道谁爱你，我就不信了。你好好想一想吧，说出谁是爱你的人，我们呢就找到了破案的线索。这个道理你明白吧？"

听着刘副书记极富逻辑的话语，温小苹的思绪更加混乱。

"你自己坐在这里，冷静地想一想。你不会不知道谁是爱你的人。"刘兴说罢起身走出办公室。温小苹没有回头，但她听到刘兴用钥匙锁门的声音。

她知道自己已经被软禁了。

她在屋里踱步，自言自语问道："谁是爱我的人？谁是爱我的人呢？"

是啊，结婚十几年来，她从未深入思考这个问题。如今，这个问题宛若一座大山摆在她的面前，无以回避。

不知过了多久，刘兴开门，走了进来。

"你想好了没有？我们已经将这个案子向公安局做了汇报，一会儿警察就来啦!"

温小苹起身走到窗前,看着楼下的厂区。楼很高,楼下的人们就显得渺小——有如虫蚁,庸庸而不知疲倦。

她突然泪流满面。

转过身来,她用极其鄙夷的口吻对刘兴说:"我真的不知道谁是盗窃犯……"

刘兴似乎对她的冥顽不化感到愤怒,他拍着桌子说:"我现在不是问你谁是盗窃犯,我是要你说出谁是爱你的人,我的意思你应当明白!"

温小苹觉得刘兴非常可怜,继而她也认为自己是一个非常可怜的人。她缓缓朝刘兴走去,目光定定注视着这位急于破案的领导。

"我认真思考了这个问题,现在我告诉你吧!"温小苹平静地说道。

刘兴起身:"谁?他到底是谁?"

温小苹摇了摇头:"没人爱我。"

刘兴怔了怔:"你……"

温小苹惨烈地笑了笑:"真的,没人爱我。这个世界上一个真爱我的人也没有。"

几个肥胖的警察推开办公室的门,大摇大摆走了进来。

失　　眠

晚饭徐卫国喝汤的时候问妻子："今天十五号吧，对不对？"

妻子说："你再喝一碗吧，今天汤多。"

徐卫国就又喝了一碗。那汤似乎没流进胃里而全都上了脑袋——出了一层汗珠子。

很久没这样痛痛快快出汗了。真舒服。

喝足了汤他抚着凸出的肚子说："嘿，今天我上夜班。"

妻子瞥了他一眼："上夜班呀？我还以为你要出国呢。还有四个钟头，你躺下睡一觉吧。"

徐卫国在屋子里转悠了几圈儿，就上了床。

电视里播《新闻联播》的时候，他背着身子说了句话。

"敢情你还醒着？怎么不睡呀！"

他支支吾吾："失眠……"

妻子咯咯咯笑得直不起腰来。

"天呀！你、你还有失眠的时候……"再笑她就要喘不上来气了，于是她使劲捂着嘴，身子颤颤着。

他在床上坐起，呆呆望着妻子："你哪儿弄来这么多笑佐料儿？跟我这儿演小品哪。"

十岁的胖丫头也随着一屋子家具哈哈乐。

他只得说："魔鬼的宫殿在笑声中动摇。"

一定是心疼这一屋子木器，妻子终于止住笑，说："瞧，笑得肚子又饿了不是？"

"只要对安定团结有利。"他又躺下了。

徐卫国是工厂锅炉房的司炉。

他太喜欢睡觉了，几乎成了一种近似烟瘾酒瘾的顽癖。锅炉房的三次险兆事故，都与他的嗜睡有关。公休日太美好了，他能够在被窝里连续打上二十几个钟头的呼噜。雷轰也不醒。

那胃病就是他睡觉睡出来的。这一两年他睡到了极致，又把胃病给睡没了，曰痊愈。妻子是个小学教师，教四年级孩子们的英语兼手工劳动。每当这位小学教师走进家门看见丈夫死尸一般挺在床上，就用那种连英国人也听不懂的英语大声发泄不满情绪。

徐卫国是念过"业大"的人，有一股子求知欲。他多次向妻子讨教："你到底说的是什么话呀？叽里咕噜的。"

终于感动了妻子，她说："我说我恨不能给你开个追悼会。"

他乐了："这就是你的学问浅薄了。一个工人只能举行遗体告别仪式。"

"别跟我咬文嚼字，反正你再这样死睡我就给你放哀乐。四块钱一盘磁带原版的。"

无论怎么说，他徐卫国现今乐意上夜班了。

妻子当然感到意外，就问他。

他说："我有了外遇。"

妻子又大笑不止："你进步真大呀！怪不得你们厂子评上国家二级企业了呢。"

徐卫国就这么在床上躺着，享受失眠。

妻子把一肚子话全织进毛衣里了："我想去当班主任，每月多拿十八块钱呢。"

他下了床说："已阅，照办。"

亲了亲妻子那少膘寡肉的脸颊，他拎起饭盒说，九点半啦，本工人该去上夜班啦。那表情使人觉得工厂是花烛点燃的洞房。

见妻子并无热烈反应，他在跨出家门时回头说了一句话："古德耐特！"

妻子惊了："你英语发音很标准呀！"

他正了正帽檐儿："我懒得用英语跟你对话。明儿见！"

"你那个外遇准是个英国寡妇！"

他走了。她一个人在屋里咯咯咯笑个不停。笑累了，她铺床睡觉。早已进入梦乡的胖丫头也是一脸的笑模样——兴许正支援"亚运"呢。

形势大好。

徐卫国上夜班的地方名叫"电机电器总厂"。早先没有那个"总"字，去年才换的牌子。

可是厂子还是那么大，没见长个儿。厂子是个长条儿，南门开在长江路上，门牌28号；北门开在黄河路上，门牌82号。有点儿像两河流域平原上的一个大村。从南村走到北村，得用一刻钟，从西村走到东村，六十秒准撞到墙上。

徐卫国始终弄不明白为什么工厂选了这么个"体形"——细长又窄巴。

他只能认为当年的设计师具有强烈的"胡同意识"，小门小户出身没见过天安门广场。

这一切都不能妨碍他的"夜班喜悦心理"。今天十五号明天十六号。夜间的工厂是个大景致。夜餐我还得加上两个茶鸡蛋。工会的老主席卢德海是个好人。凌晨四点钟是个热闹时辰。

路过供应科那间小仓库的时候，他不由站住了脚。那门那窗都紧锁着，黑洞洞却散发出一股活力。仓库是不设夜班的，吞吐都在白天。

管库的是个女工，名叫张宝琴。她似乎比徐卫国大上三四岁，四十刚出头的样子。人人都知道张宝琴是个单身女人，带着两个孩子过日子，没有丈夫。徐卫国常来这儿领料，总要说上几句轻松的话，以巩固安定团结的局面。有一次张宝琴从窗口递出徐卫国领的料，突然小声说："你是个爱说笑话的人。不过我这种身份的人是不适合跟男人说笑话的，希望你能理解我的想法。"

"我一定努力理解。要是有哪个坏蛋想找你的便宜，你就朝我言语一声!"

张宝琴听了表情有些紧张。

"你别紧张,咱们主要依靠法律。普法考试我得了九十九点五分!"

张宝琴呜的一声哭了,砰地关上窗户。

他拍着窗户说:"你别像林黛玉似的,得想办法活成王熙凤那样才成……"

一回到锅炉房,那几个小兄弟就给他提了十分中肯的意见。全是知无不言的架势。

"徐卫国你不要占用工作时间靠一本《红楼梦》去跟人家寡妇谈恋爱,还把人家给谈哭了。"

他一拍胸脯:"阶级感情似海深,你们几条光棍儿懂个屁!该给锅炉上水啦。"

之后他便觉出自己是很寂寞的,没事儿。

锅炉房司炉工的主要工作是照看那两台四吨三回程的蒸汽锅炉,该上煤的时候上煤,该上水的时候上水。平时他们就坐在操纵室里,算是坚守岗位了。

夜班三个人,徐卫国是带班长。

那两位都是二十刚出头儿的小伙子,其中一位名叫魏保家。

他问魏保家:"你白天睡了吗?"

魏保家说:"实话实说我白天卖了一上午带鱼,两点半才吃上中午饭。"

徐卫国叹了一口气说:"市场上又出了一个缺斤短两的。以后这种事别跟我说,我还得包庇你。你好好去繁荣市场吧,别言别语。"

之后徐卫国下达了命令:"咱们倒开歇着,凌晨四点之前我盯着,你俩做梦去吧。"

魏保家等二人大惊:"你这睡觉爱好者怎么把好觉全让给我俩啦?四点钟之后你还睡个屁呀!"

徐卫国喝了口浓茶:"我失眠……"

那二位乐乐呵呵找好地方睡觉去了。

徐卫国继续喝茶，没有丁点儿倦意。

不知为什么他想起了张宝琴，心底有些激动。很久以来他不曾激动了。

于是他拿起一支圆珠笔，在当班记录纸上写着玩儿。一页纸写满了：报销报销报销报销……

墙上的那只石英钟打响了一点。他站起身大声说："已经是十六号啦！"

凌晨三点钟一过，工厂的南门北门便陆续被人叩响了。平日里门官儿的脾气很大，芝麻还小的权力也要抖出西瓜还大的威风来。然而这时候的门官却没了脾气，乖乖开门往里放人。

来的人渐渐稠了，都不言不语进了工厂大门就朝厂部办公大楼跑，像是去捉奸。

以前工厂有三大名胜：南门一棵树，赃官胡大喝，幼儿园里阿舅多。如今又添了一处景致：半夜赶集财务科。

厂里银根吃紧，就处处开源节流。职工代表大会通过了厂长的提案：每月的十六号和三十号定为职工医药费报销日，是日财务科的报销总额限制为三千元。于是十六号和三十号便成了黄金集日。男女老少四面八方纷纷赶来，急着把手中的单据兑成钞票。日后有的钞票又变成单据。

财务科上午八点钟开门营业。凌晨三四点钟就有人在门前排队了，显出身强体健的优势。这火爆的场面沉浸在一派静寂之中，远看使人觉得这是一群晨起练气功的人，吐纳有序。夜色朦胧之中，颇有几分超凡脱俗的意境。

将近四点钟的时候，徐卫国叫起魏保家："该你俩顶班了，我出去巡视巡视。"他走出锅炉房，凉风扑来他打了个寒噤。

他心里说："赶集去！"一脸去办大事的表情。

这是他第二次去"赶集"了。

头一次"赶集"出于偶然。上个月的三十号凌晨，徐卫国正当夜班。那时候他还没患上什么失眠症，趴在操纵室桌子前睡得正香。电话铃响了起来。他很烦，抓起电话说："你好，我是火葬场。"

是三车间打来的电话，骂骂咧咧说供气量不足，影响了他们大干四化的进度。

徐卫国也骂了街，放下电话他就去三车间现场查看。路上他发现厂部财务科门前已悄然兴起了一个"早市"。

他十分惊讶。敦敦实实的徐卫国是几年也不去一趟医院的，有个小病小灾就在厂保健站要上几片小药吃吃。望着这些手持单据等待报销的人，他觉得这集市挺有意思的。

他真想站在人们面前挥手致意，然后十分亲切地大声说："同志们辛苦啦！"

只怕这个玩笑开得有些过分，就没开。

此时他兴冲冲朝财务科方向走。夜风吹得他起了一身鸡皮疙瘩，就想起了棉大衣。

已经有了一支不长不短的队伍排在那儿了。财务科是全厂先进科室，为了便民，他们在窗口开办职工医药费报销的专项业务，于是人们就在窗前排队。都知道楼道里比露天下暖和，但也没人舍得离开窗口。远看这扇窗口充满了凝聚力。

他找到队伍的尾巴，用眼睛一数，就知道自己排在第十三位。第十二位是个面孔陌生的老头儿，穿了一件进山打猎的老皮袄，戴着一顶早已过时的蓝色棉帽子，像一尊会喘气的古董。

徐卫国问："您也报销呀？"

老头儿哼了一声："我退休五年了，还没彻底报销，凑合活着呢。"

"您老怎么尽说不吉利的话呢？您能活一百岁哪！"

老头儿乐了："对！我就等那一天呢。"

几句话就做通了一个人的思想工作，徐卫国心里自豪起来，觉得自己这个人挺好。

老头儿突然问："你是个党员吧？"

徐卫国怔了怔，连忙说："不，我正准备入党呢。"

"我看你是白费劲儿。"老头儿说，"我排在第十二位都够呛。财务科总共才给报销三千块钱，咱们前边要是有两个住院动大手术的，钱就没啦！这就叫起大早没赶上集。"

徐卫国说："没事儿，重要的是参与。"

老头儿不懂，抬起头来看着徐卫国。

这时候人们欢呼起来。厂工会的老主席卢德海骑着自行车到了。"快发号儿吧快发号儿吧。"人们突然变得失去了耐心，催促着。

卢德海前年就退了休。这个大胖子虽说退了休但天天来厂义务工作，是个实心眼儿的大好人。自从财务科窗前出现了这个"早市"，卢德海每个月的十六号和三十号必然凌晨赶到厂里，给排队报销的人们发号儿。这项工作是好汉子不愿干赖汉子又干不了的，非卢德海莫属了。

所谓"号儿"就是一张张二寸见方的纸片儿，上面用墨笔写了一个阿拉伯数字，右下角盖了一枚卢德海的私人图章。这是流行于民间排队购物的一种证明次序的权威物，以免乱了纲纪。

卢德海撇下自行车，气喘吁吁从怀里掏出那一沓早已做成的"号儿"从排头往排尾发放。

"你1号你2号你3号……一人仅限一张不许吃空额。"卢德海以几十年如一日的认真精神，大声念叨着。

领到了"号儿"，人们就敢找个地方去暖和一会儿了。离上午八点还差好几个钟头呢。

徐卫国被收编为"13"，心里踏实了。

他问卢德海："您怎么也累不瘦呢?"

"我这人喝一口凉水都长肉，没办法呀!"

徐卫国不无忧患地说："您别是虚胖吧?"

"嗯，全厂一千多人，就你看问题一针见血。你有偏方治虚胖吗?"

"我要是有偏方早就不在这儿干了。"

这个月奖金十四块六毛八，徐卫国认为比上不足比下有余，挺可以的了。人活着就是不能太躁。男人活着过分急躁迟早会患上早泄那种毛病。

公休日，他准备大睡一场。

睡不着。他躺在床上寻思为什么睡不着。没原因。我真的患上失眠症啦？这老天爷也太不公平，让我这个睡觉爱好者失去了后半辈子的幸福。我得找个偏方治一治这毛病。

还是进了厂里的保健站，那个娃娃脸的女医生听了他的"主诉"之后咻咻咻笑个不停。

"你这个睡觉大王居然患了失眠症。"

他问："这是一种报应吧?"

"你干了什么缺德事儿了?"

"我尽干好事呀！譬如说帮助那些遇到困难的寡妇同志。"徐卫国十分诚恳地说。

"但是人家不愿意接受你的帮助，对吧?"娃娃脸女医生笑吟吟望着他，像个女巫在占卜。

他乐了："我的模范事迹你都一清二楚啊?"

"我给你开点儿睡觉的药吧。你要多加小心，可能有一件晦气的事要落你脑袋上。"

徐卫国稳稳当当说："那你就给我一瓶子治晦气的药吧。"

"这种药你得到供应科的仓库去领。"

不知为什么他猛然觉得眼前的这张娃娃脸很庸俗，就说："我不吃你的野药，我想去外边的大医院查一查脑子是不是出了毛病。"

"很好，但必须去咱们的指定医院。"

娃娃脸女医生又说："出去看病容易，报销药费却是十分艰苦的事情啊。"

徐卫国走出保健站，外边的大雾还没散。

他就在雾里朝前走，到了张宝琴的仓库门前。前几天他在这里碰了一次"钉子"了。

难道这就是娃娃脸女医生说的晦气事?

那天凌晨他领到了"13号"，却不知道该派什么用场。下了夜班他慢吞吞洗了个澡，故意拖延到七点半钟。他知道这时候张宝琴已经到厂了，就兴致勃勃往仓库奔。

擦桌子扫地，张宝琴正忙忙乎乎做着班前的准备工作。窗户上露出徐卫国的面孔。她抹了抹脸上的汗珠儿说："一大早你就来领料呀。"

徐卫国挥了挥手中的"号儿"："你报销吗？"

她摇摇头："我要是报销就自己早起去排队。"

"修旧利废，我这儿不是有一张现成的号儿吗。你拿去报销吧，快到时间了。"他着了急。

她继续摇头："不，自己的事情自己做。"

徐卫国无奈，心里说："好心好意拿你张宝琴当个'五保户'吧，你还不接受这种待遇。树林子大了什么鸟都有。"

手里攥着那个"号儿"已经潮乎乎的了。徐卫国站在工厂的道上，像个维护交通秩序的警察。看看手表，差十分钟就八点了。

走过来"电工刘"。徐卫国迎上一步问小刘你报销吗我这儿有号儿。电工刘大步流星连声说我三个月没去看病啦不报销。

又问了钳工老关。老关外星人一般根本不知道报销医药费这码事。

又走过去一位副厂长，冲徐卫国微笑颔首。徐卫国也颔首微笑，心里说："你报销吗？"他知道副厂长这种级别的人是用不着考虑这些婆婆妈妈的事情的，人家整天思考的是大事情。

于是攥在手心里的这张"号儿"成了徐卫国的一种负担："我这真是没病找病呀！"

废了就废了吧。他朝前走，打了个哈欠。

一个人正在南门口跟门官诉苦，可怜巴巴的样子。"敢情报销这么难呀？排队发号儿顶着星星来。我下次再来吧，今天是不行了。"

此人就是赃官胡大喝。他退休之前是个行政科长，嗜酒如命。他受贿，非茅台不要。人走到哪儿酒喝到哪儿，不给他送礼就别想办成事。有职有权的时候没人敢惹他，退了休就成了万人嫌，连工厂的蚊子都不叮他。

"你想报销吗老胡？"徐卫国问。

见有人主动关怀，胡大喝挺感动："是啊，我手里有三百多块钱的单据呢。"

"我手里有个号儿你要吗？"

胡大喝连连点头，很向往的样子。

徐卫国蓦然产生了恶作剧心理："考虑到你年老多病，以前又做过一些有利于人民的工作，价格优惠，两块钱转让给你吧。"

"好，好，好……"胡大喝居然满面欢喜。

徐卫国心想："市场经济……"

上头要来人了，对二级企业进行复查。锅炉房开了个会，动力科长讲了话，句句都很实在。徐卫国听懂了：二级企业不是个空洞的称号，它给职工带来实惠，大伙不是已经调了一级工资吗，所以要保住企业成果，千万别败了家。谁岗位查出毛病谁就是大伙儿的罪人。

徐卫国是带班长，就在会上表了态。

动力科长表扬他："小徐我听说你那个爱睡觉的老毛病已经改啦？这太好了，要坚持下去。"

"别夸，主要是我添了个失眠的新毛病。"

散会之后，动力科长拍着他肩膀问："我听说你把报销的号儿卖给胡大喝啦？"

"有这事儿。我要是白送给他，就等于是行贿呀，让他重犯受贿的老毛病。"

这时候徐卫国才想起那两块钱，犯了寻思："胡大喝给我的两块钱我放在哪儿啦？八成是丢了。唉，没有经济效益没有经济效益。"

科长说："以后别头脑发热干这种傻事，你这个人本质还是不错的。"

回到家徐卫国一进门就问妻子："孩子怎么样啦？"

"孩子的烧倒是退了，我爸爸来电话说我妈妈又发高烧了，四十度。"妻子很疲累地说。

"明天我去看看我岳母吧？"他问。

她说："你岳母已经住院了。"

"最近好像病人多起来了，这气候。"

她说："是啊，我也一个多月没来例假了。"

他有些惊讶："不是好兆……"

"这都是你夜里失眠造成的副产品。"

晚饭还是有汤。妻子依然鼓动他多喝，他便依然多喝。

"我们厂要来检查团。"

"我们学校也要来检查团。"

徐卫国认真思索了一会儿说："今儿个我夜里三点就得起床……因为明天是三十号。"

"检查团要搞夜袭呀？"妻子问。

"我去排队报销。我不是去外边大医院看了一次病嘛，有一张单据窝在手里。"

熄灯睡觉。徐卫国黑暗中睁大双眼望着屋顶。要是立即入睡做个美梦该多好呀，失眠的人敢情是被剥夺了梦幻的权利。他心中挺难过。

失眠是世界上最残酷的事业了。

身边，妻子正用英语说梦话。他想：她这个中国人用英语说梦话就证明她正在做着英式的梦，也算是冲出亚洲了。

他小声对妻子说："就你一个人会做梦呀，等我治去了失眠的毛病，给你做一场大型彩色宽银幕美梦，分上中下三集一共二百分钟！"

之后他对自己下了一道命令：

"徐卫国你快睡觉！"像连长在训斥士兵。

"爸，您怎么自己哄着自己玩儿呢？"

敢情胖丫头醒着哪，全听见了。

"孩子，你怎么也失眠啦？"

"我、我正寻思等病好了怎么在课间时间里学雷锋……"

他说："先睡觉吧，以后再学雷锋。"

他又补充了一句："有时候睡着了也能思考一些问题。譬如说你吧，兴许就能在梦里制定出几条学雷锋的措施。"

48

胖丫头听了很激动："那我就快睡觉吧！"

起晚了！他一看手表已经三点半钟了，就用逃兵的速度穿上衣裳出了家门。顶风，骑车子到厂得用四十多分钟。他骑着，大声歌唱。

厂门口影影绰绰他又看见了胡大喝。

他问胡大喝："你怎么又来啦？"

"上次你卖给我的是13号儿，排到我的时候财务科只剩下四十八块六毛四啦！所以我手里剩下的这二百多块钱单据还得接着排队。"

徐卫国心里有些内疚："那两块钱是我跟你开玩笑，是转让可不是卖呀。"

胡大喝兔子一样向厂里蹿去。

"嗯，这才叫四化的速度呢，争分夺秒。"

走近厂部办公楼前的小空场，徐卫国惊呆了。已经不是什么小空场了——一字长蛇阵早就盘在那里了。人们的脸上也失去了以往"赶集"的那种如水的宁静，像一群走火入魔的气功信徒，顷刻之间就要发功。

他看见了张宝琴缩在队伍中间。她正用冷漠的目光望着他。

"我第一个我第一个！"魏保家居然一屁股坐在财务科的窗户上，像在唱皮影戏。

他走近魏保家，后边立即出现怒吼："不许夹队不许夹队！"

他回头十分平静地说："长这么大我没夹过队，真的。今天我也不夹队。"

"小魏，你也报销呀？"他问。

魏保家从窗台上溜下来，小声对他说："我有什么销可报？我是受了你的启发。你一张13号儿就能卖两块钱，我领上一张1号儿就能卖上五块钱！已经有人出了价。"

徐卫国半晌才说："你这是开发第三产业呀？"

魏保家说："你生财有道是个聪明人，我们这些脑子慢的就向你学习呗！"

他说："放屁！我是跟胡大喝闹着玩儿呢。他以前是个工贼，我不

49

甘心把那张号儿白白送给他，要两块钱是拿胡大喝开心找乐儿。"

魏保家不以为然："别解释啦！那两块钱又不是你抢来的，大伙背后都夸你善于发现财路哪。你快去排队吧，天不早了。"

他说："我今天是来报销的。"

乱了，人们叫嚷起来。

"都四点半啦！卢德海怎么还不来？"

"他在家里睡热被窝叫咱们挨冻呀！"

魏保家立即跟着添乱，小声喊："打倒卢德海！我们要报销！"

徐卫国怒了："再叫我缝上你的嘴！"

魏保家说："活跃活跃气氛嘛，你别五官挪位。"

人群又静了下来。

徐卫国就想起那个胖老头卢德海。

一个人影儿慌慌张张跑来了。近了大伙才看清是一个又干又瘦的老婆子。

"大伙是等我家老头子吧？"声音沙哑。

"别等啦！他夜里十二点多就死啦……"

人群骚动起来："谁死啦谁死啦？"

卢德海死了，他夜里趴在桌子上往纸片上写阿拉伯数字，脑血管崩了。

老婆子哭了："这一阵子老头子总失眠……"

张宝琴扑上来："卢主席是累死的呀！"说着她也抽泣起来。

徐卫国僵僵地立在那里，脑海一片迷蒙。

人群涌动了，似刚刚解冻的冰河。

魏保家高喊："得有人出来维持维持呀！这半宿的队我们白排啦？"声似贵州驴鸣。

没了阿拉伯数字，人们就没了次序，乱撞。财务科窗前仿佛烧开了一锅稠糊糊的粥。

哗啦一声，魏保家身子一下倚碎了财务科窗户的玻璃。

"快离开这是非之地，财务科要是丢了钱可谁也洗不清哇！"不知是谁喊了一声。

徐卫国迷迷糊糊高声叫着："都按顺序排好，卢德海死了由我来替他发号儿！"

人群一怔，随即又乱了："徐卫国你算干什么吃的？我们还信不过你呢。"

胡大喝居然扑上来："徐卫国你小子还想发国难财呀？不许倒卖证券从中谋利！"

徐卫国笑了："你们都吃错药啦？"

火葬场院子里人山人海。一拨接一拨的人，向一具又一具遗体告别。

徐卫国跟厂子里的人们在大厅门口等待着，他心里说："这火葬场的经济效益还是不错的，既不是市场经济也不是计划经济，独家经营没有竞争对手。"

大厅里出来一个年轻的殡葬工，叫道："32号32号！该32号啦，快进来吧。"

卢德海的尸体被编为32号。来瞻仰32号遗容的人们呼啦一声拥进了大厅，足有一个营的兵力。几个有身份的人站到了前排。

殡葬工撩开卢德海的蒙头布问："对一对号儿，没错吧？"

没等到卢德海的家属应声，徐卫国却说了话："没错，32号是他。"

来送葬的一位副书记兼副厂长盯了徐卫国一眼。徐卫国没感觉，全身心默哀闭住双眼。

那天早上八点钟，财务科那扇碎了玻璃的窗户上挂出一个牌子：

因突发事件，今日不报销了。

将卢德海的死亡以及余波称为"事件"，始出自财务科长之手。

卢德海的尸体在哭声之中被推去火化了。人们便上了大卡车，开回工厂。

张宝琴挨着徐卫国站着，没话。

徐卫国下了车就回到锅炉房，继续上班。

他问魏保家："那以后报销怎么办呢？"

魏保家说："乱世英雄起四方！到时候我去发号儿。群众的事情群众办呗。"

几个陌生人突然走进锅炉房。

"谁是带班长呀？"为首者问魏保家。

魏保家说："出去！锅炉房重地闲人免进。"

为首者笑了："很好！这说明你是非常懂得操作规程的。你叫什么名字？"

魏保家一瞅来者不善，想溜。

徐卫国说："我是带班长徐卫国。"

这时候几个厂领导喘着粗气赶来了，连声说："陈处长您来了怎么不先去会议室歇一歇呢。"

陈处长说："我们检查团要提高工作效率。"

于是便开始对锅炉房的方方面面进行检查。

陈处长面露喜色："有些厂子，即使是白天也有工人在岗位上睡觉。你们的锅炉房不存在这个问题。有什么经验吗？"

厂长听罢当然高兴："小徐，你是带班长，应当谈一谈这个问题，别过分谦虚嘛。"

徐卫国指了指魏保家说："因为白天他们根本就不困，还睡什么觉呀。"

厂长有些尴尬："让你谈经验，你呢？"

"我？我失眠呀。"

陈处长很郑重拍拍徐卫国的肩："你这个人很诚实，但也要善于总结经验。你叫什么名字我没听清？"

他就重复了一遍自己的名字。

陈处长笑了："厂门口黄榜上写的就是你吧？别灰心，犯了错误改正了就是好同志嘛。"

说着检查团就出了锅炉房去别处检查了。

"我犯了错误……我犯了什么错误?"

徐卫国自己问自己。

魏保家跑出去,一会儿又跑回来了。

"刚贴的黄榜糨子还没干哪!说你倒卖报销的号儿就好比倒卖票证,扣三个月奖金再写一份检讨书……"

徐卫国淡淡一笑:"怪不得这些天我睡不着觉呢。"

魏保家又说:"我比你更倒霉!黄榜上说叫我赔偿财务科的玻璃,扣发半年的奖金。"

徐卫国打了个哈欠儿:"你罪有应得。"

再逢"报销日",财务科窗前依然有人凌晨时分来排队,等候着。死了卢德海,也没见有人敢继承他的遗志——发号儿。人们静静排成一队,寸土不离。

每逢夜班赶上这个集日,徐卫国依然从锅炉房溜达到这里来。他不言不语看上一会儿,便溜达回去,像是工间散步。

他没有告诉妻子自己被扣了三个月的奖金。他从自己的"小银行"里提出一笔款子,堵上了那个窟窿。

他四处打听医治失眠的偏方。

魏保家甲鱼一样缩在锅炉房里说:"财务科窗前可是个是非之地,我死也不去了。"

徐卫国说:"你是知错必改嘛。"

在食堂里遇见了那个娃娃脸女医生。

"你还失眠吗?"她颇有救死扶伤的精神。

他说:"本工人现在还不想睡觉。"

女医生就笑着说:"你是个很有意思的患者。"

几天之后,工厂又召开了职工代表大会。根据一个提案,厂方决定改变现行职工报销医药费的办法。

每月厂部按比例将一种"医药费报销券"分配给各个车间工段,

由各车间工段将"医药费报销券"按具体情况分配所辖班组。得到这种"券"的人可于每月十号、二十号、三十号上午去厂财务科窗户里报销。这是一项有关民生而又政策性极强的工作，旨在避免人们起早"赶集"。

于是，每逢有这种"券"从厂部分配下来，车间工段便有一次小小的热闹场面出现，很壮观。

众人围成一个大圈子——抓阄儿。那是一只只粗黑的大手，都想抓到那个写着"有"字的小纸团儿。

但绝大多数都是"无"。这也算是一种潇洒。

锅炉房同样是人间，当然也抓阄儿。

第一次抓，那个"有"被耿老头儿抓到了。这位爷一辈子没吃过药，铁打钢铸一般。

耿老头儿说："这不是催着我得病吗？"

半个月之后又来了阄儿，接着抓。

徐卫国抓到了那个"有"。他不言不语。

他依照程序去财务科窗户里报了销——都是与失眠有关的医药单据。一共十八块八毛八。

别人都二百三百地报销，他却没有突破二十块大关。他认为自己分明患了一种物不美却价廉的病。

他用那刚刚兑到手的十八块八毛八买了一只极肥的南洋烤鸡，拎回家去，摆上饭桌。

他颇有自戕意味地说："吃！"

他率领妻子和胖丫头，很快就吃光了它。

之后他亲自下灶，用鸡骨头给自己煮了一锅汤。他慢条斯理把汤全喝了。

妻子惑然望着他："你这是大补呀？"

很早便熄灯睡觉。今夜没有月光。

许久，妻子轻轻问他："喂，你睡着了吗？"

他说："我睡着了。"

天　窗

　　我和老陆不在一个处室工作。他是他，我是我。我从来没有设想过我会成为他，虽说他长我二十岁。同在一个大机关里供职，经常见面的地方是食堂。他必端着那只古老的绿色搪瓷饭碗，问话千篇一律："吃、什么呀？"我便告诉他今天打算吃什么什么。他并不在意听，而是踮起脚尖儿锁紧眉头戴着瘦脸上那架沉重的眼镜，瞭望售饭窗口上的"今日菜谱"，嘴里嘟哝着。我不知道他嘟哝的是什么哲言禅语。他表达思想的时候，便嘟哝。嘟哝出一连串既不能言传也不能意会的模糊句子。于是在我眼中他那张五十三岁的嘴就成了一个深奥的洞，幽幽使人想到他的肺管。

　　也有时在厕所相遇，当然是男厕。或我正提裤站起他踱进来，或他正手捧一张报纸"蹲读"，我悄悄在他一侧蹲下。他说："嗯。"我说："噢。"也有时他突然哼出一个沉闷的声音，我便猜想这可能是在散布不满情绪。我这小人之心。

　　早就听说他是个在机关工作了三十年的"老兵"。他的处长是个五短身材的白胖子，已连续二十年不满意他了。可又不把他开出去，依旧让他在手下这么干，干下去。于是处长那由来已久的不满意就成了他生活中的胡椒面儿，提味儿。几十年来他也就练出了一身精瘦的肉。

　　除了食堂和厕所，我好像不记得还在别的什么地方遇见过老陆。各听各的差，相见常属邂逅。三年前他曾在全机关出了一次名，那就是他成功地戒了烟。那年他正"知天命"。

　　今年初，机关里分房，一年一度。生活居然把我和老陆装进了一个大盒子里——成了邻居。历次机关分房,不离那条铁定律:人物愈小住的楼层愈高。我这个未过河的卒子当然被举上了六楼。七楼是蓝天。我艰难地搬了上去。妻子居然减了肥,谢谢六楼这无形的药力。我入新居住了好一阵子,渐渐知足。一天,我下楼打醋,在楼梯上遇见了老陆。我下他上,这才使我看清他的头发已经到了亩产不过黄河的地步。我的心,倏地一紧。

我问:"老陆,你找谁呀?"当时尚不知高邻。

"我?我回家呀。"他说,然后紧锁眉头。

我问:"你什么时候搬进来的?"呈关怀状。

他颇费思量:"这……很难说清。"

就上楼进了我对过的那个单元,他。

看来他的记忆力的确不强,竟然连乔迁之喜的日子也记不清。八成是肾虚坏了记性。

当然就成了邻居。我早已知道,这幢楼最高级别的人物仅仅是一些个处长。至于我们市经委的那些个主任,则住在市中心的一个美丽的地方。那地方,连蚊子都是双眼皮儿的。

终于有一天,因一件极小极小的事情,我认识了老陆的老伴。我敲开他家的单元门说:"请看一看你家的电度表。这个月……"老陆的老伴是个胖胖腌腌的女人,面孔很善。她连声说:"好好好。"就进到厨房去观测电度表了。

我借机环视着老陆的家。两室一厅:几只捆扎结实的大纸盒子,摆在厅的角落;一尊大衣架立在一室的中央,像户主;地上尽是乱扔的零碎物件,木块儿、海绵片儿、废电池……

他的老伴儿手持一块湿乎乎的抹布从厨房里奔出,亮堂堂对我说:"二十一码!"

我在小本子上记了,就问:"正收拾屋子呢,您?"

"嘻!这家还没搬完呢……"

什么?住进来这长时间了,家还没搬完。但我深知一个家庭自有一本《辞海》,莫问。就说声:"您忙着吧。"转身便走。

"你就是小肖吧，老陆常念叨你。"

老陆的夫人显然是个劳动妇女而不是个知识妇女，已露出与我拉家常的端倪。

"你今年还没有三十吧？"

"三十三。"我站定，很友好地回答。

"三十三？这么年轻呀……可你要在机关里干到什么时候哟。"她好像很有一番感慨。

我说："干到六十岁呀，退休。"

老陆的老伴儿眼中闪过一道暗光，说："是啊是啊，六十，退休。工厂里退得早。我五十，今年刚退了。"

我是个拉家常的笨货。因为机关里此类话题不多，我显然没有机会得到这方面的训练，就愣愣冒出一句："老陆同志真不简单呀！硬是戒了烟。"说罢我就燃起一支，抽。

"他！戒烟？哈哈哈……"她大声笑了起来，"我看他这辈子也戒不了！"

"是戒了，整整三年啦！"我说。

她听了有些失态："真……戒啦？"

出了陆家的门，我看见一只竹筐正在喘着粗气攀上楼来。筐下是老陆的肩膀。

我很意外，就问："家还没搬完呀？"

老陆请筐落地，使劲站直身子，抹着额上的汗："持久战。三轮车，一天蹬一趟。"

我这才明白这是一场马拉松式的乔迁。

"化整为零，估计还有三四趟。"老陆说着连人带筐一起进了家。

回到家，我对正在淘米的妻子说："这个老陆真是个怪人呀！"

妻子是我们机关里的打字员。她头也不抬地说："他！我们最怕打印他写的东西，上边东涂西抹全是他的处长的修改，红笔。我们偷着给他起了个外号叫红药水！每次都是红半篇……"

这是一个血的比喻——红药水。

"也怪！老陆他天生就认为自己不行……"妻子居然兴奋起来，大谈老陆其人。

门被叩响。我去开门，是老陆。

他手里举着一个信封，说："小肖，你知道海光医院在哪儿吗？"

我从来没有听说有这么个海光医院。

老陆从信封里抽出一页信瓤，递过来："你看看……正好今天公休日。"

这显然是一封私人信函。

抬头的称谓是：大表哥。之下是一段问候和恭词。关键内容是询问海光医院详情，拟前来其皮肤科就诊。病名很讨厌：牛皮癣。

"是你表弟？"我看着眉头紧锁的老陆。紧锁眉头是老陆的常态。

"不，是我处长的表弟。"

这时我才在信纸的顶角看到一行草书："请陆炳祥同志速办，将结果告我。"然后是批示者的大名：王雨田。这签名比那行批示的字体美。

"这……"我问，"这种事你们王处长也按公文批给你承办？"我意识到自己的孤陋寡闻了。

"无所谓无所谓。"老陆接着说，"力所能及力所能及……"然后就伸手扶了扶瘦脸上的眼镜。

我看呆了。静下来才说："你就在信瓤下角写：'据多方了解本市无海光医院。'就结了。"

"还要进一步了解，还要进一步了解。"老陆说着就收回信封，转身走。

我把他送出门，他止了步，回头："小肖呀你坏了我的事哩。"说完就径直奔家去了。

妻子嗒嗒笑着在身后问我："他又往这儿显摆红药水来啦？"

我突发奇想，说："下次再有老陆起草的打印件儿，你拿给我看看。"

有脚步声咚咚下楼去了，这一定是老陆满世界去寻找那个所谓的海光医院了。

妻子操刀，开始杀那条半死的鲤鱼。片刻她就染了一手血，红灿灿，我看得目眩，就避开眼去看那面白森森的墙。"笃——笃。"

叩门之后进来了老陆的老伴儿。她好像比刚才老了十岁，怯声怯气地说："正做饭呢？"

妻子放下"屠刀"，弃了死鱼，热热乎乎应声："您请屋里坐吧……"

老陆的老伴儿不肯入室，立在厅里说："我问件事情。小肖你说老陆真的戒了烟，三年啦？"脸上的表情十分迷茫。

我只能实事求是："是的，三年了。"

"那为什么他在家里还吸烟？每月从我这儿支走二十块的烟钱，常年抽恒大的。"

我意识到老陆正在耍两面派手法而且已经耍了三年："反正，反正他在机关里不吸烟了，已经三年了。"我用回答专案组的口吻说。

"老夫老妻了，他还这样骗我……"老陆的老伴儿竟然抹了泪儿，"那钱，他干什么用呢？"

我的妻子唉了一声递上一条毛巾给她。

我开始为老陆解释："据说，不，可能老陆的处长最讨厌吸烟的人。老陆为顾全大局才在机关里戒了烟吧？"

老陆的老伴儿听了，怔了怔，说："要真是这样也用不着戒烟。抽烟又不犯法，干吗非得委屈自己呢？五十好几的人了。"

我说："老陆是个好同志！很有工作经验……"

老陆的老伴儿擦了擦眼睛："好同志……"

事过之后我也犯了寻思：老陆是怎么搞的，把一件简单的事情复杂化了——戒烟却戒出个神秘的故事来。

之后的一段时间，有时夜静以后能隐约听到从老陆单元里传出的争吵声。我绞尽脑汁也无法在心中勾勒出这对老夫老妻吵嘴时的怒容。躺在我身边的妻子显然也听到了这不太和平的声音，小声说："将来，你到了五十多岁……"

"那时候我们的生活已接近小康水平。"

"老陆他每月那二十块钱?"妻子毕竟也是女人,思路与老陆的老伴儿无二,怀疑老陆私立"小银行",是个与家庭离心离德的人。

简单的老陆成了一个复杂的老陆。

又一个公休日清晨,我超剂量地把早点装进胃里,悲壮地出了家门。

楼梯上站着老陆。我干咳,他吓了一跳,嘴里嘟哝着。

这次我听清了:"遗传,从我爷爷那辈儿心脏就有病,经不住冷吓……"然后他问我干什么去,外边正下小冰粒呢。

我说:"帮傅主任搬家去!"

"傅——主——任?"老陆迟疑着,看我。

傅主任是我们市经委的二把手,兼党组副书记。我认识他,他不认识我。昨天上午,我的处长把我召了去,说:"小肖,明天傅主任搬家,你去吧。这任务是我费了很大周折才争取来的,主要目的是想让你们几个年轻人有一个接触领导的机会,加深加深印象……"

"谢谢处长!"我应命投入了准备工作,找出一身工作服、一双运动鞋、一顶战斗帽。头天晚上服下两片"ATP"、一剂蜂王浆以壮明日之体魄。

老陆好像添了几分凄凉,侧着身子说:"你正年轻、年轻。这种事情是不会找到我头上的喽。"顿了顿他又说:"不过……我身体还是不错的。这不,昨天晚上蹬了最后一趟三轮车,家彻底搬完了!"

我舒了一口气:"你太累了,好好休息吧!我真想咱俩一块去傅主任家帮忙呢。"说完我就噔噔下楼去了。

老陆叫住了我:"一共多少人?"

"不知道。反正仅我们处就去四个小伙子。"

"要么……我随你去?"老陆似乎在向我申请加入一个先锋组织。知道他正处于"预备期"迎接"转正"。他经历了多年的考验。

我居然进入"准领导"状态:"只怕累坏了你的身体……"

"干点儿力所能及的,干点儿力所能及的……"老陆说完就动作敏捷地进了家。

很快他复出，一身征衣：劳动布衣裤，蓝色；解放式球鞋，绿色；一项旧黑呢帽。

他工作服左胸上印着一行小白字，业已斑驳：抓革命促生产。

我这才发现他脸上少了眼镜："这……"

"其实我根本不用戴眼镜。"他说着就随我下了楼，各自骑上自行车。

"你找到海光医院了吗？"

他摇摇头："可能本市压根儿就没这个医院。"话题一转，他问，"傅主任在哪儿住？"

"北洋大学里。他严于律己几次不肯搬家。"我十分崇敬地说。

"具体门牌？"老陆急声问。

我骑着车子说："不知道。"

老陆立即刹住车子，十分认真地说："看你！不知门牌怎么能找到呢？粗心大意。"

我笑了。是啊，北洋大学很大很大，是个城。

我并非粗心大意之人，昨天我也向处长讨问地址来着，处长飞快地说出一个地址，我根本不能听清。处长说："你到了北洋大学六村附近，一问就行。提起市经委傅主任宅上，人人都会指给你吧。"于是处长更认为地址无关紧要。

此言极是。大人物的家，方圆几里的人们是无一不晓的。

我把这个简单的道理说给老陆听，他马上点头："对！对！"之后兴奋地跨上自行车。

天上撒下一层层小冰粒，落在人身上，偷偷地化成水。我和老陆骑进了北洋大学。

真大，大得见不到它的围墙。

老陆眯缝着双眼。没了眼镜我才感到他是个陌生的人，似乎我从来就没见过他。

他又在嘟囔着什么，我听不清也就放弃了想听的念头，任他一人嘟囔。

一群群学生忙着往教学楼里走。

"我两个儿子都在外地念大学呢！"老陆突然大声对我说。这音量，罕见。

继而他又嘟囔："那个海光医院究竟在什么地方呢？唉……"

六村到了。六村不是个村，六村是一片五十年代建起的楼群。

小冰粒愈下愈密了，湿了楼群中的柏油路。

找到傅主任的家，应当是易如反掌的事。不知为什么，我有些激动。

路上走着的是匆匆的人和伞。

我就停下车子迎住一柄黑伞，问。

黑伞下边咿咿哇哇冲我比画着，哑语。

又走过来一个金发碧眼的白种女人，我们就放她过去了。

问了路边的报亭；问了一个初中生；问了一个提着菜篮子的老太太，终因"题材"所限，三个摇头不知道。

我和老陆已穿行环绕了大半个楼群，但仍没发现哪个楼门前有搬家的迹象。

老陆小声说："这里住的尽是教书先生。"

傅主任的夫人就是个大学教师，但我不知她的尊姓大名及任教何处。毫无用处。

老陆又在念叨海光医院。

前面走来一个中年男子，很匆忙的样子。

我迎上前去，躬身问："劳驾，请问我们市经委的傅主任在哪儿住？"

那人怔了怔。我就重复了一遍。

"住在几村？"他可能是个数学老师，对"几"这个未知数兴趣强烈。

"六村。"我坚定不移。

"对，这里就是六村呀。几号楼？"

我摇了摇头，说："市经委，傅主任。"

老陆插话："市经委是市政府的派出机构。"

那人斯文地笑了，笑容却十分复杂，含着一百六十多个主题："我不知道什么傅主任……真的，我从来不知道什么傅主任。"

便觉得没了法宝。我望着老陆，老陆望着脚下陌生的地。许久无言。

于是我和老陆成了两只鸽子——在楼群里盘旋着，却没有勇气再询问路上的人。

我说："教书先生们的知识面太窄，信息量太少，接触域太小……"

老陆湿了浑身羽毛，收缩着体积说："两码事……"

盘旋过一个个楼门，全无迁居迹象。

只得求教于另外一块土壤——一家副食品店门前的售货员。售货员听罢硬声说："连地址都说不清还来帮人搬家？冒傻气！"

看来我市经委傅主任在此处并无多少知名度。售货员只认识大白菜和土豆之类的东西，专业性极强。

我使出最后一招，边在楼群中骑行边放声呼唤："傅——主——任。"

老陆拂了拂头上湿发，小声说："你应当喊名字。刚才那个售货员说了，他们副食店的主任就姓傅，也是个傅主任。混淆了混淆了……"

说得有理。我振喉欲喊：傅家山。

却喊不出，说什么也喊不出。

老陆率先说："我舌头冻得发僵。"

一个喊不出，一个舌头出了故障，便无声地乱寻着，瞪大猎狗般的眼睛。

停下车子，老陆突然说："我回家了……"

"这比寻找海光医院更难？"我说。

老陆骑上车子，瑟瑟地去了，理也不理我。

我备觉意外，就开始恨天气。

第二天上班，处长找到我："怎么样？与傅主任熟悉了吧，哈哈……"

我说："非常遗憾……"

处长惊讶："怎么会？怎么会？"他一脸不解。

"您知道海光医院在哪儿吗？"我问。

那个寻找不到医院的老陆哟。

之后机关里出现了一股骚动的潜流，人们在食堂在厕所在楼道在院里议论着，个个表情神秘："体制改变，咱们这儿要大批精简啦！"

老陆在食堂见了我，问："吃、什么呀？"

我靠拢他："听说要大批精简呀。"

"这很好！"他望着"今日菜谱"说。

端着饭菜，我去打字室见妻子。

她居然忘了午休，还在埋头工作。

"活儿太多了，活儿太多了。"她抬头看着我。我低头看见她正在打印的底稿上是红灿灿一片——东抹西删的朱笔令人眼花。

我突然发现拟稿人一栏写着老陆的名字，就捧起这篇杰作细看，是一个关于开展节约用电大检查的通知，属常见公文类。

文通字顺，条理也还清楚。只是因为那多处朱笔删改，反觉得它被割得破碎了，疙疙瘩瘩。

"红药水。"妻子哧哧地笑着，用目光看着我。

"严肃点儿。"我说，"这绝不是什么红药水！"

妻子见我一脸异样，就知趣地转了话题："老陆的老伴儿跟我又聊了两次，还是想不开。一个月二十块钱，三年七百二。老陆把这些钱干什么了呢？"

"支援灾区建设了吧？"我猜想。

妻子感慨道："人，太复杂啦。"

"我打探到了一个鲜为人知的故事……"

我立即问："是关于老陆的吗？"

"回到家给你讲。嘻嘻……"妻子卖关子。

回到家，临睡前，妻子说："你得向我发誓你没有私立什么'小银行'，我才讲给你听。"

我发了誓，妻子满足了，开了讲。

64

"有一年老陆提出调离机关，到工厂里去工作。他处长不同意放他走，每次谈话都剋他。老陆就忍着。后来机关里出了一件风流韵事：计划处的小李和行政科的一个姑娘在办公室里……事发第六天，小李就被下放到一个工厂里去了。处理得多快呀！

"又过了几天，与老陆同在一个处室工作的刘大姐突然打了老陆一个耳光，大骂他是个神经病。后来才知道，老陆受到了风流韵事的启发，对刘大姐说：'求你帮个忙，到处长那里反映我语言粗俗举止放纵，常跟你……行吗？'他以为这样处长就会放了他。没想到刘大姐认为他脑子出了大毛病了。结果呢？老陆挨了三顿剋，还是走不成。他的处长对他说：'你根本没有作风上的错误，我怎能同意你走呢！'当然，几乎没有人知道老陆这件令人哭笑不得的事情。"

我听了，才知道老陆居然如此向往工厂而采取了这么一个不可思议的办法来求取成功。

妻子说："怪！还有愿意往低处走的人。"

"明天公休日，我找老陆谈谈。"

妻子嗔了："你脑子也出了毛病？有什么可谈的，怪人怪物怪事情！"看来老陆是不大值钱。

"怪，才说明问题呢！打字员同志。"我说。

第二天清早，老陆却先来叩我的门了。

"今晚有五六级大风……"说完转身就走。

"老陆……"我叫住了他。

他转过脸来，我看到他眼中充满泪水。

"我去你家坐坐吧？"我说。

老陆的家已经整洁多了。马拉松式搬家的结束，使这个家庭的生活驶入正常轨道。

他的老伴儿躺在被窝里。老陆告诉我她已绝食二十四个小时。老陆面临一个严厉的质询："三年啦！总共七百二十块钱哪儿去喽？"

老陆嘟囔着："不是七百二，是三百六，因为我在家里还是吸烟的，减半。"

他老伴儿蒙着头悲声说："就算是三百六，那钱也得有个下落呀！你跟我有二心……"

被窝里装满了抽泣："做假都做到家里来了！"

我只得说："请节哀。我跟老陆谈谈，把那笔私房钱的下落告诉你。"

我就和老陆坐到另外一间屋子里去。

老陆瘦脸上没戴眼镜，显得空空荡荡。他一支接一支吸着烟，只一会儿屋中就成了神境。

我打破死寂："戒烟好，一不受害，二省钱。"

"戒了烟容易患癌症。"他道出一个怪论。

"吸烟，虽然有害，可天天吸也就适应了，体内达到一种平衡。戒了烟，冷不丁少了一种东西，就不平衡了。癌症就来平衡了。死人。"

我如听天书，暗自惊讶老陆绝非凡人。

屋外传来了他老伴儿的哼哼声，很凄苦。

我说："总得想个办法让她吃东西呀！"

老陆眉头又锁，缓缓起身走近大立柜。它是这屋里唯一像点儿样的家具，属全封闭式样。

"你的预备期就要满了，家庭闹不和，怕影响不太好吧？"我开始了耐心细致的思想工作。

老陆定睛看我，之后就从大立柜中取出一个物件。

我看清他手中拿着一只袖珍录音机。抬眼再看大立柜：加重型的，非常坚固，使人想起档案室的大型保险柜。

"听说，咱们机关的体制改革方案已经批准，下个月就要出台了。"我换了个话题，试探他。

老陆燃起一支烟，双眼一亮："像我这号人，不怕改革。因为改革对我没有什么坏处。"

"啪"的一声他按响录音机，放出一个声音："哼！工厂里不给奖金不干活儿；大街上没有熟人买不到瘦肉和平价油；电视里大姑娘就那么不要脸……"

"这不是你们处长在聊天吗?"我起身问。

老陆不语,又接着放出一连串声音。我听出说话者都是老陆处室里的人,内容大多是发牢骚说怪话。

录音效果很差,隐约给人一种不祥之感。

我不得不问了:"你,为什么录别人的声音?"

老陆扭曲了面孔:"说不清说不清……"

"是为了以防万一吧?"我追问。

"已经告诉你了,我也说不清为什么。"

我觉得再也不能继续这个话题了,就摆脱阴影似的说:"你老伴儿的绝食,怎么办呀?"

"你看吧……"老陆猛地打开大立柜,挺直了身子。

大立柜里,一摞一摞数不清,满满当当都是录音磁带!我顿时明白了,这就是那笔"私房钱"的投资。这大立柜是声音的收容所。

"全是别人的声音。"我看呆了,屏住呼吸。

老陆石头般沉默,从柜里熟练地取出一盒与众不同的录音磁带来。他一按录音机上的方键,刚才那盘磁带便被洗成一片空白了——尽没了别人的声音。老陆宽宏地笑了笑。

他换上这盘磁带,按键之后,放出一个熟悉且陌生的声音。我细听,是老陆自己的嗓子。

磁带抑扬顿挫朗读着一篇颇有力度的文章。

我敢说此时世界也没有其他的声音。

这文章的内容我觉得有些熟悉。

我便走到另外一间屋里,对仍在绝食的老陆夫人说:"吃饭吧,你不用再怀疑了。老陆同志用戒烟的钱买了许许多多录音带,没错,这属于文化生活投资……"说着我回头问尾随而来的老陆,"我说的对吧?"

老陆不言不语。他老伴儿从床上爬起来:"眼见为实,我得去看看。"看来绝食即将结束。

我伸手拦住她:"还得卫生卫生,洗干净了再让你看。里头全是中国名曲,好听极了。"说着我又一看老陆,"我说的对吧?"

"好听极了……"老陆嘟囔着。

我又跟老陆回到他的那间"王国"。录音机里还在播送着老陆的声音，他伸手关了播音键。

"我的……就这么一盘。"他说着从录音机里取出磁带，往透明的有机玻璃盒儿里装。

他打开那录音带盒的时候，像是支起了一扇亮堂堂的天窗，屋，便如同水晶筑的一般。

我问："刚才那篇文章你朗读得很有力量，是你自己写的吧？"我始终觉得老陆文章还可以。

嘭嘭嘭敲门声之后进来了我的妻子，她十分温柔地对我说："绝食啦？饭菜都凉了！"

我这才想起一个上午都卖给了老陆。

我边走边回头，再问："是你老陆自己写的吧？这文章有多长？"我忘记了他外号"红药水"。

老陆冲我幽幽一笑。这笑，令我一惊。

临出他家门，他小声在我耳后说了一句。

"一篇大文章，社论。"

不知他找到没找到那个似是而非的医院。

铜　　盆

下班的铃声响了。程智明同志一如既往，抄起桌上的玻璃杯一口气就将余茶喝得干干净净。这是他每天下班之前必须要做的事情，打扫战场。然后他拎起那只黑色公文包，尽管里面从来就没有什么公文。这时候的程智明显得十分稳重。同事们甚至认为这是程智明同志一天八小时最为稳重的时刻，尽管只是一个瞬间。

程智明同志抬头看了看办公室里的同事们。同事们仿佛都变成大型泥塑《收租院》里的人物，一动不动。程智明知道，今天下午薛副市长讲话里明确规定，这座拥有五十年历史的机关里有三分之二的公务员将被分流——好像一滴滴水珠儿汇入更为广阔的汪洋大海。

分流，这又是一个充满时代烙印的词汇——它的闪亮登场注定有一天它将被收入《辞海》。

程智明同志极有可能惨遭分流，他知道自己很难成为那留在机关里的稳若泰山的三分之一。泰山远在山东。四十多年的生活经历说明，他程智明总是属于大多数行列，也就是那三分之二。前年他曾经强烈要求援藏，结果马铭去了。援藏的任务毕竟属于少数人。马铭援藏归来，提成副局。程智明同志如今仍是副处调。副处调就是副处级调研员的简称。

程智明同志真的属于绝大多数，绝大多数就绝大多数吧，三分之二永远是一个令人欲说还休的数字。

程智明同志乘坐地铁回家。钻进地铁融入拥挤的人流，程智明同志就成了程智明先生。同志这个字眼儿显得挺老式的。

称谓尽管是老式的，可程智明居住的却是这座城市九十年代末期建成的崭新小区。崭新小区有一个崭新的名字：秋苑小区。秋苑小区里程智明住在一套两室两厅的单元里，基本属于小康。

这套两室两厅的房子是市直机关分配给程智明的。这一拨总共分了十套房子，抢在施行"货币分房"之前。程智明认为这是自己十几年机关生涯获得的最大实惠，因此，他搬入秋苑小区以后常常体验到一种莫名的优越感。

他的这种情绪感染了妻子何敏。何敏入主两室两厅的房子，也有相同的优越感。妻子是中学教师，孩子王嫁给机关干部，属于优化组合。

然而，搬入秋苑小区不久，程智明的这种优越感就渐渐消失了，并且开始品尝尴尬的滋味。这是为什么呢？因为秋苑小区的居民，十有八九是个人购房，在中国属于首先富起来的那群人。每天晚上，楼前楼后停满私家轿车，从夏利到本田，什么牌子的都有。程智明是机关的公务员，无权无势，住在这里就没有什么风光了。

显得挺被动的。

渐渐，程智明还是看清了秋苑小区的内涵。从一号楼到二十六号楼，这显然是富人区，风景无限；从二十七号楼到七十八号楼，情况大不相同了，这里基本属于工薪阶层。因此，一块很大的草坪将两个世界分隔开了。

程智明住在二十七号楼。这是一个令人尴尬的楼，站在这里朝前看，草坪那边是富人区，身后一幢幢楼里住着的则是那三分之二的工薪阶层。

妈的，又是三分之二。

程智明出了地铁，换乘904路公交大巴，终点站是秋苑小区。乘坐这种公交大巴，月票无效。从这个意义上讲，904路公交大巴不是面对工薪阶层的，这令程智明感到愤怒。

也仅仅是愤怒而已。愤怒出诗人。说起诗人程智明还是颇有几分感情的，当年他热爱文学的时候，有诗作发表。如今他已经忘记了那组诗歌的内容，无外乎花香鸟语什么的。如果今天有人掏出手枪逼着他作诗，那么这组诗歌的标题一定是《三分之二》。

三分之二。

就这样，程智明下班回到秋苑小区。他拎着公文包走到二十七号楼前，蓦然感到自己的形象非常滑稽。

真的非常滑稽。

走进家门，程智明看到客厅的茶几上摆着两条555香烟，还有两瓶"酒鬼"。妻子何敏告诉丈夫，这是一个学生家长送来的。

腐败。程智明径直走进卫生间，站在镜子前面看着自己。

挺不错的一个中年男人。他又想起"三分之二"，心情忐忑起来。

晚餐是四菜一汤。程智明喜欢紫菜汤，就喝了汤碗里的"三分之二"，然后他告诉妻子，机关干部即将分流。

妻子对这个消息似乎并不感到意外。

今年市直机关的重点工作，竟然难以引起妻子的关注，中年男子程智明心里挺失落的。

这时候楼下传来一阵嗡嗡的声音。何敏在学校工作多年，对这种声音十分熟悉，这是那种开大会的声音。

程智明走到窗前。他看到楼下黑压压站着一群人，心里感到非常惊讶。妻子凑到窗前，看了看楼下的人群，经验十足地告诉丈夫，至少有三百人。

程智明毕竟是机关干部，敏感起来，一定是秋苑小区出了什么事情，人们晚餐之后走出家门举行集会。

程智明不知为什么激动起来。他跟妻子打了个招呼，下楼去了。

楼下的小空场前聚集着一群工薪阶层，程智明认为这就是"三分之二"，一时不知如何融入这个群体。

仨人一堆儿，五人一拨儿，人们不停地议论着什么，表情里流露出焦虑与愤怒。

程智明伸长脖子，听着。

听明白了。

原来秋苑小区西边有一片湖水，挺美丽的，房地产开发商促销的时

71

候，还给它起了诱人名字：小西湖。这小西湖虽然难比苏杭，但还是给住在秋苑小区的人们带来一份好心情。可是，风云突变，不知从哪里杀了一彪人马，土匪似的就将小西湖给填平了，然后将这块空场变成露天仓库，主要存放建筑材料，以白灰为主。这可就苦了住在秋苑小区里的工薪楼群里的人们。只要老天爷刮风，一天二十四小时不敢开窗。只要走出家门，身上就变成白蒙蒙，很像林海雪原里的小分队。

这时候程智明果然看到，地上积了薄薄一层白灰，给人天降小雪的感觉。一位大眼睛少妇哭泣起来，说她住的四十八号楼距离那一座座白色小山只有十几米，环境实在是太恶劣了。程智明走上前去对大眼睛少妇说，为什么不去环卫局反映这个情况呢？

人们哄地大笑起来。程智明立即觉得自己是个外星人。

大眼睛少妇告诉他，事情已一个多月啦，没有任何结果。

事情已经一个多月啦？程智明对自己的麻木状态深深感到惊诧。大眼睛少妇告诉程智明，你住在二十七号楼是轻灾区，所以至今对环境污染的严重情形一无所知。

听大眼睛少妇这么一说，程智明感到自己脱离了群众，心中觉得内疚。

有人提出以法律手段状告对方污染环境。程智明听了这话，觉得有理。

小区里的路灯亮了。自发的集会持续了大约一个小时，人们渐渐散去了。

程智明却有几分恋恋不舍，看着渐渐散去的人群。人群里他看到了大眼睛少妇的背影，就凝视着。

程智明走进家门，妻子正坐在灯下批改学生们的作业。程智明很想跟她说一说楼下的所见所闻，又不愿打扰人民教师的忘我工作，就独自去睡觉了。

第二天去上班。机关里的风声愈来愈紧了。据说老张抢在分流之前，已经自己联系了接收单位，很快就要调到开发区管委会工作了。

四十五岁的程智明沏了一杯花茶，开始考虑自己的后路。临近下班时分，他终于明白了，自己没有后路。

心情挺不好的。

下班回家。每天下班都是要回家的——就像一只飞回巢窠的大鸟。

回到家里仍然是老样子。晚饭之后，楼下的集会依旧，人们温习着昨天的话语，重复着昨日的愤怒，大约一个小时又渐渐散去了。

程智明又麻木起来，回到家里坐在电视机前，不停地调整着频道。

中央教育电视台正在播出法律专业的课程，一个老师正在讲解今年考试的复习重点。这时候程智明蓦然想起，自己早在八年前就拿到了高等自学考试法律专业的大专文凭。于是，他锁定频道，开始听电视里的老师讲课。

程智明一动不动坐在沙发上听课。妻子看到丈夫今晚如此安宁，就偷偷笑了。

电视里的那位老师说，今天的课就讲到这儿啦。程智明却意犹未尽，希望老师继续讲下去。

夜里起风了。程智明走出卧室，来到客厅里的阳台上。站在阳台上他终于看到白蒙蒙的天空——这就是我们的环境。

程智明愤怒了。愤怒给他带来的恶果是失眠，他睡不着，就开始整理自己的历史。已经很久没有失眠了，他体验到一种旷日已久的新鲜感。

他从抽屉里找出一堆文凭之类的东西。十几年前社会上还重视学历，人们拼命学习。如今花两千块钱就能买到一张足以乱真的名牌大学的假文凭，于是真文凭也就不值钱了。如今最值钱的东西是钱。

程智明再一次愤怒了。他为自己失血的历史而感到无比愤怒。妈的，这才十几年光景，怎么值钱的东西一下就变得一文不值，不值钱的东西一下就身价百倍呢？

他一连吸了几支 555 香烟。

这时候他看到自己当年考取的律师资格证，他一下子就被自己给感动了。

第二天上班，他被上司叫去，个别谈话。上司是个胖男人，今年五十八岁了。面对分流，他随时都可以提前光荣退休。上司没有后顾之忧，因此心宽体胖。

上司告诉他，干部分流工作很快就要大张旗鼓开展起来了，这次干部分流力度很大，每个人都要做好充分的思想准备。

程智明告诉上司，自己服从组织分配。

上司感到意外，他认为面对如此重大的变故，程智明应当表情张皇才是。

程智明也不知道自己为什么如此坦然。

下午坐在办公室里，同事们小声议论着分流的事儿。程智明并不参与，手里拿着环境保护法，认真阅读着。

同事们都觉得程智明同志今天的表现有些反常，就悄悄观察着。程智明终于放下了环境保护法，看了看同事们。

同事们也都看了看他。

程智明就将秋苑小区遭受环境污染的事情讲给同事们听。同事们听罢，面面相觑。

这时候也就到了下班的时间。程智明将机关里的环境保护法带回家去了。

一路上，程智明的心情异常平静。他想通了，干部分流是难以抗拒的洪流，自己所能做的就是不要被洪流淹没。

晚饭之后，他在餐桌前跟妻子何敏谈起环境污染的事情。妻子是个有正义感的女人，认为污染环境的人真不像话，然后就去批改学生作业了。

程智明穿戴整齐，走出家门。楼下聚集着二百多人，议论的话题仍然是环境污染问题。程智明从怀里掏出自己的律师资格证书，突然大声喊道：我有合法的律师资格！我愿意代表大家去打官司！

程智明一下子就成了人们关注的焦点人物。

程智明心里挺冷静的，告诉大家如今打官司是要花钱的，但是他坚信如果提起诉讼，这场官司居民们是一定会胜诉的。

这时一个男人突然大声说，我是下岗工人，我没钱打官司。

程智明告诉他，因为我们手里有环境保护法，所以我们必然胜诉。

那时候我们付出的诉讼费，也一定会由败诉的对方承担。总而言之我们除了获胜不会遭受任何损失。

程智明就这样大声演讲着。人们则静静地听着。

有人开始支持程智明，做出掏钱的动作。也有人悄悄离去，回家看电视去了。

程智明大声鼓动着，朝前走去。人群拥着他走到四十八号楼前，大眼睛少妇跑上前来，递给程智明一个铜盆。程智明不解其意，茫然看着她。

她眨着一双大眼睛朝着他笑了。

程智明似乎明白了，握着拳头敲击着铜盆，大声演讲着：国家颁布了环境保护法，我们一定会胜诉的！

人们拥着他，大步朝着前方走去。就这样，程智明绕着"工薪小区"走了一大圈儿，呼吁居民动用法律手段，捍卫自身合法权益。

声势浩大。

很晚了。心情激动的程智明回到家里，手里还拎着那只铜盆。妻子十分惊诧地看着丈夫，问他从哪里弄来这么个古董。是啊，这确是一只老式铜盆，如今已经十分罕见。这时候程智明才想起，他已经很久很久没有见过这种铜盆了。

挺好的一只铜盆。他抚摸着它，很是动情。

上床睡觉的时候，他又对妻子说，多好的一只铜盆啊。

妻子已经睡着了。

我那亲爱的玻璃

我在二十三岁那年就已经成熟得像个四十三岁的人；如今三十三岁了反倒觉得自己像个十三岁的孩子。因此近来我总有一种年龄上的不确定感。好事情来了我就赶紧拨通太太的电话，请示："省工业厅调我呢！去不去？"

她这个小工厂里的大职员对我这个大机关里的小职员连吐三个响音："去！去！去！"听起来不是在赞同我的升迁而是在轰她身边的一群鸡。

她小我五岁，德行却大得像我妈。尤其是她热望我仕途亨通时的表情活脱脱一个望子成龙的老母亲形象。伟大之处在于她以那粗不及我大腿的腰肢承起了所有的家务负担，是识大体顾大局的典型人物。

就这样我当即决定告别市工业局——雄赳赳把屁股坐到省工业厅大楼里的那把椅子上去。

我的屁股有些激动。我的激动往往是从屁股开始，然后传导到心头。可能是因为本人已经坐了十年办公室，屁股便成了敏感区。

我在区工业公司练"坐功"的那几年，办公室好像是玻璃筑的，四面是窗。太阳发情的时候屋里亮得吓人。大扫除的时候大家甚至不去擦那窗，以便赢得柔软一些的光线。后来我的屁股莫名其妙地被一纸调令调到市工业局大楼里的一把椅子上去了，当然调令上写的是我的调动而不是我的屁股的调动。那里的办公室窗子确是少了，只四扇。我除了负责办公室里的那四只暖瓶，别无他事，闲中偷忙，我就动手去擦那四扇窗。一次我擦窗的时候正巧一眼瞥见我的那位，那时候她还是我的未

76

婚妻。可怜她脚步匆匆迈进局里来汇报工厂计划生育工作，表情却活像一只怯怯的母鸡。我甚至怀疑她是因为自己未婚先孕而前来认罪的。

我们结婚三年零六个月她才做了产妇。她总是对我说："得做个样子给别人看。"于是我想迫切也迫切不起来。这种立论之实践就使我多当了几年儿子而少当了几年爹，至今当起爹来我还显得力不从心。好在她很爱我，她生怕办公桌的椅子年复一年折磨我的屁股，就在蜜月里以法定妻子的身份给我缝了个椅垫，就好比她每年按时向上级呈交工作汇报，一丝不苟。

我提包里装着那个椅垫走进省工业厅大楼。门官对我好生一顿盘问才给了我进楼的资格："不许随地吐痰！"我连连点头往里走，又听见身后门官小声嘟哝："又来了个年轻的……"

我还年轻！

不是好兆头，正赶上停电。一九二六年建成的英式老洋楼里，大概需要一万个灯泡才得以维持照明。

楼里暗，看不清人和路，我迷迷糊糊就入室坐到了处长面前。经过三分钟聋子般的对话我才知道，眼前的处长不是我的处长而是别人的处长，尽管他们都是处长。于是我逃了出来，以大无畏精神去拜见真的处长。

我的处长十分和蔼地对我开言："欢迎，欢迎。"我却仍在怀疑这位是否真是我的处长。赶上停电真正害苦了我，这多年来我全凭阳光照明才在办公室里认识了别人。

看见屋里天干地支闲着八只灯泡，我这才渐渐放了心。

"试习工作期简称试工期，三个月。到第九十天头儿上我们就能决定你的去留了。但大可不必紧张。"我的处长在暗弱的光线中冲我眨了眨眼。我便想起了工厂里的焊枪打火。

"试工期！"这好比大学生领了学士学位又倒车回到了幼儿园。真是万分对不起自己的屁股以及那块软乎乎的椅垫。

处长又说"试工期"是省直机关的规定，无论谁都要经历这一过程。我想问上个月才上任的省长是不是也这样？转念一想最好别问，因为处长管不了省长。

处长伸手指了指脚下说，你办公的房间在一楼这个地方。我就抬屁股哈腰顺他指引的方向去了。

"三个月！"我从三楼下到一楼就已产生了度日如年的感慨，又一想人生七十古来稀，好在我还年轻。

英国佬留下的楼道地板很糟。无论你多么瘦小走在上面都会发出吱吱怪响——执着地证明着你的存在。但你却不由自主放轻脚步向那吱吱怪响说和，步儿轻得近乎一种乞求。

这是一间小且密封性很强的办公室，身高低于一米五、体重轻于四十五公斤的人在这里办公最为合适。它给你的第一印象就是这屋里一律没有窗，扑面而来的是昨天或前天的味道。我甚至怀疑当年建楼的那个洋设计师准是一位制造潜水艇的专家。好在办公室里是水泥地面，全没了吱吱怪响。

我望着另外三张空荡荡的椅子心底顿生一股莫名的警觉。老邵、吴勇和老陆。倏地我想起去年春上配的那架近视镜，至今还没上脸。

我又想起了那个"试工期"，在这段淤血活淤的日子里将把我弄成一个影子晾在绳子上。等晾上九十天才能知晓我究竟是谁，谁究竟是我。

楼道里响起了一阵脚步声。我敢说这声音足以谱曲：嘭！吱——吱；嘭！吱——吱……像一万只大龄耗子在调情。

我急急燃起一支香烟，正襟坐到桌前翻阅着处长刚才发给我的一沓文件。

文件端头印着副省长的批示：照办。

吱吱怪响戛然止在门外。"笃笃笃"，一个人轻轻地叩门。

我看着古铜色的门认真地想了想，就操起十年来练就的腔调照办了："请——进。"

微敞的门缝儿里亮出一双熟悉的眼睛。看到办公室里仅我一人，"眼睛"就咪咪地笑了。

原来是我那位理论上小我五岁实际上大我五岁的妻子。

我慌忙站起接驾。

"你们这里简直是迷宫，转悠了几圈才找到这……"她兴奋地环视着这间小巧玲珑的办公室，"怎么这么小呀，像个大火柴盒。"

看来我只要戴上一顶红帽子就是火柴棍儿了。谨防火灾。

妻子脱下黑呢大衣，便露出一个紫衣紫裤的小女人来。

我就问她："你来这儿干什么？省工业厅又不直接领导你们玩具厂。"

"我是省工业厅的家属，来看看这个难得一进的大机关呀！"她颇为自豪地冲我说。

我却不敢告诉她还有三个月的"试工期"正等着给我这个大活人标码定价。

"这真静呀，像病房一样。"妻子好奇地凑上来欣赏我桌上的风景，"哎哟？你手里有副省长的批示文件呀。"仿佛看到了一件价值连城的古董，她怯怯地伸出手摸摸那页纸，表情活像一个见了圣物的教徒。

"我喝水。"她突然用了一种罕见的娇声对我说。似乎是喝了省工业厅的水她脸上便能永远不长褶子。

我在市工业局工作的时候，她也到我办公的屋里去过，惊喜地打量着那屋又惊喜地打量着我，之后就惊喜地走了。有一段时间厂里的工人叫她"局里夫人"，她还以为人家把她当成了那个发现镭元素的女科学家了。

"你走吧，我还要办公呢。"

她颇留恋的样子，缓缓穿上黑呢大衣就没了那个紫色的小女人。"黑呢大衣"默默注视着我。

我真怕她从我脸上看出那个"试工期"。

她居然激动得湿了眼窝儿，扑上来艰难地踮起脚尖儿用双手勾住我的脖子，窃窃说："不许你跟我打官腔……"我的心被她的壮举吓得怦怦跳。她闭上美丽的眼睛美丽地说："如今咱们多好啊多好啊……就连大猛小琴他们也不如咱们了。"

她干脆开起个大工程——忘情地倚在我四分之三怀里，吟诉着我们

79

昔日的艰难和今日的殊荣。

我反觉得那是昔日的殊荣和今日的艰难。

门吱的一声敞开一道缝儿。妻子猛地从我怀中弹出，反座力大得像一颗出膛的炮弹。我惊恐地看着门缝儿，妻子惊惧地看着我。

两捆卖不出去的柴火立在屋里。

终于走进一个人来。

妻子好像听到了天鼓响，惶而又惶地说："你办公吧你办公吧，我走了。"说着就低头转身遁去了。

来者女性，已经坐到一张办公桌前。我眼睛看着地面问："我是新来的小郝，您就是老邵同志吧？"

"大家都叫我小邵。"这位四十多岁的女同志并不直视，用侧影对我说。

我说刚才那位是我妻子，东亚玩具厂的工会干部。老邵同志礼貌地转过身礼貌地抬起头礼貌地对我说："噢……"

我于暗弱的光线之中看到她有一张平静的脸，这脸上没有任何内容，只有一双女性的眼睛。

门"嘭"地被撞开，跨进来一个英俊小伙儿。一看见他我立即觉得自己丑陋得赛过猪八戒的堂弟。他站在屋中用出耸肩的力量，却仅仅耸了耸鼻子，亮亮堂堂地说："这屋里有一股霉味！"我立即在心中反省是不是妻子穿的那件黑呢大衣有些发霉，把味道遗留在这里。

老邵同志看了看英俊小伙儿说："你天天这么说，我怎么闻不出来到底有什么味儿？"

"这叫司空见惯！"

我慌忙起身对这位嗅觉极强的年轻同僚表示友好："你就是吴勇同志？"

"很对！智多星吴用的吴，勇敢的勇。你就是新来试工的老郝喽！"

"老郝"这称谓我平生第一次受用。

"不要紧，除了我是个大学毕业生，他们都是这么'试'过来的。整个人生就是一个漫长的试工期，老郝同志你要好自为之。"吴勇说话一气贯通，很少标点符号。我猜想他一定是个心理学专业毕业生。

"好自为之?"我在心中想着那道吱吱敞开的门缝儿，老邵或者吴勇甚至那个尚未露面的老陆，一准看见了我和妻子的事情。

老邵是个平静的哲学家，吴勇是个可怕的心理学家，楼上的处长是个和蔼的运筹学家，那个尚未露面的老陆，可能是个侦破学家。

我是谁? 试工期间我是个"X"。

"十字路口堵成一个大疙瘩! 那些赶点儿上班的工人就这么干等着，没一个人站出来疏通。劣根性! 劣根性!"吴勇对老邵发表了一通关于改革的言论，就憋尿似的颠儿颠儿出去了。

我抬头吃惊地发现这屋里竟然有着一孔小窗，经年无人擦拭。那两块玻璃早早就被墙壁同化，朦胧得没了自己的本性。

我被吓了一跳，电话铃响了。处长用主持追悼会的声调说:"找吴勇。"

未进家门就预感大事不好; 进了家门我看见妻子已经泣成一个泪人。她的哭颇具美学特色: 泪多而声小。因压抑而哭又恰恰在哭中享受了更大的压抑。

她张开双臂用跳伞者的身形扑向我，准备大哭一场，中途却僵住了，怯怯退回床边。

我心惊肉跳，觉得她定是患了"神经障碍症"。

"都怪我都怪我……"她祥林嫂式地傻念着，像是中了邪。

"那门缝儿! 一定有人看见了，我倚在你怀里要和你亲嘴儿。我怎么头脑发昏，忘了那里是重地要津省直机关呀!"妻子由一泣三叹变成三泣一叹。

我不知怎么安慰妻子才好，就说:"这事情无所谓好坏吉凶。我想就是处长也不会不和老婆亲嘴的。只是你亲嘴未成又走得太急才把事态弄得不可收拾……"

妻子止泣诧异地朝我瞪大泪眼。

"你走得匆匆，目击者根本没有看清你的身段和长相。就是明天我把你领到办公室，人家也无法认定，那个女人就是你。如果猜测是另外一个女人跟我亲……比方说什么什么第三者。"

妻子哇的一声大哭起来。这近似送殡的哭声对我刚刚开始的"试工期"来说，无疑是一个凶兆。

妻子愈发绝望，用手扯着那全凭威娜宝香波洗出的秀发，发出了类人猿的悲声："你十年迈了三大步，从一个做玩具的小工人熬到省里大机关。全毁了全毁了，跳进黄河也洗不清……"

我发呆她发怔。好在小女儿放在外婆家里。

临睡之前妻子把头怯怯靠向我。我神经质般地感到她的脑袋像一颗随时可爆的炸雷，就惊悸地躲着。

妻子轻声叨念着"都怪我都怪我……"渐渐进入了梦境。

清晨艰难醒来，妻子泪眼汪汪看着我，半晌才说："我梦见了你真的跟第三者亲……"

我心头很苦很涩，但还是用水果糖的味道对她说："本人目前尚无此种精力胡为，你放心好啦。"

她脸上现出绝望神色抽泣不止："难道以后你有了精力就……"

我说以后的一切目前统统无法预卜，只有一点能够肯定那就是将来我会死的。

妻子又软下心来柔声劝我："好好去上班吧，好好观察动静，千万不要自暴自弃。"

每个人每天都是新的——如果你睡的那张床是一台复印机——把那张复印出来的"我"贴到办公室的椅子背上。只是猜不出吴勇是否也睡在复印机上。据说佳能牌复印机不比席梦思软床贵。

办公室的人们各自埋头工作，专注得近乎忘我。好像故意不让我看清他们的面孔，我便愈想看清。屁股底下垫个椅垫儿也觉如坐针毡。这时候老邵同志用背影发问"现在什么时候了"。我连忙翻腕看表说差一分钟九点。

吴勇正在收拾他的抽屉，便对抽屉说："地球上每一分钟就有十公

82

顷土地沙漠化!"他关心着全人类的命运,然后把沙漠统统装入抽屉。

我趁机察言观色,吃惊地发现这绝不是我昨天或前天认识的那个英俊小伙儿。他老了,失了往日的生气。

吴勇抬头见我看他,他就扭曲了面孔,撩起眉毛掀开嘴唇用牙齿对我说:"你尽可在这里好好试工,一直试下去,我也不会对你采取什么措施!"

我的心被吓得缩成了一个有皮无仁儿的小核桃。吴勇却迈开大步咚咚锵锵走出了办公室。

桌上电话扯嗓子尖叫,我惶惶抓起话筒,好像手中紧紧握着一只巨大的占卜竹签。

又是妻子询问"有没有什么动静"。

我颤颤地报着平安却紧盯老邵的背影。

"老邵同志,您看我这架新配的眼镜式样好不好?"我企盼她转过身来,她果然转过身来。透过镜片我终于看清了她微黑的面孔上有一双亮晶晶的眼睛。

我借机询问:"您看我爱人穿的那件黑呢大衣款式怎么样?"

老邵同志表情十分迷茫:"你爱人?你爱人的黑呢大衣?"然后她绞尽脑汁想了又想才说,"是啊是啊,别的女同志也尽是穿这种黑呢大衣的……"

我的心在听到"别的女同志"的时候猛地缩成一块死肉疙瘩。

"我一定让我爱人来见见您。"

"你爱人,你爱人为什么要来见我?小郝你这人真是有意思。"说罢她就咯咯笑了起来。

这一串纯净的笑声原本是天上的声音。我终于看清老邵同志办公桌玻璃板下压着一幅从画报上剪下来的雷诺阿静物画《鲜花》。这笑声很真实很可贵,仿佛是从那花束中散发出来的。

透过镜片我注视着迎面那孔小窗。

走过吱吱怪响的环形楼道,我觉得自己也能把一片喧响统统踩在脚下。我又想起了吴勇,尽管他刚才对我讲了那句使我汗毛竖起而又百思不解的话，但我还是觉得他整天轻轻松松活着是个人物。

我走进一个有着多叉门径的小圆厅，才发现楼道里是一个灰色世界。朦胧的墙上画着五个朦胧的箭头指向五个朦胧的去处。我便觉得自己成了朦胧诗人，随手推开一扇门走到露天楼廊上。于是我发现这里本是一个没有太阳的天井，楼廊尽处挂着一孔小窗，上面有两块已经失去了透明功能的玻璃。不知为什么我激动起来，认出了这就是我的那扇窗！站在窗下久久的我好像是在凭吊着自己。

转脸一看，我吃惊地发现右侧有一扇陈旧的木门，木门上落着一只陈旧的大锁。右侧的右侧还掩藏着一扇小门，上面艰难地写着一个"男"字。

我完成了变水为尿的工程沿原路折回，才发现自己恰恰走了一个完整的环形。这环形使我在不知不晓之中耗去了许多光阴。若砸开那只陈旧的大锁推开那扇陈旧的木门，从办公室到厕所仅仅两米之遥。

我不知道是谁锁死了那条通道使我们这些男人的排泄变得如此艰难。艰难之中我猜想锁门的那人早已死去，并把钥匙带进了火化场。

回到办公室里我就着手准备擦拭那扇窗。我知道这工程很艰巨，但我铁心要做。不知道碰响了哪根神经连通了我的发声器官："女厕所在哪儿？"

老邵同志先是一愣，然后咯咯笑着把脸儿伏向桌面。我看见她的脸紧贴着雷诺阿的《鲜花》不停地颤动。

"你这个人坐机关的时间一定不很长？"她强刹住笑声这样问我。我这才发现她的面容原来十分端庄。

我说十年了十年了。

她说："噢……咱俩一样咱俩一样。"

我猜想一定是由于这束"鲜花"伴随了她十年，才使她依然能够发出如此真实的笑声，真实得就像我是我爹的儿子一样。雷诺阿这老头子倘若知道他的《鲜花》会引发出如此松心惬意的笑声，在天堂在地狱他都会欣喜若狂。

吴勇无声地走进来的时候我已经开始擦拭玻璃。我听见他大声说"再见吧朋友"。这地方只讲同志而不讲朋友，我便猜出个中必有原委，就用向遗体告别的目光去看吴勇同志。

吴勇分明是一个受难圣者的形象：皱眉耸鼻揉眼抿嘴，五官全能上岗。"老邵同志咱们共事一年，我希望你能帮我找出我身上究竟有哪些致命弱点，才落到今日这步田地？"

老邵同志显然知晓原委低声说："小吴小吴请你冷静些……"

两只喉咙开始交流心声："……到哪里都是革命工作，我认为你不必这样留恋。"

电话铃响了，我不理不睬依然擦窗。

吴勇说："老郝同志，处长电话叫你上楼。"

我转身静静地看着吴勇，吴勇很费踌躇地望着我终于开口说："老郝，虽然我将要走了，但我还是要告诉你，你不懂这里的规矩，试工就很难顺利。每天上班之后你要到处长面前去晃一晃，尽管你并没有什么话要说。"

老邵同志冷冷地看着吴勇，然后冷冷看着我。我说了一声"谢谢关照"，就上楼去了。

"小郝请坐，我们已经两天没见面了。"

我长了贼胆，轻声对处长说："如隔三秋。"

处长说："小郝同志，你怎么戴上了眼镜，这真让我感到意外。"我笑而不答静候着处长的下文。

"省工业厅的工作十分重要，你身上好像缺少一些青年人的棱角。"

我说，是的。其实缺也缺不了多少。

"试工期你要认真对待。据说这几天总有电话找你，希望你不要影响工作，这仅仅是据说。合格的留，不合格的去，这也是不容动摇的组织原则。我们已经决定让吴勇同志下去工作，希望他能愉快地服从这一决定。"

我说处长同志，您对吴勇同志的要求是否应当对吴勇同志去说。

处长好像听到了一种外星球语言，凝下神来颇费思索。

他突然哈哈大笑，笑出了一脸皱褶："这就有了年轻人的棱角了嘛。你好像已经有了爱人？"

我异常平静地说："报告处长，我已经是有女儿的人了。"

"吴勇好像见过你爱人。当然或许不是你爱人而是与你同过事的女同志。"

"据不完全统计，曾与我一同工作过的女同志有一百三十六人之多。"我用卡西欧计算器的口吻说。

"咱们改日再谈吧，我还有一个会等着。你这个同志好像很幽默。我认为你这个干部比吴勇强，请不要外传。"说罢处长就起身表示送我。我在心中暗骂自己："真他妈的没劲！"

走进一楼办公室，吴勇就递给我一只电话筒："有个女同志找你，好像很焦急。"

"没动静吧?"妻子又特务接头似的问我。

我冲电话里的妻子大声说："你别老缠着我！"

我敢断定所有的人都在疑惑地窥着我。

我继续去擦我的小窗。老邵吴勇接着谈话。

"去年我也曾想下去，后来一想，就在这儿干下去吧。"老邵同志说。

"真——的?"吴勇一定惊得瞪圆眼睛。

我不忍再擦下去了，就转身对吴勇说："让你下去恰恰是锻炼，你怎么这么傻?"

吴勇听了很受震动，但他毕竟瞧不起我："老郝同志，这次恰恰是你顶走了我。你坐了十年机关很有经验。如果容我一段时间，成熟起来，恐怕就有我没有你。"说着这勇士居然潸然泪下。

我心目中居然腾起一股十年不曾尝到的快感。

走到桌前我抄起电话，对安坐会议室里的处长说："我以'试工期'名义告诉您，如果您以及吴勇同志都认为是我顶了他的位置，那么我不可能也不甘心做这位吴勇同志的替代物。我不干了。"

仿佛经过漫长的史前期，听筒里才有了声音："你是小郝同志? 很意外很意外。咱们退一步说，离九十天光景还远，我们也远远没有做出让你走的决定。没有做出决定，你怎么能走呢? 是绝对走不了的。"

要走走不了，要留留不了。三个月。

"小郝同志，千万不要冲动。"老邵同志劝我。

"敢情您有那束'鲜花'修身养性呢。我一无所有，无法不冲动。"我用标准男子汉的腔调说。

我就用力去擦那连通天外的窗。

"咔——"用力过猛我竟将一块玻璃捅破。屋内，唰地亮了许多。我惊呆了。

我索性击碎另外那块无法恢复的玻璃。我的手掌上流出了耀眼的鲜血。

吴勇成了个木头人。老邵用一种灼热的目光望着我。

我悠悠来到总务科。科长堆起一脸褶子审视着我。我对这皱褶的世界说："谢谢！我要亲手装上自己的玻璃。"

"不是自己的玻璃是公家的玻璃。"总务科长极其认真地修正了我的语误。

屋中只有老邵一人。空荡荡的小窗上已然贴了两块草板纸。我敢断定这是吴勇难以忍受窗上的空白才选择了这非透明的物儿。有了玻璃就有了透明，心才更明亮。我异常平静地扯下草板纸，安上我那两块亲爱的玻璃。我逼近玻璃上的"我"忘情地哈出一口热气——这就是我对玻璃，玻璃对我的狂吻。

屋中大亮。我默默坐到办公桌前突然激动得想哭。越窗而来的阳光直扑到我身上，狠狠地与我亲热着。无论去留，只要活着这窗就属于我。

吴勇大步走进来，环视着这房间。

"老郝老郝，我重新告诉你，你一定要记住，你可能是个人物，你真正要好自为之。"

我有些动情地冲吴勇点了点头，然后转身对老邵大声说："太阳这么好，您桌上的鲜花不出三天就会放出芬芳！"

老邵同志冲我微微一笑。

俗人王河东的俗事儿

王河东找外甥借了一万元。是人民币。原先他手里还有五千元，也是人民币。凑在一起一万五，王河东心里多少有了些底气。

这一回我就敢请任何外国小老板去星级酒店吃饭了。王河东心里说着，去伊势丹给自己置办了一套行头，立即他就西服革履了。出了伊势丹掐指一算：花了整五千。

在马路上拦了一辆桑塔纳出租车，这是王河东有生以来第一次打桑塔纳。司机是一位浑身火红的小姐。

红装小姐轻声问道：先生从外地来吧？

王河东操着本地口音瓮声瓮气地说，我是本地土产，你现在拉着我到厂里办退休手续。

王河东的本地口音吓了司机小姐一跳。

我还以为您是个广东老客呢，真没想到。

王河东说，广东人高颧骨，你说是不是？

司机小姐说，人家广东人有钱哪。

别急，咱们很快也就有钱了。

这时候出租车到了王河东所在的煤建机械修配厂。王河东说，开进去！一直开到厂长办公室门前，给他添添堵！

小姐就把车开到了厂长办公室门前。这是一座灰头土脸的三层小楼。

王河东说，小姐你看这办公楼外表不怎么样吧？里边装修得豪华极了。

88

司机小姐说，四十二元。

王河东递给他一张五十元的票子。

他学着广东老客的腔调说，不要找啦！

王河东出了桑塔纳大步走进厂长办公楼。

王河东今年五十一岁。

五十一岁的王河东冲那位小白脸秘书说，耿厂长呢？叫耿厂长来！

小白脸秘书看了看这位光彩照人的王河东，不知该说什么好。

您，您就是后边仓库里的保管员吧？您叫王……

我叫王河东。快叫耿厂长来给我在内部退休的申请书上签字，我今儿就退！别耽误了我去吸引外资。

小白脸秘书完全让王河东给闹蒙了。

这时耿厂长走了进来。

耿厂长又瘦又高曾经是个机关干部，他来这当厂长之后，王河东便和妻子离婚了。王河东的妻子是个收发员，每天要往厂长办公室送几次文件。王河东有充分理由认为妻子与耿厂长之间有些瓜葛。他与妻子离了婚，妻子却调到另外一个厂子去了。

王河东认为世上的女人应该属猫，哪儿舒服就往哪儿投奔。当一个女人最没劲了，王河东想。

于是他与耿厂长之间，总有一种情敌的感觉。耿厂长是个既主观又武断的人。

耿厂长看了看王河东呈上来的申请书和填好的几张表格。

这里有俩错字你把它改过来吧。王河东你真的敢于提前退休啊？

工厂不景气，实行内部退休制，简称"内退"。男性五十岁就可以申请退休，但每月只发给你一百三十八元的生活费，只够用于维持生活。

王河东气呼呼改了那两个错字，之后他说，耿厂长，以后你要是走投无路，可以到我的公司里申请看门儿，我保证给你一口饭吃。

你已经有自己的公司啦？耿厂长审慎地问道。

王河东注视着昔日的情敌说，刚刚怀孕。

办理了内退手续，王河东扬长而去。

耿厂长望着他的背影自言自语：三十年河东，三十年河西呀。

王河东回到家，赶紧把一身价值五千元的西服和皮鞋褪下来，妥善保管。卸完装的他，一下子又成了老型号的王河东。他站在镜子前观察自己。

以貌取人，说明这是个势利眼的社会。

王河东走出家门，去浴池洗澡。

他住的地方，是这座城市的老城区。市民文化，实实在在地充斥着四面八方犄角旮旯——都是人间烟火。中西合璧，新旧杂糅；粗粮细做，古为今用。大街上布满变异的中国特色。

这里的信息中心是那座浴池。

浴池里没有电脑而只有人的嘴脸。

王河东穿过那条小街走向浴池。这条小街在临近年尾突然变成挂历的集散地，各式各样的挂历在这里展示。绝大多数都是大美人儿。这些大美人儿身上穿得极少，在冷风中露出那么诱人的胸和腿。王河东怜悯之心油然而生：他觉得这些大美人儿挺不容易的，为了挣钱冬天在这儿晾着。

女人挣钱就是比男人容易。他心中又愤怒起来。这时他又想起了上任妻子，她年轻时非常漂亮，如果她再苗条一些，印进挂历绝无问题。她如今是个什么模样呢？已经有两三年没见到她了，听说又变胖了。单身女人其实是不该发胖的。事事操心还能胖？也许有人在替她操心。有那么一首歌儿叫什么？《只要你过得比我好》。是啊，只要你过得比我好。

王河东一进浴池伙计就迎了上来。都是老主顾了，一天不见就想，三天不见就开始惦记，生怕五六十岁的人了，有个什么闪失。

其实不应当叫伙计，应当叫服务员。叫惯了也就没人嫌。

王河东问那老伙计说，那几个朝鲜人来了吗？就是朝鲜那几个业务员。

老伙计指着东边的几个木榻说，来啦，都在池子里泡着呢。

王河东心里有了底，乐了。

这是三天前定下的约会，今儿池子里见面。

王河东身披毛巾往池子里走去。

他自言自语道，这绝对是中国特色。

所有在池子里的人都成了方便面。

王河东有王河东的绝活儿。他用三天时间访贫问苦就摸着了门道。他所拜访的大多是退休在家的老搬运工。这些当年扛河坝拉地牛的劳苦大众，一辈子几乎是在与腰酸腿疼做斗争。他积累了很多底层绝活儿，永远也不会告诉贵族。于是贵族就只能在高层次完成高品位的腰酸腿疼了。

在即将加入WTO的今天，王河东依然不会忘记古为今用。他找到一个绝迹于市面足有五十多年的配方。当年用这个配方，一个名叫热乎刘的老头，在小作坊里制造出一种东西，往身上一敷立即疼痛全消。尤其是在冬季。

王河东找到这个配方，一试就成功了。他制造出一批样品，天天在家里看地图。他觉得这个世界其实不算大。

王河东已经瞄准国际市场。

王河东看看地图心里想，日本有渔民，韩国也有渔民，而且他们待的地方都比较冷，譬如说日本北海道。另外，世界上还有猎人。发达国家还有许多吃饱撑的年年去滑雪的人。对了还有伐木工人、下井采煤的矿工……

要首先找到东亚的商人，让他们当代理商，干脆我批发给他们让他们再去卖，总之要互惠互利。以销定产，我得先找到市场才是正路。

于是王河东在大众浴池遇见了那几个朝鲜族同胞。朝鲜族同胞说，他们有许多亲戚在韩国，都是生意人。

王河东大喜。他问，你们几位里头，有谁正闹腰酸腿疼？

朴真男说，我前天扭了胯。

李水植说，我腰腿都不疼，就是胃寒……

浴池的木榻上，正是王河东的用武之地。他从衣袋里掏出那种神物儿。

这是什么东西？朝鲜族同胞问。

王河东灵机一动就给这东西起了个响亮的名字，他说，这东西呀叫灵一贴！绝活儿呀。

王河东往朴真男的胯骨捂上灵一贴，粘牢。又朝李水植的心口上扑了一贴。

几分钟之后，朴李二人异口同声，说疼痛大减，身子热热乎乎的，太舒服了。这东西真神奇。

王河东说，咱不能光让中国人舒服而不管外国人吧？如今是全球一体化啊，全世界的腰都一样疼。

朝鲜族同胞立即答应为王河东的灵一贴介绍一位忠实可靠的韩国商人。

泡在池子里的朴真男突然直起身子说，已经说妥了，明晚六点在水晶宫饭店，你请崔一亨先生吃饭。如果能谈成，你就赶紧注册公司鉴定产品组织生产。

王河东说，只要这位崔先生保证国外市场，我一个月之内就能发货！

之后王河东心里说，你知道灵一贴的原料是什么吗？伸手可得，到处都是，这就叫中国人的智慧，空手套白狼去赚外国人的钱。

王河东住的这种地方是很难见到出租车的。他穿戴整齐——那五千块钱的西装和皮鞋。身上装着九千八百元人民币。他认为这是个非常吉利的数字。今晚与那位崔一亨先生的洽谈，一定会顺利祥和。

王河东乘出租车到了水晶宫饭店。约定的地点是楼顶的旋转餐厅。王河东没到过这么高级的饭店，打电话订餐的时候他还担心这种星级饭店店大欺客。现在王河东满怀信心走进那四面透明的电梯，飞快地升到了顶层。

王河东坐在预订的房间里鸟瞰着窗外都市的灯火。我这等于是坐在城市上头啊。想到这里王河东的臀部有些激动，他知道必须多挣钱才成。

正点时间，朴真男引导着那位崔一亨先生走了进来。王河东起身表示欢迎。

朴真男说，崔先生不大会讲汉语。

于是朴真男就成了介绍人兼翻译。

王河东伸双手递上了名片：大河药业有限公司董事长兼总经理 王河东。

崔一亨回递一张名片，王河东就看不懂了。

王河东拿出样品，介绍着灵一贴的独特配方和神奇功效。他特别指出，这种配方必须严格保密，但有一点可以说明，配方的最早使用者是努尔哈赤。后来被八旗子弟弄得失传了。

崔一亨先生听罢，连连点头。

不知为什么，王河东想起了前妻。

那时候王河东说话的时候，妻子就总是连连点头。后来妻子学会了摇头，妻子便成了前妻。

朴真男说，崔先生想领教一下您的产品。

王河东却仍然想着前妻，忘了正在会客。

崔一亨先生面现不悦之色。

开始上菜了。王河东为了这次应酬，专门请教了一位常吃大饭店的外贸局官员。

朴真男择机又说，崔先生想领教一下您的专利产品——灵一贴。

王河东很高兴，咱们趁着大菜没上来，我先给崔先生捂上一贴。

崔一亨说他左肩膀近来常感不适。

王河东挽起袖子，给崔先生左肩敷了一贴。之后王河东喝下一杯啤酒，崔一亨就用王河东所听不懂的朝鲜话哇哇说个不停。

朴真男说，崔先生说他觉得非常舒适。

王河东哈哈大笑举起了酒杯。你们朝鲜族人爱吃狗肉，我给添个菜——狗肉煲。

朴真男一边吃一边说，崔先生对您的产品极有兴趣，他初步同意在韩国和日本为您建立一个市场。

王河东就与崔一亨碰杯。他看明白了，崔一亨只不过是个小老板，顶多折合中国一个副总经理。但只要崔一亨能将这灵一贴卖到外国去，白猫黑猫他就是个好猫。

不知为什么，王河东又想起前妻。

崔一亨吃大虾时的姿势，有些像前妻。

她如今吃得上大虾吗？兴许吃不上。

王河东喝了很多啤酒，都是德国进口的。崔一亨重点喝五粮液，足有半斤。朴真男则啤酒白酒兼而喝之。房间里充满了微微的醉意。

王河东想说中朝两国人民战斗友谊万岁。又一想人家崔一亨先生是韩国人，就改嘴说祝愿合作成功。

酒宴在友好热烈的气氛中结束。

起身。王河东脚有点软，以为自己正在江上荡舟。

王河东叫来小姐，说去前台结账。

小姐说，先生付人民币吗？九千八百元整。

王河东笑了笑，从提包里掏出那些钱，一股脑全放到台子上。

小姐问他开票不开票。他说开票。他心里说，花了这么多钱我还不开票，太便宜你们了。

仨人乘电梯下到一楼大厅，镜子中王河东看到一个风度十足的绅士。细看，才知道是自己，仨人走出大厅。

朴真男说，崔先生想散一散步。

很好，王河东雄赳赳地迈着步子。

走了三四百米。朴真男说，送崔先生回去吧。

王河东伸手去拦出租，一辆又一辆全都不是空车。王河东急了。

又一辆出租驶过来，王河东一跨步站到马路中央，那辆车随即停了下来。

上车！王河东拉开车门自己先钻了进去。

崔一亨和朴真男也钻了进来。

王河东说，送崔先生去他的住处。

朴真男轻声告诉司机去友谊饭店。

友谊饭店终于到了，朴真男对王河东说，我送崔先生回去，顺便再谈谈合作灵一贴的事项。

崔一亨与王河东握了握手。车又行驶起来。王河东自言自语道，只剩下我自己了。

先生，你去啥地方？司机是个汉子，一嘴东北口音。

这时候王河东的头脑清醒了许多。他说，司机，告诉你吧，我身上没带钱。你跟我到家里去拿？我家里也没钱。我是个光棍儿。刚才有九千八百块钱，请客都花光了。你停车吧，越开，我欠你钱越多。

司机说，没钱咋办呢？不能白坐俺车呀。

王河东脱下脚上那双老人头牌皮鞋。

他举着这双皮鞋对司机说，六百块钱买的，我只穿了两次，折一半儿，三百准值吧？给你顶这车钱，行吗？要不先押在你手里也成，改日我拿车钱去赎。行吗？

司机说，你走吧。

王河东光脚下了出租车。他连袜子都脱在车上了，光着脚走在石板路上心里挺凉。

出租车疾驶而去。王河东快步行走。

这时他又想起了前妻。前妻常常用暖水给他烫脚。

一辆汽车猛地停在他面前。司机一把将他拉进车内。仔细打量，正是刚才那位司机。

把鞋穿上！快穿上！司机厉声厉色。告诉你吧，这辆出租车是我抢的。我是从东北跑过来的杀人犯。我杀了八个人，厂长、书记，还有那个局长和几个狗腿子。你懂吗？

王河东点点头。他的酒全醒了。

抓住我，能得一万块钱奖金，前后的路都封锁了。我完了。我把这个人情送给你吧朋友，你穷得连鞋都穿不上。一万元！来吧你押着我去报警吧。

谢谢你，朋友。王河东十分冷静地说。

朋友，我就是穷死，也不赚这一万块钱。这双鞋我穿上了，就算我领了你的情吧。

不知为什么，王河东落下几滴冰凉的泪水。他下了汽车。他看见前后都有警车缓缓逼上来。

托你两件事。第一，你去这个地址替我看望一下王桂枝，她是我最好的情人。第二，一会儿你数一下，我是不是挨了三枪死的，算命的神洞子说我将身饮三弹而亡。算对了，替我谢谢他。算错了……就谢谢你吧。

说罢，这辆车就朝前边那辆警车冲去。

王河东静静听着。果然狙击手打了三枪，那辆的士就失去了控制，撞到一面土墙上起火燃烧。

神洞子在哪儿算命呀？说得可真准。

一个警察走上来，要去了那个地址并将王河东带到公安局问询。

王河东对警察说，有一笔小财但我没发。

后来他终于找到了算命的神洞子，他又知道了那个崔一亨根本不是韩国人。朴真男也没了踪影。九千八百块钱交了学费。

但王河东依然生产出了灵一贴。

灵一贴的主要原料是锯末、铁砂、发热剂和几味中草药。一本万利，中国也有许多腰酸腿疼的受苦人。灵一贴在国人之中渐渐打开了销路。

王河东成了一个不大不小的老板。

虽然那个地址被警察搜去了，但王河东记在了心里。一次去吉林推销灵一贴，王河东找到了这个地址。

在一间青砖平房里他见到了王桂枝。她是一个长相很丑的中年女人。

回忆起那位身中三弹者的长相，却是一表人才。

王河东放下一万块钱，说这是你情人死前留给你的。他要你好好活着，一步一个脚印。

王桂枝含着泪水说，他是为了我才去杀人的。以前过春节他连鸡都不敢杀。

王桂枝又说，他是个心特别软弱的人。

王河东走了。

他又想起了自己的前妻。

他觉得该去看一看她了。

王河东一边走一边说，是呀，无产阶级只有解放全人类，才能最后解放自己。

我非得把那灵一贴卖到外国去不可，那外国人养尊处优肯定少不了腰酸腿疼的。

王河东哼哼着京戏《打渔杀家》里肖恩的唱段，一步三摇朝前走去。

锁孔里的大工匠

家庭生活很有规律：吃罢晚饭，他刷锅洗碗，她扫地擦桌；七点钟，夫妻双双坐到电视机前，观看中央电视台的《新闻联播》；《新闻联播》完了，"啪"，关掉电视机，她便退到屋子角落里，坐在藤椅上阅读《儿童心理学》，他则伏到桌前，继续啃那本《机械原理学》。

"喂，刚才电视里说公海上翻了一条大船是哪个国家的来着?"妻子虽在读书，可心里还在挂念着另外一个世界的事情，轻声问丈夫。

"忘了，或者说根本就没记住。"他目不离书，冷冷答道。

"真惨!"妻子以嫩掌托粉腮，望着书本遐想。

"嗒，嗒，嗒，嗒，嗒!"邻家的收音机正在报时——北京时间二十二点。

他呼出一口长气，走出《机械原理学》的天地，揉揉眼睛，凝视着妻。她还在读书，清清亮亮的眸子，抿得紧紧的嘴唇，不时在笔记本上记些什么。他知道笔记本上写满孩子的姓名，当然都是人家的孩子，她是一座大工厂幼儿园的保育员——小天使的庇护神。

于是，他悄无声息地爬到床上，铺展被褥；她飘然起身，轻轻盈盈站到院里。

这是一个只有两户人家的小院。自从新婚搬进这个小院，几乎每天都是这样：晚自修结束，他动手铺床，她站到院子里呼吸新鲜空气。小院宁静、安谧。

"睡吧?"丈夫在屋里唤着妻子，伸手拉灭吊灯，随即按亮壁灯。妻子随月光走进屋来。

"明天早晨七点四十分的火车……"妻子坐在床边，望着天上的月亮。

"嗯。"丈夫是个恒温型的人，情绪绝少起伏。

"如果天气变冷，你要加件衣服，毛衣放在立柜里。"妻子嘱咐着丈夫，然后凑到壁灯下，查点自己明天上路的行装。

"唉！在这个世界上，从明天起将有一个男子汉要挨过六天的光棍生活了。"丈夫身上幽默细胞甚少，此时却百年不遇地风趣了一回，装出一副可怜相。

"你概念太小。应当说，在这个世界上将有一个雄心勃勃的女子去北京参加全国模范保育员经验交流会。"妻子撩起细眉，反唇相讥。

丈夫依偎在绿色床毯上，苦笑了。妻子以"大"胜"小"，他只好甘拜下风。

"喂，有件事儿……"妻子伏下身来，定住眸子去瞧丈夫眉心那颗小小的黑痣，"这事儿得交给你来办。"

"买粮？买煤？"

"小傻瓜，这两件事我昨天都办完了。"

"小傻瓜"用手摸摸脑门，望着天花板。

"记住。"妻子踌躇了，不停地搓弄着双手，"你是能够记住的。"

丈夫默默地望着妻子。

"每天呀，晚上十点钟，也就是北京时间二十二点，通常是二十二点刚过。"妻子娓娓道来。她白色的紧身衫衬在绿色床毯上，一种圣洁的美在身上流动。"这光景，住在咱们对面屋里的孤老头子就趿拉着鞋在屋里走动起来，听到这'踢踏踢踏'的声音，你应该想象出这是一双工厂发的劳保鞋……"

丈夫的眼睛一眨不眨，十分惊异地望着妻子。看到丈夫把眼睛睁得圆圆，妻子心里十分惬意，便接着说："这种声音响过之后，一准是老头儿站在屋内门槛前，摆好架势，'吭哧吭哧'拉着门扇，喘着粗气，然后他腾出一只手去拨动门上的插销……"

"这到底是怎么回事？"丈夫沉不住气了。

99

"因为我们现在还不能做到夜不闭户。"妻子对发急的丈夫不理不睬，径直讲下去，"他为了拨紧插销，呼呼喘着粗气。"

"这与咱们有什么关系呢？"丈夫觉得离奇，不由得从床上坐起，凝视妻子。婚后生活中，这是极为罕见的现象，他对她还不够了解。

"老人不可能把门关严插紧。因为那扇门年久失修，已经松散变形……"

"既然松散变形了，他为什么不修好呢？"丈夫叹了一口气，重新侧身躺下。他感到妻子的心细得惊人。在此之前，他几乎忘记小院里还有另外一户人家，那是个什么样的孤老头子啊，哑巴似的。自从搬入这个小院，自己竟然没有注视过他一眼。

"这时候，他肯定要在嘴里嘟哝着什么，咒骂自己怎么会老成这个样子，还要咒骂这扇破门故意捣蛋。"妻子绘声绘色。

"今儿晚上你准是发神经，说出话来让人摸不着头脑。"丈夫发着牢骚，打开《机械原理学》盖在自己脸上。他在一所技工学校教书。

这时妻子的语调更加柔和了："这时候你应该出场了，悄悄站在门外，轻轻抓住门外拉柄，悄悄向上一提，那扇门一下子关严了，这时老人会在屋里顺势拨上插销。此时，你会听到一声聊以自慰的低叹：'我还中用，我还中用……'"

妻子明亮的眼睛始终在注视着丈夫。她撩开书本看着丈夫。他双目微闭，好像在睡觉。妻子眼神里闪过一丝悲哀。

"你怎么会知道他每晚十点钟之后插门？"丈夫佯寐，突然发问。

"可能……这是他的生物钟吧。"妻子答毕，盼望丈夫再次发问，她害怕丈夫睡去。

生物钟？他第一次听到这个字眼儿，《机械原理学》里没有，《儿童心理学》里也不会有吧？"这么说，你每天晚上都在门外暗暗助他一臂之力？"丈夫问得愈发具体了。

"从搬到这里第九天……"

"我，我怎么就不知道呢？"

"我也不知道你为什么不知道。"

一股潜流涌动，他绝少对外部世界的好奇心理终于复苏。"要是没人去暗助一把力，他又会怎么样呢？"丈夫睁开技工学校教师的眼睛，用一种异样的目光瞅着妻子。是的，有时候他久久注视着妻子，觉得她很美，终日潜心研究童心、童真、童无邪，永远也不会变老的。

　　倏忽间，一股难以名状的冲动撞击着心底，他从床上呼地坐起，双手紧紧扳住妻子的肩头。妻子终于笑了，这种笑发自心灵深处。

　　"真好！你没有睡着。"

　　他伸出胳膊缠在妻子纤细的腰肢上，两人踱到小院当中，沐着天上月光。

　　"喂，你去演习演习吧。"妻子指指对面的屋子。

　　丈夫略一犹豫，便向那扇爬满裂痕的门走去。他步姿怯怯，活像个小偷。

　　"有时候，做光明正大的事情反而像个小偷模样。"妻子兴致高涨，"就这样，轻轻向上一提，畸形的门就恢复原状。"

　　"关键在于不让屋里人知道外边有人。"丈夫道出自己的发现。

　　"很对！"妻子兴奋极了，"真正地理解别人是一件非常不易的事情呀！"

　　"你对这个从未打过交道的孤老头子，知道得这样详细。"丈夫折服了。

　　"这个孤老头子，如果你主动接近他，他反而会十倍冷淡、百倍警惕你哩！"

　　丈夫没有注意到妻子的感慨，却发现了"新大陆"："哎呀，门上有个窟窿眼儿！"

　　她从丈夫充满好奇的瞳孔里，看到两个曾一度熄灭今又重新燃起的光点。

　　"那是锁孔，我想朝里边看看，可以吗？"

　　"去问你的《机械原理学》。"

　　"只要动机是好的，就不能算是窥视吧。"

　　"什么动机？"妻子急切地追问。

"比如说，关心别人。"

于是，一双终日紧盯算盘珠子的眼睛，在良好的动机的驱使下，轻轻地对准门上微孔。

"他的房子原来这么深呀。他手里捣弄着一个什么机器。"丈夫报道。

"看清楚喽，是不是一种工厂里的生产线模型？"

"果真是！你先知先觉。"丈夫轻声惊叫道，不忍离开锁孔。

"咱们，回去睡吧。"妻子突然宣布退场。

"老头儿确实很老了，脸上……"丈夫终于注意到了这个老人。

"老小孩儿。退休在家整天捣弄这些玩意儿，幻想将来用在工业生产上。可是，早就没人知道他了。"

妻子回到屋里，丈夫站在屋外，两人隔着一条门槛。终于，两条影子拥到门槛上……

一周之后，妻子从首都开会回来，走进小院抬眼细看，一扇崭新的木门安在对面屋子的门框上。

丈夫迎将出来，眨动着兴奋的眼光，问："怎么样？我的手艺怎么样？"他分明在等待妻子的评价。

妻子望着丈夫，鼻子一酸泪珠在眼窝里转悠。"我打听到了，他老人家当年是著名劳动模范，带出几个徒弟都成了大工匠……"

"是啊！"丈夫补充说，"我这本《机械原理学》原来也是他老人家当年编著的！"

"他这个大工匠啊……"妻子略显迟疑地说，"他这个大工匠怎么不动手修理这扇门呢？"

"他住在锁孔里呗，根本不走这扇门。"丈夫精辟地说。

102

第 二 辑

享受清高

侯一立起初从事小小说创作，颇有几分成绩。他发表作品几十万字，共六次获奖。就其职业而言，侯一立属于业余作者。他是市直机关管理局的一名干部，被评为主任科员。于是侯一立拥有了双重身份。后来，侯一立开始对报告文学发生兴趣。

高等课堂教科书上将报告文学称为"文学轻骑兵"。侯一立步入这一兵种，纯属偶然。那一天临近下班，处长打来电话，说是要跟侯一立谈一谈。平时侯一立聆听教诲的机会很少，放下电话他立即前往处长办公室。

处长是一张国字脸。

"国字脸"说，侯一立你写了很多小说啊。

侯一立说，是小小说。

处长不悦，说小小说也是小说嘛。侯一立连连点头，请处长多提宝贵意见。

处长说，我只提一个问题，请你慎重考虑。你很年轻，今后的道路还很长。你是想从文呢还是想从政呢？小说都是虚构编造的东西，青年人应当从事实实在在的工作。当然，最终还要自己做出选择啊。

从此，侯一立转向报告文学，很少再写小小说了。

侯一立写的报告文学，起点不低。由于他是一个机关干部，往往被文坛另眼相看，本市几家文学期刊的编辑都认为他在大机关供职，视野开阔，政治素养高，一有报告文学的写作任务，也就愿意交给侯一立来完成。侯一立的报告文学，渐渐形成自己的风格。不温不火不急不躁，叙述从容，说理有节，颇有大家风范。他发表在《企业大世界》上的报告文学《饼干问题的哲学意义》，一经发表就在全市打响。饼干界与哲学界同时受到强烈震撼。让饼干与哲学同时受到震撼，这很不容易。

侯一立认为，这是自己对现实主义文学的选择。譬如说他坚信文学是大众的事业，而绝非一个人的象牙之塔。当他正在思考小说与什么接轨的时候，有人来请他写一部报告剧，十集。

来者名叫姜河水，从前是美雅照相馆的摄影师，人称姜师傅。如今成了电视台专题部的导演，人称姜导。

侯一立问姜河水："什么叫电视报告剧啊？"

姜河水笑了笑，说："电视报告剧呀，你就认为它是电视里的报告文学，明白了吧？"

侯一立说明白了。

姜河水认为侯一立的悟性绝对一流，就对他说了一句稿费从优。

侯一立认为姜河水的"稿费从优"只是一句俗语而已，旨在鼓励作者写本子的时候，切勿粗制滥造。殊不知侯一立迄今为止仍然是一位信奉"百年大计，质量第一"的人。

双方签了合同，合作就这样开始了。

手持电视台的公函，姜河水到侯一立供职的机关为他请创作假，并说是"主旋律"。国字脸处长只能举双手赞成。第二天，侯一立就随着姜导去往据说风景如画的万山度假村，投入电视报告剧本的写作。

侯一立是个速溶型作家，拉开枪栓当天就进入了状态。

姜河水说，萝卜快了不洗泥，质量第一。

万山度假村坐落在燕山余脉一隅。这一带的乡镇企业早在十几年前就已成了气候。如今，他们又大力挖掘旅游资源，开发人造景观，重构历史风貌，一时间经济效益大增。姜河水与这一带的农民企业家非常熟悉，他到达万山度假村的当天，就有十几位总经理向他发出邀请。于是姜导胃口大开，忙碌起来。

侯一立将自己关在屋里，埋头创作电视报告剧的剧本。度假村茶炉间的女服务员以为侯一立是一位前来辟谷的气功大师，就跪在门外哭泣，求侯一立为她医治多年的不孕症。侯一立慌了，不知如何是好。

这时候驶来一辆黑色轿车。一个身材魁梧的中年汉子从车里走出来，径直推开侯一立的房门问道："听说姜导来啦！人呢？"

侯一立苦笑着说，姜河水到后边水库钓鱼去了。

来者听罢，哈哈大笑着走了。

傍晚时分，姜河水手里拎着一条大鲤鱼回来了。那个魁梧的中年汉子跟在姜导身后，左手拎着一只甲鱼，右手拎着一只山鸡。

姜河水说："小侯呀，今天晚饭咱们来一个海陆空火锅，你也当一次三军统帅！"

侯一立说："这只甲鱼又不是什么航空母舰！"

姜河水笑着将那个身材魁梧的汉子介绍给侯一立："这位就是大名鼎鼎的刘富宝啊！八面威风的农民企业家。"

刘富宝很爽快，伸过手来大声说："我原本就是一个贫下中农，侯作家你就叫我大老刘好啦！"

姜河水补充说："刘富宝是富宝家用电器有限公司的董事长啊！"

大家都笑了，就去吃"海陆空"了。

晚饭后，驱车前往刘富宝的公司，参观。晚间的工厂里仍然一派热火朝天的生产场面，可见富宝家用电器有限公司正处于蒸蒸日上的大好时光。

通过采访，侯一立知道，这个公司生产的家用空调系统，目前在市场上非常走俏，产品供不应求。

侯一立问道："不是说目前家用空调市场的竞争非常激烈吗？"

刘富宝说："我们生产的清高牌家用空调系统，是以优越的性能、过硬的质量、可靠的售后服务，才在市场上站稳脚跟的。"

姜河水说："对，他们生产的清高牌家用空调系统，物美价廉，零售才卖六千多块钱一套呢，而且是免费安装，保修八年！"

刘富宝接着说："姜导演，侯作家，过几天我就派人到你们家里去，给你们各安装一套，免费使用！"

侯一立听罢一怔，不知道说什么才好。

姜河水毕竟见多识广，说："好吧！就等于是我们两个家庭给你们的产品做了活广告。哎，你们的空调叫什么牌子？我这脑子一会儿就忘……"

刘富宝自豪地说："清高牌！"

十集电视报告剧本写完，侯一立就离开万山度假村，回到机关上班去了。姜河水则进入分镜头阶段，说是尽快开机，拍个精品，争取入选"五个一"。

上班的第二天，国字脸处长要侯一立起草一份关于加强机关廉政建设的汇报材料。侯一立写材料虽然是一个快手，但这次还是卡了壳。他只得加班，开夜车写出这份材料。国字脸处长对侯一立的表现颇为不满："你写电视剧怎么顺顺溜溜的不费吹灰之力呢？"侯一立默然。

临近下班的时候，姜河水身穿一身摩托装束，风风火火走了进来。

侯一立以为他要去参加拉力赛。

姜河水说："刘富宝打来电话，说明天派人来安装清高牌空调器，你千万不要外出，坐在家里等着。大老刘说先给我家安装，然后就到你家里去……"

侯一立站起来说："不行不行不行……"

姜河水非常惊讶："你这是怕受贿啊？这一台空调器算个什么事儿呀，毛毛雨！"

侯一立苦笑着说："不是不是。明天我要去参加全市廉政建设会议，会期三天绝对不能请假……"

姜河水释然："那就让你妻子在家里等着。"

侯一立说妻子出差了，昨天去的广州。

姜河水不悦："好啦，我家先安装吧。过几天等您老人家有了空闲，再约刘富宝派人来安装吧。"

侯一立想了想，就点了点头。

三天之后，侯一立的会议结束了。他的妻子也从广州出差回来了。侯一立对妻子讲起安装空调器的事儿，妻子脸色一喜。

"这六千多块钱的东西，人家就这样白白送给咱们？"妻子问道。

侯一立说："对电视台的人来说，这是常事儿。"

妻子又问："你说，人家为什么要白白送给咱家一台空调器呢？"

妻子在市图书馆当管理员。侯一立被管理员给问住了。

他想了想，说："可能是刘富宝想要跟我交个朋友吧。"

妻子说："人家刘富宝是一个千万富翁，你呢？只是一个会写几篇文章的小公务员而已……"

然后就是沉默。对这个从未接受过馈赠的家庭来说，这种沉默的内容十分复杂。

一连许多天过去了，侯一立与妻子平静地生活着，谁也没有提起关于空调器的事情。就这样，天气渐渐热了起来。

妻子终于坚持不住了，问丈夫最近是不是见到了姜河水。侯一立知道妻子问的是空调器，就说姜导到外地拍片去了。妻子似乎想说什么，就叹了一口气。

星期日上午电视里播出清高牌空调器的广告，刘富宝也出现在画面上。

妻子坐在沙发上小声嘟哝着："清高牌，这个名字起得真好，清洁高雅。相比之下，刘富宝的名字就显得太俗啦……"

门外响起一阵汽车的声音，侯一立心里想，是不是刘富宝派人安装空调器来啦？

走进门来的却是姜河水。姜导站在屋里大声说道："太热啦太热啦，你家真太热啦！"姜河水是专程从外地赶回来与侯一立研究剧本的——第八集必须大改。

临走的时候，姜河水才发现侯一立家里根本就没有安装空调器。他说："前几天我跟刘富宝通电话，他早说吩咐手下的人马，随时都会来给你家安装。你这个人啊，主动给大老刘打一个电话，接洽一下不就成了嘛！这天气是越来越热，人情可是越来越凉啊！"

侯一立听罢，十分尴尬地朝着妻子笑了笑。

姜河水匆匆忙忙走了。

天气越来越热了，天气预报说今年将成为本市二十八年以来气温最高的炎夏。侯一立与妻子相对无言，似乎都在心中期待着什么。有时门外响起汽车的声音，他与她就不约而同起身走到窗前，朝外面望去。

就这样，夫妻多日以来共同处于紧张状态之中。只要门外有动静，他们就如坐针毡，也说不清是期待还是拒绝，总之他与她同时体会到了"心态极其复杂"的滋味。正是在这种难以名状的时光之中，他们渐渐懂得了什么叫作"过日子"，过日子就是心头流过的一股股清澈的泉水啊。

这时候，国字脸处长病了。侯一立拎了一兜水果，携妻前去探望。处长住在一套两室一厅的老式单元里，显出几分落伍的狭促。妻子惊奇地发现，处长的房间里安装的也是清高牌空调系统。

屋里显得十分凉爽。处长颇有其言亦善的味道，深沉地握着侯一立的手说："你年轻，一定要好好干啊。"

侯一立点了点头。他知道处长患的是一种难以治愈的慢性疾病。

走出处长的家门，一路上夫妻之间不言不语，仿佛穿越了时间隧道。

周末那天，侯一立下班回家。妻子正在洗衣物，满头大汗。侯一立走上前去，给她擦去额头汗水说："我实话对你说吧，这些天我从来也没给刘富宝打过电话。是啊，咱们很穷，咱们需要一台空调，可是我怎么能给刘富宝打电话呢？那不就等于是伸手向人家讨要吗？这种事情我可做不来。"

妻子笑了笑："其实这几天咱俩的心态是一样的。一方面是心里清高不肯给人家打电话，一方面又盼望人家主动送上门来……"

侯一立勇敢地点了点头："你说得一针见血！"

妻子说："虽然是商品社会，可我们也不能平白无故就要人家的东西呀！而且要的还是清高牌的，我觉得特滑稽……"

侯一立呼出一口气，心情顿时轻松起来。

妻子突然问道："要是人家突然上门给咱们安装空调，那可怎么办呢？"

侯一立想了想，说："你问得好！"

第二天一大早儿，妻子拿着存折就到银行去了。这个工薪家庭总共拥有八千元存款，妻子取出七千。早上九点四十分，夫妻两人雄赳赳走进坐落在人民广场东侧的百货大楼，来到三楼家电商场。

他对妻子说："我们是用自己的钱来买东西的。"

妻子对他说："是啊。用自己的钱买到的东西，才是属于自己的。"

虽然是前来购物，他们却很像是两个战士走向战场。正在这种时候，他与她在电梯里遇到了国字脸处长。

侯一立与上司打了招呼。处长定定注视着他，说："小侯，你是个好同志啊。"

侯一立听罢，丈二和尚摸不着头脑，只是朝着处长笑了笑，就告辞了。

家电商场的商品真是琳琅满目。妻子小声对他说："按照原先的规划，咱们这个工薪家庭是要等到明年才安装空调的……"

侯一立笑着说："这一刺激，咱们就提前消费了。"

妻子向家电商场的导购小姐咨询。几经问询，众口一词推荐清高牌空调。

侯一立对妻子说："咱们只能择优录取啦。"就花了六千九百元钱买了一台清高牌空调器。商场负责送货也负责安装，但要交七十元钱才成。交款之后，妻子小声对他说："咱们只剩下三十块钱啦。"

侯一立大义凛然道："三十块钱足够买一颗手榴弹的啦，咱们跟敌人同归于尽！"

妻子听罢，笑得弯了腰。引来许多群众的围观。

侯一立心中很是高兴。很久以来他都没有挽着妻子走路了，今天他搂着妻子的纤腰在人流里走着。妻子激动得满面绯红。

他们用那最后的三十元钱买了两碗中华牛肉面，吃得很是舒服。众目睽睽之下，他吻了妻子。走出快餐厅，妻子幸福地哭了。

长街如河。阳光很好。

家中安装了清高牌空调器，自然成了一个清凉的世界。侯一立坐在沙发上看着电视里的足球比赛，尽管中国队又一次被淘汰出局，但他没有骂街。他知道，大家活得都很认真，也都很不容易。输要输得起，关键更要赢得起。

妻子静静地织着毛衣。这是一个很会过日子的女人。

星期日那天，门外传来汽车的声响。有人叩门。妻子起身前去开门，走进来的居然是刘富宝。

这位董事长口中散发着茅台的味道，表情很是兴奋。

"侯作家，我早就想登门拜访，总是没有时间。今天我刚谈成了一笔大生意，心里高兴，就跑到府上来看一看你啊。"

侯一立听罢，不知道说些什么才好。

刘富宝看了看墙上的空调机，笑了："哈哈，已经给你安装上啦？这清高牌的空调器，质量不错吧？我这人从来不吹牛皮……"

说罢，刘富宝仿佛领导视察民居，在侯一立两室一厅的家里走了一圈儿，不停地哈哈笑着，连声说好。

妻子急了，小声对侯一立说："你快告诉他，咱们这是自己花钱买的!"

侯一立也觉得，如此误会下去，后果是严重的，他追着已经走出楼门的刘富宝说："刘董事长你听我说……"

刘富宝在酒精的鼓舞下更加兴奋，他根本不听侯一立的解释，拍着侯一立的肩膀说："你一定要相信清高牌的质量。等天冷了，我再派人给你装一套热风系统!"

刘富宝转身钻进那辆高级轿车。

妻子手里拿着一张纸片跑了出来："侯一立你快告诉他，咱们这是自己花钱买的，这有商场的发票!"

刘富宝的轿车已经开走了。

侯一立回头望着妻子，说："其实，很多事情根本用不着解释。只要咱们自己心里踏实，天下太平啊!"

妻子也笑了。她笑得像一个小姑娘。

一天八小时工作

　　罗民达是在工厂南大门失踪的。要说打水是不应当到南大门去的，锅炉房在北大门方向。不知为什么罗民达拎着俩暖壶走向南大门并在那里失踪。

　　人们久久候着罗民达的开水沏茶，便急着出来寻找。初春的工厂暖洋洋的，有一种公园的感觉，只是少了些树木。今年工厂形势渐渐好转，产品开始拥有市场。厂方透露要给工人晋升一级工资，生二胎者除外。人们终于有了一点儿好心情。

　　这种大好形势下，罗民达却失踪了。

　　人们找到工厂南大门的时候，看到那两只暖壶稳稳当当立在花坛一侧。拎一拎，沉甸甸的都已经打满了开水。

　　这成了罗民达的遗物。

　　喝着罗民达的开水，人们的表情都显得有些紧张。这时候已经是上午九点十六分了——罗民达失踪整整一个小时。

　　维修组的工人就这样不言不语坐着，没有人提出前去保卫科报案。

　　屋里的气氛显得很沉。大有人人自危的趋势。

　　将近十点钟的时候，终于打探到一个线索，说罗民达拎着暖壶去打水的路上，曾与变电室值班电工张第相遇。

　　人们立即去往变电室找张第。

　　小个子张第是个沉默寡言的小伙儿。

　　张第好像正在打电话，见一窝蜂拥进这么多人，他连忙放下电话，显得不知所措。

来了这么多人啊，怎么来了这么多人啊。张第鼻尖上沁出细小的汗珠，嗫嚅着。这时候张第的形象，显得十分可疑。

张第承认他是罗民达失踪的目击者。张第说话的时候，语无伦次好像非常心虚。

人们就要张第如实招来。

张第突然大声说，变电室是有制度的，到这里来的人必须登记在册，这是四十年的制度了大家都得遵守。

人们就问张第今年多大年岁了。

二十六岁半。

你才二十六岁半，怎么知道这个制度已经四十年了呢？怪事。

这制度已有四十年了，是我师傅告诉我的。

你师傅呢？

死了。去年嘎嘣一声就死在这张椅子上了。脑动脉破了。嘎嘣一声。

你知道为什么他的脑动脉破了吗？

兴许不结实。

不。就因为他脑子里知道的事情太多了，盛不下了，就嘎嘣一声。

张第起身说，无论说什么，你们几个人也得登了记才能走。不登记，出了事情算谁的？

人们的神色又都紧张起来。只得在登记册上一个挨一个写上自己的姓名和来到以及离去的时间。张第在一旁眨动着一双小眼睛。这时候的张第倒很像是个狱卒。

张第对失踪这个字眼儿表示茫然，他认为不应当说罗民达失踪了。罗民达为什么会失踪呢？罗民达是有去处的。

他眨着一双小眼睛说，那是一辆灰色的车，北京吉普吧。就是中美合资的那种。

罗民达左手拎着一只暖壶右手也拎着一只暖壶往工厂南大门走去。他走得不紧不慢，显然有着一个从容的心情。

那辆北京吉普不知从什么地方开出来的，一眨眼就停在罗民达近前。

张第语无伦次地说着，他的讲述，使人觉得罗民达当时处于一种危险四伏的环境之中。

可惜罗民达对这些一无所知。

那辆北京吉普停下了，从车窗里伸出一只手，朝罗民达挥着。罗民达好像跟车里的人说了几句话，然后就从吉普车中走出两个人来。

都是便衣吧？

张第被问得发怔。便衣？对，都穿着便衣。他们为什么要穿制服呢？他们没穿制服。

你没看到有人跟罗民达接头吧？

张第又一次被问怔了。接头？接什么头啊？就像送密电码那样的接头啊。没有，没有。为什么要接头呢？

张第是在困惑之中讲完这个故事的。

罗民达将那两只暖壶放在地上，他刚刚直起身就被那两个人给推进吉普车。那车，嗖的一声就开走了，飞快。

没拉警笛吧？

没拉。我没听见拉。

然后呢？然后呢？

然后……没有然后了，只剩下那两只暖壶。

维修组里无声无响。人们吸烟喝茶，将沉重的气氛吸进去喝进去，五脏六腑盛满了惊慌。人们一趟又一趟去厕所，显出群龙无首的样子。

罗民达没有失踪。罗民达被一辆北京吉普给弄走了。如今的公安局办案，是不跟工厂打什么招呼的。

罗民达能挺住吗？他可是老大啊。

维修组的上级是维修科。维修科的科长来了，这是个面无表情的人，说话娘娘腔。

罗民达干什么去啦？

没人说话。

王连贵，你到我办公室来一下。

名叫王连贵的维修工站起身，随着科长走出屋子。

工人们开始议论时局。

出了事人人有份，谁也跑不了。

总不会有判刑的罪过吧？

这很难说。

应当叫那三个人立即从工地上撤回来。

太远，那工地上又没有电话。

谁也不许当叛徒。

这时临近中午了。没人叫嚷吃饭，仿佛是寒食节。

王连贵终于回来了，手里拿着一瓶白酒。

王连贵说，希望大家今后多多配合我的工作，把咱们维修组的工作搞好。

你说这话是什么意思王连贵？

王连贵说，科长拍了拍我的肩膀，让我担任维修组的组长。还说厂里就要实行股份制了。

那罗民达呢？罗民达是维修组的老大呀。

王连贵说，罗民达不是被吉普车给弄走了吗？科长说没了罗民达咱们的工作也不能停摆。

王连贵，你是不是把咱们在外边承包工程干私活儿的事儿，向科长坦白啦？

王连贵摇了摇头说，我不是王连举。

王连举是你哥哥吧？

王连贵大声说，都打起精神来。下午咱们去修理那台三百吨压力机。

一天八小时工作，已经过去了四个小时。

王连贵起身说，如果罗民达判了刑，咱们大伙都得劳改。

空气一下子变稠了。

张第坐在变电室里，继续打电话。他是个大龄未婚青年，打1686868，是红娘咨询专线。

他有些羞涩。他鼓起勇气告诉红娘，他身高一米六八，体重一百零一斤，国企职工，有房。

之后他听到环形磁带放出一个又一个女性征婚者的简况。张第静静听着。

征婚者简介告一段落，换上一条广告。

广告说，如果在生活中遇到什么困难，可拨1688686，这是走向大世界咨询专线。

张第有些紧张，他试着拨通了这个号码。

电话里的确是个大世界：有歌曲专线、相声专线，还有寻人启事、股票行情、有奖猜谜以及陪你聊天。

经济天地专线正在播放企业管理讲座。张第认真听了起来。

之后他放下电话，发呆。

张第看了看墙上的钟，下午两点钟了。他估计今年工厂能够试行股份制。他估计今年仍然解决不了婚姻问题。

电话铃响了。

张第拿起听筒。"听筒"说，喂，告诉我几点啦？我手表停了。

张第犹豫了一下，不知道对方是什么人。

"听筒"大声说，你怎么不言语呀？

张第说，现在四点钟。

说谎之后的张第心跳加快气喘吁吁。

其实现在只有两点钟。

电话铃又响了。张第不敢去接。

电话铃不停地叫着。

张第只得伸出手。

一个悦耳的女声说，嘻嘻……你经常在电话里征婚是吧？嘻嘻，我是总机小李……

张第不知说什么才是。

电话断了。

一天八小时工作，已经过去六个小时了。

罗民达拎着两只暖壶朝维修组走去。这时候工厂大道上出现了一个瞬间的清静。他看到一只很小的老鼠正沿着厂道朝南门跑去。

南大门显得非常遥远。

罗民达体态矫健众所周知。据一位生性风骚的女工私下说，看罗民达走路是一种享受。罗民达知道自己是个能让女人满意的男人，但罗民达不骄不躁。

罗民达也说不清楚自己为什么会走向南门，可能是追随那只小老鼠吧？是追随不是追逐。老鼠过街人人喊打的愤怒早已荡然无存了，罗民达只是心态平静地朝前走着。

动物是人类的朋友。罗民达心里想。

罗民达拎着两只暖壶走到南大门。

这一刻非常安静。南大门的门卫去了厕所。这时罗民达发现自己对工厂的南大门是非常生疏的，每天上班下班走的都是北大门。于是南大门这一刻的宁静，就给罗民达带来一种陌生的压迫感。

他想起了远在郊区的那个工地，由此他想到冰山。其实每个人都是一座寒带海洋中的冰山，展露出来的，只是冰山的一个小小面孔罢了，隐而不现的则是一个很大的秘密了。

如今的生活中，秘密越来越多了。

罗民达忘记了那只奔逃而去的小老鼠。

一辆北京吉普猛地停在罗民达眼前。

车中伸出一只白皙的手，召唤罗民达。

罗民达不知吉普车里盛着一个与他有关的故事。他先是怔怔看着，神色渐渐严峻起来。

他认为郊外那个工地的事情暴露了。

他心中考虑着对策。

从车里走出一人，高高大大白白皙皙的。罗民达认出他是工厂的保卫科长。

保卫科长说，上车吧上车吧，正找你这样的人。上车啊你听见了吗？

罗民达抵触地说，我还要去维修那台三百吨压力机呢。

保卫科长拉着罗民达的胳膊说，什么三百吨八百吨的，天大的事情也得撂下。走！

罗民达有生以来首次乘坐吉普车。

罗民达像个婴孩似的辨认着车中的物什。

吉普车疾驶向前。车中没人言语。

罗民达忍受不了这种沉寂。

你们，要把我弄到哪儿去呀？

吉普车朝这座城市的心脏驶去。

罗民达心里说，问题严重啦？

坐在他身旁的大胖子是厂里的工会主席。工会主席打着呼噜睡着了。

罗民达大声向保卫科长说，你们到底要去什么地方啊？我那两只暖壶还在南大门放着呢！

保卫科长回头看了罗民达一眼。

你叫罗民达吧？你叫唤什么！到地方你就知道了。

罗民达立即泄了气。我还盼着能赶上实行股份制呢。

工会主席打着呼噜说，明年啊咱们厂跟法国合资。到时候可以买一辆宝马啦。

王连贵思想斗争非常激烈。他原打算下个月泡病假去练摊卖皮鞋的，如今一下子被任命为维修组组长。这大小也算个领导了，管着十四个工人。王连贵拿不定主意。他不知道工厂下一步是个什么样子，实行股份制，股份制是个什么样子呢？中外合资据说可就要淘汰一大批工人了。总觉得前景不大清晰。

王连贵领着大家去干活儿了。

修理那台三百吨压力机，大伙儿都弄了一身油泥。王连贵看出大家心里都慌慌张张的。

王连贵掏出一盒万宝路，小心翼翼撕开包装纸，大声说，抽烟抽烟，大家都别慌里慌张的，跟做贼似的。

工人们停下手中的活儿，接过王连贵给的鬼子烟。

罗民达当老大的时候，常给大伙儿抽555牌的。由555改成万宝路，人们显得有些不适应。

王连贵又说，大家不要慌慌张张的。

为什么心里慌慌张张的呢？大家都明白，是因为郊区的那个工地。罗民达在那儿包了一个机电安装工程，维修组的工人轮流去工地干活儿，用厂里的工具设备给自己挣钱。罗民达又多了一重身份：工头儿。

如果事发，大伙儿都得倒霉。

王连贵抽着烟，大发感慨，还是当工人好！不用担惊受怕的。

王连贵心里说，其实当工头儿最好呢。

吉普车一路风景无心看，驶到一座巨大建筑近前。工会主席已经醒来，下车前去与站岗的武警说明情况。

罗民达趁机问吉普车司机。这是什么地方？

司机根本不搭理罗民达。

工会主席回来说，必须办理入门手续。

保卫科长和工会主席一起办手续去了。

罗民达将头探出窗外。他看清了这巨大建筑原来就是这座城市的市委大楼。

司机自言自语，没救了，肯定没救了。只能把尸体抬回去了。

罗民达不明白司机说这话是什么意思。

他试探着说，这里是市委啊。

司机十分冷静地说，市委就不死人啦？照样。

罗民达说，你告诉我这到底是怎么回事？

司机说，抓壮丁。拿你当壮丁抓了。

工会主席和保卫科长回来了，司机立即不说话了。有了入门证，吉普车驶进了市委大院里。人们下了车，罗民达随着。

这是罗民达有生以来第一次走进市委大楼。他看见大理石柱子的时候，脚下已是猩红的地毯了。人走在上面，无声无息像个纸人儿。

会议室在二楼。楼梯上也是地毯。

罗民达蓦然想起郊区的那个工地。今天轮到谁去工地干活儿了？可能是魏勇和穆洪杰。这个工程做完了，能赚四万块钱。到最后可别闹个分赃不均出现内讧。反正得工头说了算。

一行人走在二楼的甬道上。

一个人将他们拦住了，询问。

工会主席向这个人诉说着此行前来的目的。那个人显得气势磅礴，认真听着。

罗民达一眼瞥见有一扇门半敞着，认定是洗手间，就一步迈了进去。

不是洗手间。一间房子空空荡荡，两个老头子正在下着一盘象棋。

罗民达看了一眼局势，就认为那个精瘦的老头儿是个臭棋篓子。罗民达同情弱者。

他为精瘦的臭棋篓子支了一招儿。

臭棋篓子抬起头瞪了他一眼，很愤怒的样子。之后这臭棋篓子思考着，还是采纳了罗民达的建议，从谏如流跳了马。罗民达想起了工厂，八小时之内下象棋，奖金就危险了。

这时候楼道里的工会主席遭到那个人的激烈指责。

保卫科长奋起辩解：我们厂的金书记，的的确确是来参加国营大中型企业党委书记座谈会的，说是讨论如何扭亏增盈使企业走出困境。我们的确接到了电话，说金书记心脏病猝发，倒在市委会议室里。

保卫科长还没说完，就遭到更为激烈的指责。

屋内的臭棋篓子被惊动了，是谁在楼道里吵嚷啊？

罗民达十分勇敢地向这位看上去有些神经质的臭棋篓子解释了吵嚷的原因。

工厂接到电话，说金书记来市委开会死在这里了。工厂就派车来人抬尸体。可市委保卫处说，根本就没有这样的事情，国营大中型企业党委书记座谈会已经圆满结束了。

臭棋篓子听罢一拍大腿说，以讹传讹呗！不搞调查研究就下结论，往往是盲人摸象，刻舟求剑，只识弯弓射大雕。

听着这种语言的杂烩，罗民达对这位臭棋篓子印象极好。他有些留恋地看了这老头儿一眼，转身就走。

你怎么走哇？

啊，我该走了。

把你的电话给我写下来，我要找你下棋的。

罗民达怔怔站着。

臭棋篓子掏出一支钢笔，扔了过来。

罗民达找了一张纸，写下了工厂的总机和分机号码，又写上了自己的名字。

臭棋篓子接过号码看了看，又看了看罗民达，朝他十分天真地咧嘴一笑。

罗民达被这一笑给感动了。

罗民达来到楼道里，已经空无一人，他知道工厂的吉普车已经将他抛在这里而径直开了回去。没有死尸可抬，罗民达这个壮丁就显得毫无价值了。

一天八小时工作，已经过去四个小时了。

罗民达回头看了看市委大楼。

工厂总机的小李是个身高体壮的姑娘。一天八小时工作，小李作为一个姑娘几乎是无可挑剔的。只是令人遗憾的是她有一双金鱼眼，这种向外凸出的眼睛，有时显得贪婪。

小李还有一颗异常强烈的好奇心。

于是她几乎监听工厂所有的电话。

这样总机小李就知道了许多事情。知道的事情太多了，便抱怨这个世界事情多得烦人。

下午两点钟的时候，她突然被保卫科长传唤。这样工厂总机就处于无人管理的半身不遂状态，小李心中很急。

保卫科长高高大大白白胖胖的，说话的腔调却令总机小李出了一身冷汗。

保卫科长要求小李认真回忆今天早晨从八点十分到八点四十分之间，有多少从外线打进来的电话。

出什么事情啦？小李问道。

保卫科长看着小李的那双金鱼眼，十分愤怒地说，有一个电话打进来，谎报金书记倒在市委二楼会议室，搞得我们扑了个空。金书记听说这事也很生气，要求火速破案。

小李摇了摇头，电话太多了我根本记不清楚。我早就要求将人工台改成自动台，厂里就是不采纳我的合理化建议。

保卫科长一无所获。他问小李，你到底知道些什么情况呢？

小李想起那些她在一天八小时之内从电话里所听到的秘密。小李觉得工厂一言难尽。

保卫科长又去调查别的线索了。

在总机小李眼里，工厂是另外一个模样。

明年实行股份制，大家就都成了股东了。

罗民达花了十六块钱，打了一辆面的回到工厂。他在南大门下车，然后走进厂去。不知为什么他觉得工厂面目全非了。那两只暖壶是不是已经成了化石。

张第迎面走来，见到罗民达，他一下子愣住了，像一尊雕像立在工厂大道上。

罗民达不知道张第为什么这个样子。他朝张第点了点头，就匆匆走了过去。

失踪的罗民达突然出现了。

张第疾步走向工会办公室。

我为什么总是在工厂道上遇上罗民达呢？有的人我一年也遇不见一两次，而这个罗民达，我一天就遇到他两次。这真是缘分啊。

工会办公室门前贴着一张大标语：欢迎广大职工的合理化建议。

职工代表大会去年决定，职工每年向工厂提出合理化建议三条以上者，年终给予奖励。

张第内心世界极其丰富。他将那些从电话里听来的企业管理知识抄在纸上，稍加消化就写成两条合理化建议。

一、发行内部股票，向股份制企业过渡。

二、撤销老大难单位——工厂职工食堂，同时成立快餐一条龙公司，既满足本厂职工需求，又向社会销售，变连年亏损为盈利。

张第心里说，再凑上一条建议就齐了。

工会主席正在跟一个身高体壮的姑娘说话。这位姑娘也是来递交合理化建议的，她要求工厂将人工半自动交换台改为全自动交换台。

工会主席叫她总机小李，并鼓励总机小李再献合理化建议。

总机小李说，保卫科长找我了解情况了，这到底是怎么回事呀？

工会主席说，情况非常复杂，正在调查之中。好在金书记安然无恙健康太平。

总机小李默然。

张第怯生生递上自己的合理化建议。工会主席看了看署名，你是变电室张第啊？

张第立即紧张起来，心中泛起一种犯罪在逃的感觉。

总机小李也眨着一双金鱼眼看着张第。

张第转身逃走了。

身后随即响起总机小李那双高跟鞋的嗒嗒脆响，张第知道这姑娘跟了上来。他心中有些冲动，很想停下来转身跟小李说上一句话。

说什么呢？说八小时之内不许穿高跟鞋。

保卫科长迎面走了过来。

罗民达向维修组走去。路上他遇见维修组的科长，一个说话娘娘腔的男人。维修科长看见罗民达，怔住了。罗民达不明内情地朝维修科长点了点头，说了声我真倒霉透了。

维修科长说，不要气馁嘛，在哪里跌倒就应当在哪里爬起来啊。

罗民达听了这话，心里犯了思忖。

罗民达一步迈进维修班休息室。

刚刚从三百吨压力机维修现场撤回来的工人们，正在抽烟甩扑克。

王连贵见罗民达走进来，不知如何是好。

罗民达抄起一只茶缸喝了一口水说，不是早就说过八小时之内不能打扑克吗？因小失大的道理给你们讲了多少遍啦！

人们呼啦一声都站起来，呆呆望着他。

王连贵说，你你，回来啦？公安局……

一个维修工抢先说，王连贵已经顶替你当了维修组的组长。世道已经变啦！

这到底他妈的是怎么回事儿？不是撒吆挣吧？

人们纷纷告诉罗民达他已经下台了。

罗民达一下子觉得身边的一切都陌生了。

王连贵立即将今天所发生的事情说给罗民达。罗民达听罢哈哈大笑。

我被公安局的吉普车给逮走啦？真会编故事呀！那辆吉普车是厂里新近才买的。

人们听了这话，都松弛下来了。

罗民达的脸色却渐渐沉了下来。

你们都以为我进了局子，会不会有人为了来个坦白从宽已经悄悄自首啦？

屋里静得像一片坟地。

王连贵小声说，这倒真是个现实问题呀！

罗民达狠声说，谁要是已经去自首过了，就赶紧给我站出来！别误了大伙儿的事情。

王连贵递给罗民达一支万宝路，说要是有人真的自首，我估计这会

125

儿厂里也该有人来问案子啦。

保卫科长推门走了进来。

王连贵见自己的预言尚未落地就兑现了，惊讶得半张着嘴愣在一旁。

保卫科长说，你就是罗民达吧？跟我走吧快点儿，咱们上午好像见过面。

罗民达有些像赴宴斗鸠山之前的李玉和。

他对维修工们轻声说，一天八小时工作，该怎么干还怎么干。一切由我承当。

维修工们都显出很受感动的样子。

张第与总机小李站在变电室门外。

总机小李说，一天八小时工作，该下班了。

张第鼓起勇气说，你怎么知道我经常收听热线电话里的征婚启事呢？

总机小李笑了笑说，我知道很多很多事情。譬如说游厂长爱吃什么，金书记……不说了不说了，这都是秘密。

张第说，金书记没死吧？

总机小李十分惊诧，你怎么会认为金书记死了呢？这都是谣言。金书记刚才正四处打电话辟谣呢。

张第有些尴尬，今儿早晨一上班，我打电话听气象，串线了吧可能是串线了，我听见电话里说什么金书记死了。死在市委……

总机小李说，别说了！你千万不要说了，会把你牵连进去的。我想，你是个不愿招惹是非的人吧？所以你不要再说这件事了。

张第说，谢谢你对我的提醒。

总机小李眨着那双金鱼眼，笑了。

罗民达坐在保卫科长对面。

保卫科长说，你谈谈吧，要敞开思想。

罗民达看了看手表说，一天八小时工作，我已经到了下班的钟点，有话你就快说别占用我个人的时间。

保卫科长正色道，你要端正一下态度！

罗民达笑了。

保卫科长说，咱们厂出了一件谎报金书记猝死市委的案子，这你是知道的。上午你也一起去市委准备搬运死尸的，结果并没有死尸。现在就要查一查这个谎报电话是谁打的，一团乱麻没有头绪。

罗民达说，现在有头绪啦？

对！有头绪了，下午有两个电话打到厂部，声称是什么市委姓吴，找罗民达。就是找你呀。那个谎报电话说金书记死在市委，而又有电话找你并声称是市委。罗民达，所以我们将你列为嫌疑。说，你在市委认识什么人吗？

罗民达摇摇头。

这就更可疑了。一定是号称市委，这与那个谎称市委的电话是否有某种联系？你说。

我从落生到现在，只去过一次市委，就是今天上午你们弄我去的。什么谎报谎称啊，我一概不知道。

这时候跑进一个人来。保卫科长立即站起。

这个人说，不要审了不要审了。刚才又打电话来了，原来是前任市委书记吴大为同志。罗民达呀，你就是罗民达同志吧？

罗民达看了看这个人，问保卫科长，这位是谁呀？

保卫科长恭敬地说，这就是金书记呀！

罗民达便觉得这是一个死而复生的人。

金书记说，吴书记非常想跟你下棋。我真不知道你与市委书记这么熟识啊。吴书记好像是因为脑功能出现障碍才提前退下来的吧？

罗民达这才明白，敢情那个臭棋篓子是前任市委书记。于是他对金书记说，老吴这个人脑子是有毛病，说话办事一阵两伙的，没准儿。你给老吴打电话告诉他，说我这几天工作太忙，没空儿陪他下棋。过几天再说吧。

金书记呆呆地望着罗民达，傻子似的。

罗民达一步三摇回到维修组时，早过了下班的时间。可是维修工们谁也没有回家，好像都在等待罗民达的音讯。

王连贵说，放你回来啦？

罗民达说，取保候审。

王连贵说，能觉出是谁出卖的吗？

罗民达说，不可滥杀无辜。咱们的重要任务是团结起来，争取早日涌现出几个企业家来。

王连贵说，唉！这一屋子的人啊，都是当工人的料。当工头儿的料，也没几块儿。

罗民达大声说，从明儿起我就不来咱厂上班啦！我去郊区那个工地当监工去。

王连贵和工人们都望着罗民达。

你真的辞职不干啦？别是咱厂把你给开除了吧？

是我把咱厂给开除啦！

一个维修工说，你是老大，你走了，我们大伙儿可怎么办呀？

罗民达说，谁愿意到我那郊区工地干活儿，咱照样欢迎！

王连贵说，罗民达你要是成了企业家，我就到你手底下去当工头儿。我就愿意当工头儿。

罗民达跟大伙儿一块儿走出维修组，往工厂的大浴室去洗澡了。

这时候，张第与总机小李，正躲在变电室里接吻呢。

天上有一个好大好大的太阳，往西沉去。

大院里的媳妇们

有打的灯笼都出来——哟，
没打的灯笼抱小孩——哟。

——天津童谣

日暮时分，住在大院深处北屋里的潘三大爷，抄起拐棍儿挪步出屋——说是要到大门口儿去磨磨一圈儿。这老头儿工伤断腿初愈，在家里已经歇了八个月光景。

"别价！爸……"正在屋前树下和面的潘家闺女吃惊不小，挓挲着沾满面粉的双手拉住老人，压低声音说："您一出门就得给人家留下话把儿，那可就崴泥啦！"她过早发福的胖身子，好似一堆凉粉儿在汗衫里颤抖。据说她近八个月来在家里蹲膘儿，徒长了二十多斤肉。

"唉——"潘三大爷长吁之后是短叹，"这样下去我非成了井底的蛤蟆不可！"老头儿望望南屋顶上瓦缝里丛生着的杂草，觉得自己的精气神儿还不如那些草芥旺盛，便无可奈何地说道，"若不是心疼闺女和外孙女这个'白眼儿'，我……"

"井底蛤蟆有吗不好？天大也好地大也好，不如咱自家一个肉丸饺子的馅大好！您哪就好好在家里歇着，我和孩子都沾光。"言罢，潘家闺女给老头儿挪过一只大马扎子让他落座。一个老工人怀着一颗博大的父爱之心不言语了。

左邻右舍的陆续下班回来了，大院里渐渐热闹起来。

"你可真是个好命的，老爹出工伤闺女跟着沾光，整天待在家里还

129

一个子儿不少挣。大院里你是头一份儿呀！"住在尽头南屋里的丁根媳妇切着黄瓜搭上了腔，不知是羡慕还是嫉妒。"我可是个苦命的，天天挤汽车往返三十里地上班下班，还得扯着个受罪的孩子。哼，吃肥了也得跑瘦了。"丁根媳妇生的确是"怜巴"，小鼻子小眼小骨骼。

"我看你还是想办法调到近处上班……"住在丁根媳妇隔壁的小学女教师于翠不无同情地插言道，"听说市政府下了文件，解决职工上下班路远问题。"

"现在女工不值钱，哪个厂子都不愿意收！"丁根媳妇啪地一拍菜板子，说，"上半年我们厂子给头一批十名孩儿妈妈放了长假，回家歇着去，每月发给百分之七十五的工资。我也递上了申请，就盼着第二批里有我。听说这种事也得走后门才能批准……"

"歇长假？那你待在家里到多咱才算一站呢？"以工作为第一乐趣的于翠竟然替丁根媳妇犯开了寻思。于翠的男人援外去了科威特，她一个人拉扯着孩子度日不曾胆怯过，此时却为一个意欲告别工厂、退回灶台的女人虑近忧远。

不用虑近忧远，大院媳妇之中不乏英才。中部北屋里的柳凤霞——一位最富当代气息的、正手持炒勺站在自家煤球炉子前边的年轻媳妇，十分豪气地冲屋里一声吆喝："开始吧！"于是在小厨房里权作内应的男人便将第四盘《大众烹饪》磁带插入进口收录机内。一个符合中国国情的烹饪理论之声指导着她手下那只铁锅："麻油三钱，精盐少许……"每日一菜，柳凤霞在理论指导下，一本正经地进行着操作。她身高马大，眉重口方，颇具男子气派。终日乐乐呵呵，身上似有好新奇、崇时尚的特质，什么新鲜玩意儿都有心一试。

"菜得啦。下一个是蜗牛汤。"柳凤霞的声音灌满了大院。

"蜗牛做汤？你那话匣子里还有这么一道菜！我的天奶奶哟……"院里几位大娘惊得瞪大眼珠子发愣。在她们心目中，只有传统的炸酱捞面才无可非议。

"这是最新食品，原产非洲，高蛋白哪！我花一块钱买了四个……"柳凤霞不厌其烦地介绍着这种令人惊讶的蜗牛。

家家门前饭菜溢香。只有大院深处东厢门前蹲着一座无所事事的煤球炉子，引起了人们的种种猜测：

"男的两天没回家来了，说不定又醉在哪啦。上回就是这样……"

"杨鸣鸣嫁了这样的男人，真是倒了八辈子血霉！"

"听说杨鸣鸣进了他男人单位的家属工厂上班？这下子她可有事由儿啦。"

"嘻！那家属工厂一片混乱，上个月就黄啦。杨鸣鸣又成了个家庭妇女。"

看来杨鸣鸣是这个院里的新闻人物。

当杨鸣鸣左手牵着三岁的女孩，右手拎着一只网眼提篮走进饭菜飘香的大院的时候，人们中止了对她的私下议论，只是默默地望着她。

她生得弱小，远望令人觉得她很像一根豆芽菜，因水分暂缺而低头不振。

"买的吗？"住在北屋头一户的女主人看到网眼提篮里的纸包，率先发问。

"鱼。"杨鸣鸣牵着孩子的手向大院深处疾走，低头答道。

"吗鱼？"南屋第二户人家好奇心理更胜，承接北屋头一户未了的话题，充当大院儿"问话接力赛"的"第二棒"。

"杂鱼。"住在大杂院和吃杂鱼，天经地义。杨鸣鸣低首疾行。但接下去还有第三棒、第四棒……

"河的海的？""多钱一斤？""在哪儿买的？"

天津人的好奇心理，全国第一。

杨鸣鸣的脑袋成了一只拨浪鼓，左应右答。她表情沉郁，心中似有难言之隐。

"哼！日子这么紧巴，还嘴馋鱼。"一个老大娘的声音在杨鸣鸣身后响起。

终于挨到自家门前，杨鸣鸣才在心底叹出一口长气，掏出钥匙开了门。孩子喊了声："妈妈快做鱼！"就跑到柳凤霞门前去闻蜗牛汤的香味。她嘴上唱着路上听来的歌儿，奶声奶气。

"潘三大爷，您老吃过啦？"杨鸣鸣这个年轻的媳妇懂老知少，眨着饱含忧郁的眼睛。

"我看等不到天凉，您老就能痊愈回厂上班啦。"杨鸣鸣忘记了潘家闺女对"痊愈"二字特别敏感，信口说道。

"嘻嘻，你的眼睛里能放出 X 光呀？透到我爸的骨头里去了。"潘家闺女为了能继续陪爹在家歇班，对"回厂上班"这类字眼特别敏感。此时听到杨鸣鸣的好言善语，觉得借题发挥的良机已到，就拍打着手中的面粉往当院一站，亮开了嗓门。

"也不知是哪个坏了良心的东西到我爸厂里送情报，说老潘头的伤早就痊愈了，他闺女拿着厂里的陪伴工资，在家里带孩子享福，是占国家便宜。哼！有种的你就站出来明说。我爸是厂里的老劳模了，连厂长都是我爸的徒弟，能听你蝲蝲蛄叫唤？我今天包饺子就是捏你这小人的嘴！"

杨鸣鸣木然望着一喊三颤的潘家闺女，半晌才说："我看你也用不着这样……"

潘家闺女最懂"统一战线"的作用，把气喘匀了说："谁是小人我也能猜个八九不离十。咱是好姐妹儿，要不昨天我也不会把那一百块钱借给你。"杨鸣鸣听罢腾地红了脸，疾步进屋。

有新情况！大院里人们的视听遽然转移。潘家闺女时高时低的叫骂声已无人入耳，大家开始了新的悄声议论。

"敢情杨鸣鸣也找潘家借了钱？前几天她找到我，伸手就是上百元的借势……"

"她借这么多钱干吗用呀？"

"听说要去上什么学……"

潘家闺女看到人们对她的叫骂并不上心，就咕咚咕咚喝下一碗凉茶润嗓，然后异常神速地加入了人们关于杨鸣鸣的议论："噢，她也找你们借钱啦？"

在这个每时每刻都在摈弃旧话题、生出新话题的大杂院里，人们对外部世界的怨恨瞬生瞬灭，对内心世界的释然也瞬消瞬长。潘家闺女似

132

乎已经宽容了那个"八九不离十"的小人，大家又似乎对一个不知自重、到处借钱的年轻女人产生了不满。

柳凤霞毕竟是柳凤霞，说："大前天杨鸣鸣找我借钱，唉，真够可怜的。我说这半年来我为了离开那个坏人当道、好人受气的厂子，烦人托窍跑调动，也没存下多少钱。但最后还是就高不就低，借给她一百二十块……"

"敢情你的工作调动还没有眉目呀，人家丁根家里的打算吃百分之七十五的工资在家里歇长假，省了每天带孩子往返挤车……"于翠老师把最新信息传给柳凤霞。于是又引出一个新的话题：柳凤霞的工作调动。

"现在女工不值钱喽，找一个接收单位比上天还难！"柳凤霞大发感慨，"想当初我在厂里当铁姑娘突击队长的时候，根本不懂得什么叫为难！"说罢端起一只大碗，呼呼地吃起来。

没见杨鸣鸣再出屋，忙着吃饭的柳凤霞终于坐不住了，端起一碗蜗牛汤，奔杨鸣鸣屋里去了。东厢房里马上就传出柳凤霞的笑声。

大院中部南屋里，前年丧妻的李大姐夫给患病在床的老岳母喂毕鸡蛋汤，便抄个小板凳坐在自家门口。对于这个中年汉子来说，今晚仍无话题。这个"死性人"除了一早一晚冲邻居们礼节性地点头欠身，几乎从无多余动作。人们暗地里叫他"机器人"。

晚饭之后，便是电视机受宠的时间。男人们类聚到"足球频道"；女人们等待着《孔雀东南飞》这出古装戏的上演，还替古人抹上几把同情的泪水。

唯有丁根媳妇拾掇得利利索索，提着一只草篮走出屋来，身后是男人的小声叮咛："他若硬是不收，你就把篮子往他桌上一蹾，转身告辞出门……"

柳凤霞从杨鸣鸣屋里出来了，回头对站在门槛里的杨鸣鸣大声说道："想不到你还真有两下子。对！就是砸锅卖铁也得争这口气，老娘儿们不光会生孩子，哈哈……"

"吗事吗事？"潘家闺女端着刷锅水出屋，一个劲追问。

"吗——事？"柳凤霞顽皮地挤了挤眼睛，说，"少了林黛玉，多了个穆桂英！"

潘家闺女摸不着头脑，只是干干一笑。

东厢房门槛里站着杨鸣鸣。打从上个月他男人使出建筑工人的蛮力将她搡到屋角，然后抱起电视机和孩子的玩具钢琴去了委托店，她便失去了生活的频道，心中屏幕一片空茫。

"你怎么不像人家的妈妈那样，每天带我坐公共汽车去上班，送我进工厂的幼儿园？"孩子曾经这样问她。

"妈妈没有工厂。你愿意上幼儿园？"

"人家的孩子都上幼儿园，学唱歌。"

"所以你也想跟人家的孩子一样……"

"嗯。阿姨教歌，我能比别人唱得更好！"

当时，杨鸣鸣嘴角一颤："好孩子，你比妈妈有志气！妈妈得向你学……"

此时，丁根家的孩子正在哭喊着"找妈妈"。丁根火了，吼道："再哭！明天送你上幼儿园。"

这不啻一种恫吓，孩子马上止住哭声。孩子里也有弱者。

杨鸣鸣站在门槛里默默地望着。渐渐，她的目光里流露出一种昔日寡见的光彩。

电视机里的足球还在中场传递。古装悲剧也已开场。

杨鸣鸣静静听着邻家电视机里刘兰芝那低回婉转的唱腔。她没有流下眼泪。

但是，出乎杨鸣鸣的意料，李大姐夫迈着人称"机器人"的步伐，缓缓向她的东厢房走来了。她连忙迎出去。

"你……借钱干吗用？""机器人"很有几分灵性，低头对地面发问。

杨鸣鸣慌忙递上个小马扎，说："您坐，您坐。"之后竟语塞了。

"……他的为人您也知道。其实全凭我择棉纱糊纸盒打油盐柴米，

134

他还非说是他养活着我们娘儿俩。我非得翻这个身不可，体体面面做人。"杨鸣鸣一扫往日怯懦，大声诉说着。

"你就简单地告诉我，你借钱派吗用场吧。"李大姐夫十分平静地说。

《孔雀东南飞》这出悲剧已经演到高潮。潘家闺女竟然能够眨着泪眼来观察院中的现实，对聚到她家看电视的媳妇们小声说："听说李大姐夫终于对上象了——三十六岁的老姑娘。国庆节就办事咧！"然后隔着玻璃窗向院里张望。

没有女人搭理这个心猿意马的悲剧看客。

"……人家八里台乡办了个汽车拖拉机驾驶员培训班，我托人说情他们才同意收我这个孩儿妈妈。要收学费一千元。学成之后他们还保聘用。我很快就能把账还上。"

李大姐夫惊异地听着，脱口问道："你……干这一行，能行？"

"没个不行！将来我还要供孩子上音乐学院。这孩子不论吗歌听上一遍就会唱……我不能让下一辈人像我这样！"

李大姐夫腾地站起身，激动地望着杨鸣鸣。

"我也看明白了，眼下这世道就是让没本事的人长本事，让没出息的人长出息。还有吗可害怕的？"杨鸣鸣咬紧下唇，毫无怯懦之色。

足球还在中场传递；古装悲剧已近尾声。

屋里突然传出柳凤霞的高嗓门："给刘兰芝找个工作去上班，不受婆家这份窝囊气！她保准不嫌上下班道远……"柳凤霞八成是让剧中的封建势力气糊涂了，才喊出这种似可笑又不可笑的愤愤之言。

"是啊，好多女工在企业改革中自个儿就先认了输，说什么咱们女的就是不行呀，统统回家歇着……其实这是自我轻视呢。"柳凤霞的男人是一家工厂工会的小干部，此时若有所思地小声说道。

转眼便是秋凉天气。又是大院里的下晚儿。

丁根媳妇满面喜气地往当院一站，冲着柳凤霞的北屋喊道："我说，厂里第二批女工放长假的名单里边有我这一号！从下个月起，我和孩子都解放啦……"

于翠老师走出屋来，朝着丁根媳妇默默地笑着，这笑里含着几分哀怜。

丁根媳妇兴致更高地说："等你那当家的从科威特援外回来，钱挣足了，你也歇上半年享享福！"

于翠面有愠色："照你这么说，咱们中国人也太容易满足了。"

潘家闺女凑上来助兴："我说丁根家里的，这回你开始在家里蹲膘儿，也得胖得跟我一样！"

柳凤霞端着钢精锅在一旁笑着说："正好，过春节宰你们俩解馋！"

柳凤霞的男人不甘寂寞，从屋里探出脑袋来凑趣："我们孩儿他妈妈的工作调成啦……"

"就你舌头长！"柳凤霞故作嗔怪，却抑制不住心中的喜兴劲儿。

"调到哪个厂子啦？"众人紧问。

"我根本就没离开那个厂子。我们厂新调来一位厂长。那天我去食堂看到一张黄榜：招贤承包职工食堂。我心想好官上任，开始整顿烂摊子了。近前一看落款日期呀，敢情一个多星期了愣没人敢揭这榜！我连着两晚上睡不着觉，就下了决心。做饭咱可不外行，加上那些年当铁姑娘突击队长练出来的组织能力，我就把榜给揭啦！"

"真的揭啦！"丁根媳妇、潘家闺女、于翠老师同声发问。

"还有假吗？"

"结果呢？"听众急不可待。

"咱领导食堂的新潮流已经一个星期啦，职工反映很好！"

"那你不打算调离那个厂子啦？"

"力气有地方使，心思有地方用，我还调个屁！"柳凤霞说罢哈哈大笑起来。

潘三大爷静静地坐在马扎子上，闭目养神。

丁根媳妇手里举着个大西红柿。她先是跟着大伙儿笑，然后独自发呆。她觉得自己的喜兴被柳凤霞那勇士般的成功冲淡了，莫名其妙地消失在暮色中。

潘家闺女躲进屋里，再没露面。

今晚大院里的气氛有些古怪。

电视机上班了：五频道是一场女子足球赛；十二频道推出一部喜剧电视片《小媳妇扛大旗》。

但是，大院里的气氛仍然有些古怪。

李大姐夫凑到大病初愈的老岳母床前，刚要报告那个对他来说不算太好又不算太坏的消息，老太太竟然对他先张了口："明儿个，你也给我做一碗蜗牛汤尝尝……"

于翠老师走进门来，笑着对李大姐夫说："我早就知道了，你把钱都借给杨鸣鸣救了急，婚事照办不误吧？"说着递上来一个银行存折。

院里突然传来潘三大爷的吼声："明天我就去找厂长，后天你就给我回自个儿单位去上班！再这样待下去，你这个三级车工恐怕连机床都不认得啦……全怪我糊涂，其实是误了你。"

"你看人家柳凤霞，也是个妇道人家，多豪气！"潘三大爷降低了音量。

潘家闺女呜呜哭了起来。

黑灯影里站着杨鸣鸣。她悄悄从邻家拎来了一对小伙子们练劲儿用的铁哑铃。她手中的哑铃一举、一落……明天，她就要把孩子托给街办幼儿园，只身去那个陌生世界——司机培训班。

她似乎看到了前方崎岖的路面，唯恐自己这女人的臂膊不能驾驭那令人激动不已的方向盘。于是她运足气力，缓缓举起一个全新的重负。

望着远方天上无名的星星，她无声地落下眼泪，觉得自己正在步履艰难地走出一个幽深狭长的天地，到广处去，到广处去……

公路上的传说

"那家伙准是生了病，躺在家里床上发高烧，咕咚咕咚往嗓子眼里咽着大大小小的药片……"他俯身蹬车冲过晨曦之下的北洋大桥，挺身极目：斜刺里那条窄窄的柏油马路上空荡荡的。他心底腾起一股莫名其妙的失落感。"好几天没露面了，毛头小伙。熊货！"轻声咒着那个令人挂肚牵肠的"公路上的赛车对手"，他渐渐放缓了车速。

这简直可以说是发生在雄性之间冷森森却狂热的怪味恋：好像是这个世界上的镜子都被砸得粉碎，人们专心致志或漫不经心地猜想着自己究竟是个什么模样，渐渐懒于猜想了……蓦地，你竟发现在一个人身上能够映出并看清自己的真影，便去追逐，瞪大明亮却又蒙眬的双眼。

完全出于偶然：有那么一个清晨，他驱动已有三十六年历史的双腿，重复着一个许许多多的人都在重复着的动作——蹬车去上班。朔风。他空腹，却打了个虚伪的饱嗝，心中突然莫名其妙地生出一阵躁动。于是他便焦灼地驶入公路上的高速线——把辆"飞鸽"骑得疾快。他，越过了右侧慢行道上自行车长河中的一个毫无特征的深蓝色背影，向前。

完全出于偶然，当他越过一个草绿色背影之后，全无目的地向右侧身后回首一瞥，然后便是全无内容的惬意充满全身……多少年来，他很少品味这种惬意了，尽管是空洞的惬意。他恍惚觉得人有表现自我的天性，并不甘心被这条千篇一律的自行车流所同化，虽然说人类渴望天下大同。

同化？是他同化了那一堆堆小山一样的生铁锭，还是那一堆堆小山一样的生铁锭同化了他？终日穿着一身破旧不堪的工作服，在备料场一隅，操纵着一台咣咣山响的砸铁机——演奏着永恒的"狂响曲"。一天砸一吨生铁锭，无人叹少；一天砸十吨生铁锭，无人谓多；一样，一个样，同一个样。满世界似乎都是孪生子，他感到一种莫可名状的压抑。

他竟然怪异地觉得自己是一个被忽略了的存在。一个下放备料场参加劳动的年轻人曾悄声在他耳边说："依照弗洛伊德精神分析法，你属于第……"这人考上了"文革"后首届研究生，走了，留给他一只大得惊人的搪瓷茶缸，空荡荡的令人心虚，其空间似乎大得能容下今年第九号台风。

完全出于偶然？那领受了他"无意之间回首一瞥"的"草绿色背影"，似乎听到了魔鬼的召唤，飕飕从他身后蹿将上来——比他走得更远——驶在"高速公路线"上。先是同他并行竞速，继而加力超出。频频回头用应战加挑战的目光瞄着他，还在嘴里打了个野味十足的响哨："呜——喂。"对面驶来的大卡车恐惧地尖叫着。"草绿色"怡然自得全不去睬。

他看到一张年轻的"瓦刀脸"，上面嵌着一双充满饥饿感的猎狗般的眼睛。好个野小子！

哦……他心中惊喜不已！胸中腾起如潮的激情，腿下用力猛蹬。之后便是一阵忘情的你追我赶。

于是，自行车流静静淌着，而两滴很不安分的水珠却溅了出来——在高速线上以自己的面目急速滚动着。

天远路长无尽头，彼此难分高下。当他不无遗憾地拐入通往自己工厂的岔路时，"草绿色"也恋恋地回头向他张望。他估计"草绿色"的年岁至少小自己一旬，但上班之途却比自己更远，依然沿着公路向前。

那天上午，他破天荒地唱着歌子，开起了砸铁机；那天中午，他破纪录买了个甲菜——炒肝尖吃了；那天下班，他似找寻情人般地在公路上觅着"草绿色"。

草绿色，那些年的流行色。自从他与这种颜色在公路上展开日复一日的竞赛，便渐渐喜欢上了这过去他并不欣赏的颜色。春节粉刷房间，他把白浆悄悄兑成淡淡的绿，妻子偏要淡淡的黄。恩爱夫妻竟然吵了嘴，莫名其妙。

"那家伙准是生了病……"他还在这样想着，愈发放慢了车速。他，安分守己地驶入自行车流之中——小水珠没了，只有"长河"。

身左身右不时有骑车人用诧异的目光打量着他。

他和"草绿色"早已成为公路上令人瞩目的人物。关于他们的壮举，公路上已经产生了传说。冒险被说成是他们两人的个性，但这两位有着"共同个性"的人，至今尚未搭过一句话。这就使传说的内容愈发丰富了：这是两个患有精神病的哑巴。

最险的要数冬天公路上赛车。西北风是赛车人的天敌。为了减小阻力，他们竟敢伏身蹬车，紧紧跟在公共汽车屁股后飞驰。那自行车的前轮，距阴间不足半米。他们是骑在生死线上的勇士，常常惊得汽车上的女乘客们高叫"我的妈呀！"

寂寞也能产生畸形的勇敢——为了与众不同地活着。

为了与众不同地活着，当然要付出与众不同的代价："草绿色"一次失去重心冲上路边土岗折了一根锁骨；他则因一次紧急刹车而被撞成轻度脑震荡。他们成了交警眼中的重点人物，此后他们用目光达成一项默契：择一截没有警察的路段来个短途赛车——比试上三五分钟便告一段落。瘾大，抽个小烟头儿也能解馋。

"他……是哪个厂子的工人呢？"他平速行车，一旦失去"草绿色"，才想到这个以前无兴趣去想的问题。他又想起"草绿色"的体力明显不如前了：并排竞速，他竟能听到对方呼呼作响的喘息声，像有特异功能；那猎狗般的眼光中所流露出来的野气渐渐淡化，平添几分怠倦之色，大有骑虎难下的哀苦味儿。

他多么希望"草绿色"此时从身后蹿将上来，再冲他打个响哨！

"明天，他一定会露头的。"他这样安慰着自己，猛然间看到前面车流之中行驶着一个十分熟悉的颜色！他的心倏地一跳，登时生出一种难喻的沉重感。他加速——追，急切地在自行车长河中左超右越，向前"跋涉"。

他追着……但那"草绿色"却消失了。任你千寻万觅，也无法再度得到他！他怀疑刚才的一切皆出自于幻觉。他想，这绝不是吉兆。

是的，那与众不同的"草绿色"，从此便在公路上消失了。他依然每天操纵着咣咣山响的砸铁机，像是在演奏一支挽曲。

身边有好事之人，知晓他的心思，背地里骂他是个"神经病"，当面却常向他报道几条似真非真的消息。

"那小子因为与众不同，被一位天天乘公共汽车上下班的姑娘看上啦。两人恋了一阵子，那小子突然提出不再骑车，而是跟姑娘一样乘坐公共汽车上下班。谁知姑娘哭了一场，跟他吹了！"

"那姑娘准是个神经病患者。"一旁听热闹的人抢先做出判断。

"那小子调到别的工业区的工厂里去了，所以咱们这条公路上没了他的影子。"

他毫无表情地听着，从不应声。只有一次下班后他在浴池里泡着，突然对身边工友说："那个小伙子……死了。"

又逢春节，他站在"淡淡的绿"面前发呆，好像在凭吊着什么。片刻，他神色坦然，似已大彻大悟。他从容地将房间粉刷得雪白雪白。世界上任何一个地方都有"白"这种颜色存在，极普遍的。但只要眼前这片白色真正属于你自己，那么，它就是一种具有特定内容的白色了。这单纯的颜色必将无比丰富。

为了有个性而去冒险？他苦笑了，觉得自己初入不惑之年，刚刚开始成熟。

去年秋上，他公休天骑车上街观景，在一个十字路口被红灯拦住，只好静等。这时身后驶上一辆崭新的"永久"，停在他身旁。他无意之中侧目去瞧：瓦刀脸！上面嵌着一双熟悉却又陌生的眼睛。定睛细看：上穿击剑服，下着牛仔裤，浓浓的黑发盖住了脖颈……这一切都是最流行的，也就使人觉得最无特征可言。

彼此点点头，似曾相识。他们终于第一次搭话——在这十字路口上。

"嗯……人，不能轻易死了。"对方说。

141

"是啊，得好好活着。"他望着红灯静静地说。

绿灯。他直行；对方却要向左拐上一条长街。他看到"永久"后边夹着一具钓鱼竿儿，那尖子一颤一颤，乐呵呵向他点首致意。

这个城市正在兴起一股钓鱼热。

活　　捉

　　马衫花当年是个喜欢幻想的女孩儿，那时候村里还有"知青"。知青就是知识青年的简称，已经成为历史。如今马衫花临近四十岁了，成了一个成熟的村妇。她结婚之后生了两个男孩儿，伺候着七头肥猪以及一个吃不肥也饿不瘦的丈夫。

　　丈夫名叫刘贵来，不喝酒的时候这是个极为本分的男人。

　　马衫花小巧玲珑的，其实很有力量。这时候她弓身背起一大捆柴火朝着村子走来——远远看上去仿佛是田野里漂浮着一座小山儿。

　　丈夫刘贵来从院子里跑出来迎接"小山儿"。"小山儿"不停，拱着丈夫进了院子。

　　马衫花从"小山儿"里钻出来，满脸汗水。刘贵来递上一条手巾，那意思是让妻子擦汗。妻子擦汗的时候，看出这是一条肮脏的手巾，早就该洗了。这时刘贵来告诉她，村委会里来了两个警察，让全村男女老少吃了晚饭都去参加村民大会。

　　马衫花心里想，警察们一定是来村里大吃大喝的。吃吧喝吧，反正有村干部陪着，这跟老百姓又有什么关系呢。

　　两个男孩儿都到县城里打工去了，家里只有刘贵来和马衫花，于是晚饭也就显得十分简单：丈夫喝酒，吃豆腐干；妻子喝粥，吃着院子里的暮色。

　　吃了晚饭，马衫花还是随着丈夫到村委会参加村民大会去了。日复一日的生活，村民们并不感到寂寞。然而警察的绿色制服毕竟成为村里的新鲜风景。

一路上，刘贵来不言不语，只放了一个闷响的屁。这屁声提醒了马衫花：刘贵来的裤子破了，今天晚上应当给他缝补缝补。

村民大会的会场设在黄泥大院，很久以前这里居住着插队知青，被称为"知青点"。知青早就回城了，黄泥大院名存实亡，成为偶尔召开村民大会的地方。村里很少召开村民大会，这里的荒芜可想而知。

院子里摆放着大大小小的石块，很多，等待着人们的屁股来坐。马衫花随着丈夫坐在会场的角落里。刘贵来的屁股刚刚坐稳就被村委会主任点了名。村委会主任俗称"村长"。

村长说，谁来得晚谁就要坐在前面，这是村里的老规矩，刘贵来你来得晚就应当坐到前面来，不要躲到角落里装成大伙儿的孙子。

刘贵来自知理亏，抬起屁股弓着身子，挪到会场前面去了。

马衫花坐在原地，一动不动。

然后就开会了。

先是村长讲话，然后是警察讲话，接着又是村长讲话，最后就散了会。

马衫花跟在丈夫身后，朝回家的方向走着。刘贵来说，抓住一个给二百块钱呢。其实老百姓不光是为了钱，政府号召抓逃犯，咱们就帮着政府抓呗。

马衫花似懂非懂地听着，觉得是出了大事情，就紧走几步扯了扯丈夫的袖口，连声追问。

刘贵来笑了。我知道开会的时候你又犯了老毛病，走神。你一走神，就什么都听不到了。你知道赤土监狱吧？离咱们这里八十里地。赤土监狱里跑出两百一十八名犯人，政府已经抓回一百九十六名，还剩下二十二名没有下落，估计是跑进了山里。政府号召咱们上山抓逃犯，抓住一名给二百块钱，抓住两名给五百块钱，抓得越多越好。

马衫花静静听着，叹了一口气，然后跟着丈夫走进自家院子。天色很黑，她先到猪圈里看了看。猪已经睡得踏踏实实。马衫花猛然想起今天晚上还有针线活儿，回到屋里就让丈夫脱裤子。

刘贵来怔了怔，误认为妻子动了骚气。结婚多年马衫花从来没有如

144

此主动要求丈夫脱裤，于是刘贵来兴奋起来，一下就将马衫花扑在炕上。

马衫花一动不动，任丈夫弄着。

猪圈里似乎传来一阵响动。马衫花心里惦念着，就迎合了几下，丈夫立即完了，趴在她身上喘着粗气。

明天你也帮着去抓逃犯啊？马衫花闭着眼睛问道。

刘贵来应了一声。

马衫花掀开丈夫说，逮一个逃犯给二百块钱？这钱可不是那么好赚的。我听说逃犯都是血红的眼睛，你明天上山一定要小心，讲究安全第一。

刘贵来又应了一声，然后就睡着了。

马衫花坐在炕沿上，显出百无聊赖的样子。她似乎是想做一做事情，可黑暗之中实在没有什么事情可做。她伸手从炕头摸出纸烟，抻出一支叼在嘴上，然后划响火柴。

火光照亮马衫花的脸庞。这时候的马衫花看上去将近五十岁，其实她只有四十二岁。马衫花承认自己未老先衰，同时她还认为自己未老先衰的主要原因是由于那七头猪。养猪这种营生既劳身又劳心，猪养肥了，人也就老了。

尽管如此，马衫花仍然有一双黑亮亮的大眼睛，这双黑亮亮的大眼睛使她成为村里受人瞩目的女人。在男人们心目之中，这是一双十分特殊的大眼睛。

第三天中午，刘贵来得胜归来。他终于捉住一名逃犯，这是个瘦小枯干的老头儿，自称犯的是强奸罪。刘贵来用一条麻绳捆住老头儿的双手和双脚，扛在肩上走了三十里山路，回到村里。一个肥胖的警察坐在村委会门前的大槐树下，表扬了刘贵来几句，然后给他写了张纸条，上写着：欠刘贵来人民币贰佰圆整。

那个瘦小枯干的老头儿已经昏迷，一瓢凉水浇在头上，渐渐清醒过来。关于凉水浇头，刘贵来只在电影里看过，回到家里他将这个镜头讲给妻子听的时候，马衫花似乎并不感到惊诧。

当日战绩辉煌：逮住十八名逃犯，其中警察逮住十名，村民逮住八名。屈指一算，山里只剩下四名逃犯，政府说不能再拖了，明天必须全部捉拿到案。

丈夫不紧不慢向妻子汇报着，马衫花不言不语听着。

刘贵来说，这二百块钱原来也是打白条啊。

马衫花说，政府说的永远算数。

天黑的时候，村委会又召集全体村民开会。马衫花无事可做，又随着丈夫前去开会了。走进会场的时候，她又看到丈夫的裤子破了，无论如何今天晚上要给他缝补缝补。

一位身材高大的警察登台讲话。马衫花一猜就知道这位警察要讲什么，首先总结前几天的工作，成绩很大，然后布置明天的工作，提出更为严格的要求。当年村里还有知青，无论是"三夏"还是"三秋"，大队的头头们都是这样讲话的。那时候马衫花只有十岁，对这种千篇一律的会议真是耳熟能详了。不过那时候知青们总是彻夜开会的，热血沸腾思想交锋，争论起来往往非常激烈。

身材高大的警察手里拿着一沓子纸片，语无停顿地讲着。这时候马衫花开始认真听讲。

警察说，目前只剩下两名逃犯没有逮捕归案，一名编号0414，一个编号0989，均为男性。其中编号0414的逃犯，被判处有期徒刑十年，目前已经服刑九年零八个月。

会场上嗡的一声泛起村民们的议论，主要是为0414号囚犯感到惋惜。既然已经苦苦煎熬了九年零八个月，那么只有四个月的刑期为什么就不能坚持呢？广大村民们实在无法理解，0414号囚犯究竟为什么选择了逃跑。

0414号囚犯一定是患了神经病。

警察说，0414号囚犯绝对不是神经病，判刑之前他是大学的教授，上大学之前他是插队落户的知青，因此对我们这一带的地形非常熟悉。这是一个高智商的罪犯。为了一举抓获残余逃犯，政府决定奖金从二百提高到四百。大家对高智商罪犯万万不可掉以轻心。

马衫花心里想，怪不得迟迟抓不到呢，原来是高智商罪犯。

警察开始将手里的一沓子纸片发放给村民。原来这纸片上印着逃犯的相片，轮廓有些模糊，但还是能够看清五官。

马衫花接过相片，心里啊了一声。她清清楚楚地看到0414逃犯嘴角左边长着一颗黑痣。

这是一颗高智商的黑痣。如果它继续服刑四个月，就会成为一颗自由的黑痣。可是它偏偏选择了逃跑，显得很傻。政府悬赏追捕这颗黑痣，说明了它的价值。马衫花这样寻思着，突然无声地笑了。她认为这是一颗与众不同的黑痣。

聪明反被聪明误。这颗黑痣就是聪明得过了头，弄成这个样子。

散会了，马衫花随着丈夫走出会场。黑暗里，不知是哪个男人伸手摸了一把她的屁股。她不吱声，她知道自己在这土头土脑的村里就算是长相出众的女子了。每逢遇到这种黑手，她从不大呼小叫的。男人嘛就是这样花心色胆，总爱在女人身上占几分便宜，似乎只有这样男人便不枉此生了。

男人们其实挺可怜的，活一辈子就是为了那么一点儿事情。

回到家，刘贵来仍然对0414号犯人的出逃感到不可思议。马衫花给他缝补着裤子，突然想起那颗黑痣。

凑到灯下，马衫花仔细看着0414号的相片。眼前的这颗黑痣越看越熟悉，逃犯的五官也渐渐鲜活起来。

你明天还上山抓逃犯吗？

刘贵来应了一声。

马衫花走出屋子，走到猪圈前看了看，然后站在院里寻思着。天色很黑，风儿也变得凉了。她悄悄推开院门，朝着村委会的方向快步走去。

她心里想着那颗黑痣。大学里的教授。是啊，当年在大队里当记工员的时候他就特别爱好学习，人人都说他是个读书的苗子，后来果然考上了大学。

村委会里亮着一盏灯。村长陪着三个警察坐在桌前，打着扑克。一派祥和气氛。

马衫花并不怯阵，迈步走进村委会的大门。

村长抬头看了看她然后板着面孔说，告状啊？刘贵来又打你啦？

马衫花摇了摇头，说没打。

村长甩出一张红桃 K，绝了胖警察的牌。瘦警察幸灾乐祸地笑了。

我想问一问。

问什么事情啊？村长的目光色眯眯的。马衫花当然知道村长是什么人。她目光与村长对视着，说，我想问一问，那个 0414 号逃犯是不是叫吴存章。

村长怔了怔，你怎么会知道他的名字？

我怎么会不知道他的名字？三十多年前他是插队落户的知识青年，嘴角下边长着一颗黑痣。

村长笑了，你是好记性。从相片上看村里很多人都认不出他啦。

胖警察放下手里的扑克，霍地站了起来，你丈夫明天上山吗？

马衫花点了点头，说上山。

你丈夫明天就不要上山了。人嘛都是感情动物，既然你们跟逃犯是熟人，就应当回避。这是我们公安的规矩。

马衫花笑了，觉得胖警察非常可笑。熟人最容易抓到熟人，这是老幼皆知的道理，怎么还要回避呢？

村长看了看警察们，然后告诉马衫花，刘贵来明天不要上山，一定老老实实坐在家里，回避。

马衫花又笑了，说，刘贵来是不会轻易放过那四百块钱的。

村长发了脾气，叫你回避你就回避。那四百块钱是弘扬正气的奖金，不是谁想赚就能赚的。

马衫花觉得村长非常可笑，就转身离开村委会。

村长盯着马衫花消逝在黑夜里的背影。

回到家里，丈夫已经睡了。马衫花到猪圈看了看，心里踏实了，走进灶间。她舀水和面，蒸了一大锅馒头，然后又炖上一坛子咸猪肉。

炖肉的味道很香。刘贵来清晨醒来，嗅着炖肉的香气来到灶间。他

148

笑了，媳妇一定是认为这几天上山捉人十分辛苦，蒸馍炖肉犒劳自己。

马衫花问丈夫今天上山不上山。刘贵来嚼了三个馒头，吃下一碗炖肉，说，今天一定要上山的，因为已经涨到八百块钱了。

她说，钱其实并不是第一位的。

丈夫十分惊讶地看着她，不明白妻子为什么这样说。

刘贵来拎着一条扁担，上山捉人去了。

其实马衫花的家乡是丘陵地带，并没有什么一望无际的崇山峻岭。由于只有两名逃犯没有落网，上山的村民们反而多了起来。刘贵来扛着扁担走出村子，朝着鸡毛山走去。临近石板桥的时候，突然看到村长坐在路旁抽烟。

刘贵来平时见了村长，总是主动打招呼，今天也不例外，扯开嗓子叫了一声村长。

村长捻灭手里的烟蒂，抬头看了看刘贵来，嗯了一声。刘贵来从村长面前走了过去。这时村长起身大声喊着，说，刘贵来你怎么又上山啊，今天你应当回避。

回避？刘贵来弄不明白"回避"究竟是什么意思。

村长火了，回避就是回避。你现在马上给我回家去，公安局命令你回家。回家就是回避。

回避？刘贵来呆呆望着村长，然后悻悻说，老子还不愿意赚那八百块的卖命钱呢。

刘贵来转身回家去了。

村长又吸了一支纸烟，起身上山去了。

天上没有太阳，是阴天。村长知道这种天气里诸事不宜，然而搜捕逃犯是头等大事，必须风雨无阻。

临近中午时分，0989号逃犯落网。他是被两个狱警捕获的，因为身体过于肥胖他根本没有进行任何抵抗，束手就擒。为了立功赎罪，0989号逃犯主动举报了0414号逃犯的线索。

公安干警根据这个线索，立即率领革命群众朝着西部丘陵进发。

一定要在天黑之前抓住0414号逃犯，妈的这个狡猾的中文系教授。

下午四点钟。大汗淋漓的村长在小山儿的柏树林子里发现了马衫花。村长感到非常惊讶，同时心头泛起一阵窃喜。

村长是个花心男人。

马衫花穿着一件蓝底白花的布衫，黑色裤子。由于大汗淋淋，衣裳紧紧绷在身上，马衫花的曲线显得非常好看。无论是乳房还是臀部，村长都认为是景致。因此他的性欲很快就冲动起来，浑身燥热难以忍受，摇摇晃晃朝着马衫花奔去。

马衫花站在一棵柏树下，呆呆望着村长。

你怎么跑到山上来啦？村长大声质问着，伸手抓住马衫花的胳膊，伸长脖子想跟马衫花亲嘴儿。

马衫花感到突然，躲闪着。

衫花，你不就是为了赚那四百块钱吗？你乖乖让我弄了，我给你四百块钱。村长将马衫花搂在怀里，使劲亲着她的脸蛋。

马衫花并不反抗。村长放开胆子，伸手去揉搓马衫花丰硕的乳房。

马衫花挣扎起来，突然说，我不是为了四百块钱才到山上来的。

村长听了马衫花的表白，嘿嘿笑着。你不为了那四百块钱跑到山上来干什么？村长使劲将她放倒，然后压在身下。

马衫花一双黑亮亮的眸子凝视着村长。村长是个搞女人的老手，已经百炼成钢。马衫花并没有反抗，她只是无声地躺在村长身下，似乎是在等待着蹂躏。

村长骑在马衫花的身上，突然发觉她的目光很生疏，根本不像这个村里的女人。不知为什么他的动作停止了，一时不知所措。

这时候马衫花突然大声喊叫起来。

我穷，可我不是为了那四百块钱才跑到山上来的！

马衫花的声音尖厉，传得很远。

村长慌了，瘦脸上掠过几丝惊恐的表情。

两个持枪的警察一胖一瘦，他们听到女人的尖叫，寻着声音冲进柏树林子。

胖警察首先冲上前来，他用手枪指着村长的脑袋，高喊不许动。

瘦警察由于瘦，显出几分机灵。他拉住胖警察的胳膊，说千万不要走火，这人是村长。

一场虚惊。为了避免继续尴尬下去，村长主动提出给警察带路。于是警民紧紧团结在一起，仨人一起离开柏树林子，走了。

马衫花望着这仨人的背影，突然无声地笑了。

没有人知道，马衫花已经发现了0414号逃犯的踪迹。她认为等待天色渐渐黑了，动手也不迟。

0414号逃犯藏在一株粗大的松树上。马衫花清清楚楚记得，这株松树当年是知识青年栽种的。那年她十岁。

马衫花埋伏在距离松树不远处的草丛里。她知道0414号逃犯不会在树上住一辈子，0414号逃犯既然越狱，那么他的最大心愿就是逃离这个地方。马衫花要做的事情其实非常简单，那就是耐心等待。为了使自己不感到寂寞，她在手里拿了一根棍子。这棍子不是武器，这棍子是她的伴侣。

暮色猛然变得浓重了。那个身影终于在那株大松树上出现了——他紧紧抱着树干，悄无声息地溜了下来。他双脚落地的时候，姿势显得非常笨拙，这更加说明逃犯的身份是中文系而不是体育系教授。

他从马衫花潜伏的草丛前面走了过去。马衫花看到一双赤脚。

马衫花毫不慌张，内心甚至涌起一股莫名的喜悦。她端着一支棍子，跃身而起。棍子成为武器，人们往往是拎在手里的。马衫花与众不同的地方在于她是端着棍子冲上去的，因此很像一个正规军的战士。马衫花临阵选择这个特殊的姿势，一定是与她当年接受某种文化的浸染有关，譬如说军训或者看着别人军训。

她冲上前去的时候，前中文系教授似乎意识到自己已经完了。对于他这样的越狱逃犯来说，被捕即意味着彻底失败。

马衫花喊了一声站住，然后就伸出棍子抵住他的腰部。就连马衫花也不明白自己为什么突然改成了普通话，放弃了本地口音。

0414号逃犯停住脚步。马衫花注视着他的背影，一时不知如何是好。

吴存章，你朝前走。

0414号逃犯听到自己的名字，立即浑身颤抖起来，然后缓缓举起了双手。他的这个动作，使马衫花想起电影里的国民党俘虏。

马衫花伸出棍子捅了捅战俘的腰部，催促着。于是落网逃犯高高举着双手，踉踉跄跄朝前走去。

四周非常安静。这时候天空昏暗起来，很像一块洗涤褪色的黑绸。马衫花再次催促吴存章加快脚步。很快，她押着他就来到一座小山包前面。天黑了下来。他还是看出这里是小路的尽头。

逃犯往往最为忌讳小路尽头，这里意味着落网，落网意味着增加刑期。

马衫花走到小山包前面，伸出棍子拨开一堆青草，黑暗里立即裸露出一个山洞。洞口并不很大，大胖子肯定钻不进去。

她和他，都不是大胖子。马衫花指挥着落网逃犯钻进山洞，然后她端着棍子也爬进山洞。女人的心是很细致的，她爬进山洞之后，伸手拉过一堆青草，重新将洞口遮盖起来。

山洞里的面积其实不小，并不亚于大城市里的"一室一厅"。落网逃犯站在山洞里，由于洞顶很低，他的双手无法高举，呆呆站着。

马衫花似乎对这个山洞非常熟悉，她走到前面唰地划着一根火柴，伸手点亮蜡烛。然后她迅速退了几步，仍然站在黑影儿里。

她命令他走到蜡烛近前。他就走到蜡烛近前。他看到这是一根红色蜡烛。在此之前这根红色蜡烛已经插在山洞的石壁上，山洞里由于这根红烛的燃烧而显出几分喜庆的气氛。

这时候，这个名叫吴存章而编号0414的落网逃犯发现这个山洞的地形很有意思，使人想起黄土高原的窑洞。蜡烛照耀下，他看到一块形似桌子的石头上摆着一只篮子。石桌后面是一块形似石床的地方，上面铺着一张竹席。

他认为这只篮子肯定是事先拿到山洞里来的，还有那张竹席。

吴存章，你坐到前面去，把篮子打开吧。

落网逃犯听得出，发号施令的是一个讲着蹩脚普通话的女人。然而无论是男人还是女人其实这并不重要，最为重要的是已经很久没有听到有人称呼自己的名字，今天，他竟然听到了。

我不是0414号，我又成了吴存章。他因此而激动不已。

你把篮子打开吧吴存章。

手持武器并且站在黑暗里的女人再次发号施令。

他不敢违抗，伸手打开了篮子。

篮子里盛着一大碗炖咸猪肉、八个大馒头。他再次激动起来，就如同听到有人称呼他的名字一样。

你吃吧吴存章，那是馒头。

他伸手抓走一只馒头，大口吃了起来。

你吃吧吴存章，还有炖咸猪肉呢。

他伸手抓起一块咸猪肉，大口吃了起来。

你喝水吧吴存章，水罐儿里有水。

他伸手搬过水罐儿，大口喝了起来。

一口气吃下一大碗咸猪肉、七个大馒头，喝光了一罐子白水。

你把那个馒头也吃了吧吴存章。那年冬天公社兴修水利，你一顿饭不就吃了八个馒头吗？

他听了这话身子猛然一颤，抬头看了看站在黑暗里的女人，然后又迅速低下头去。多年的牢狱生活使他养成了低头说话的习惯。

这时候，站在黑暗里的女人放下手里的棍子，告诉他政府号召村民上山捕捉逃犯，赏金已经涨到四百块钱。

我要是捉住你，就赏给我四百块钱。

他听到这句话，终于明白了她的身份。她极有可能只是一个普通的农村妇女。

然而她究竟是什么人呢？终于鼓起勇气，他抬头看着仍然站在黑暗里的女人。你是什么人啊？

我是涧子村的马衫花。你来村里插队的时候，我十岁。你考上大学那年，我十四岁。你考上的是北京的大学吧？

他摇了摇头，说，我怎么不记得你呢。

她告诉他，自己的乳名叫花花儿。

他哦了一声，然后语塞。她立即解释说那时候自己太小，几乎接触不上插队的知识青年。

这时候，那根红色蜡烛几乎燃烧尽了。山洞里突然变得很亮。

他借助着最后的光亮，迅速朝她投去一瞥。虽然看清了这个女人的脸庞，但他还是难以从记忆深处检索出那个乳名叫花花儿的女孩子。

蜡烛完全熄灭了。山洞里立即变成巨大的黑洞——而且是一个无边无际的黑洞。

时间也就凝固了。

他开始想象当年有个名叫花花儿的女孩儿，红扑扑的脸蛋儿，一身土布衣裳，常常跑到村里的"知青点"门口，伸头探脑的样子十分可爱……这种想象使他重返青春时代，心头蓦然温馨起来，彻底忘记了自己的身份是落网逃犯。

他沉浸在插队生活的回忆里，不能自拔。尽管他插队生活的记忆里根本没有一个名叫花花儿的乡村女孩儿。

山洞里极静。他能够听见她的呼吸声。他分明听见她的呼吸声渐渐近了——真的近在咫尺。

她终于紧紧坐在他的身旁，说，这辈子也忘不了你们知青，这次看到你的照片，一下子就想起当年大队的记工员。黑暗里，她继续说着。她说这么多年过去了，她还保持着当年从插队知青身上学来的习惯，譬如说睡觉之前刷牙。因此她每月要用一袋牙膏，挺费钱的。她就这样说着，然后嘤嘤哭了起来。

她抽泣着说，我被你们插队知青给害了。

他在监狱服刑已经十年没有接触女人了，他感到她的气息扑面而来，这是女人的味道。她挨着他坐着，他感到她的肉体非常松软，散发着一股极其诱人的清香。

他突然紧紧搂着她——只是紧紧搂着而已。

她继续哭诉。她说她从小就在心里暗暗喜欢村里插队的知识青年。这次上山参加大搜捕，就是为了见一见那个当年在涧子村插队的知青吴存章。她根本就不是为了那四百块钱。她说她做梦也没有想到今生今世竟然遇到这样一个机会，在此之前她认为永远也不会遇到这样的机会了。

他毕竟做了十年囚犯，竟然开始动手解开她上衣纽扣，然后抚摸着她的肌体。她也伸出手来，随意抚摸着他。他身上其实已经没有什么肌肉——健美的肌肉属于遥远的时代。

她继续抚摸着他，她将他已经深深埋藏在体内十年之久的欲望，一点点抚摸出来，猛地腾地点燃了。

他与她躺在竹席上。这时他又成为了男人，在此之前他已经不是了。在此之前他只是囚犯0414……

他将她的手攥在掌心里，似乎是在耍弄着一件可手的兵器。这时他感觉自己变成大声冲杀的将军，在黑暗无边的山洞里称王称霸。她则在他怀里呻吟着……

他醒来的时候，山洞口透进一丝淡淡的光亮。他似乎忘记了这里究竟是什么地方，皱紧眉头回忆着。

她仍然熟睡着——甜甜地躺在她迷恋多年的知青身边，根本就不愿意醒来。山洞里仍然很黑。他伏在她脸前，仔细看着这个陌生的女人，还是难以看清这个陌生女人的容颜。于是，他放弃这种努力，心里将她想象成为一个眉清目秀的女子。

他确实是累垮了。在此之前他开山挖河筑堤烧砖……什么累活儿都干过，但他从未体验过男人真正疲劳究竟什么滋味。这次他终于懂了，应当说作为男人他终于懂得什么叫真累。

他很想爬起来，走到山洞口去观察一番。熟睡的女子竟然拥有这种本能——伸手将他紧紧抱住。

我不放你走，我永远也不放你走。她似乎是梦呓。

望着依然处于熟睡状态的女子，他蓦然想起自己的身份——编号0414。

我是一个失去自由的人啊。我的越狱逃跑就是为了获得自由啊。

他还是想立即爬起来——走。然而她紧紧抱住他的大腿，令他动弹不得。

前大学中文系教授心里渐渐起急。他烦了，他觉得这个女人分明是一具肉枷，此时正紧紧套牢在自己脖子上。

他伸出手去，无意之间在地上摸到一块石头，这是一块棱角分明的石头。

她呻吟着说，知青哥哥我不让你走，我不让你走……

政府号召村民上山参加搜捕，抓住一个逃犯奖赏四百块钱。四百块钱对这个贫困地区的农民来说，真算是一笔大钱。我必须离开这里，跑到一个政府没有向村民悬赏的地方去。

他这样想着，抓起这块石头，然后狠狠砸在她的脑袋上。

她哼了一声，身子朝着一边歪去。他终于摆脱了这具肉枷，起身朝着洞口走去。走了几步他就扑倒在地上。这时候他明白了，自己已经没有丝毫体力了，他的身体已经被那女人给榨干了。

他只能朝着山洞口爬去。爬到洞口了，他激动起来，颇有逃离樊笼的感觉。他伸手扒开堵在山洞口的一簇簇青草，山洞里就大亮了。

这时候他听到山洞里传来一阵响动。回头朝着山洞深处望去，他被吓了一跳。啊！满脸鲜血的女人朝着他爬了过来。

山洞里很亮堂了，但是女子满脸是血，他更难以看清她的面容。其实他并不想看清她的面容，他只想爬出山洞去，爬向自由。

那女人已经爬到他的身后，伸手抓住他的一只脚。她断断续续说着——断断续续说出那一句她认为十分重要的话。

知青哥哥我不想你走，知青哥哥我不想让你走……

他并不认为这是一句多么重要的话。他使劲踹了她一脚，然后用力爬出山洞。

他是爬到那株大松树下被两个警察抓住的，当然是活捉。胖警察告诉瘦警察，说0414号犯人抓着了。他重新成为0414号。在此之前，曾经有个女人叫他吴存章。他从读小学一直到参加高考，名字都叫吴存章。

三天之后，丈夫刘贵来在山洞口找到妻子的尸体。他用那张竹席裹

156

着马衫花的尸体，扛下山去了。

吴存章因故意杀人罪而被判处死刑，剥夺政治权利终身。由于政治权利被终身剥夺，他在牢狱写的那两本书也就永远无法出版了。这真可惜。吴存章没有上诉，他知道上诉没用——山洞里的那个女人无疑是被他用石头砸昏最后失血过多而死的。

伏法之前，他被告知可以给家属录音留言。他面对录音机说了几句话，由于他是前中文系教授，说起话来毫不拖泥带水。看来他的书是没白念。

吴存章认为自己太倒霉啦，如果没有遇到那个女人，自己就不会犯下杀人罪而被判处死刑并且立即执行。如果没有遇到那个女人，自己充其量由于越狱逃跑而被政府活捉。即使越狱逃跑而被政府活捉，也只是加刑而已，绝不会被判处死刑并且立即执行啊。这一切都因为遇到那个叫他"知青哥哥"的女人。

吴存章这段录音的长度，不到两分钟。

真是言简意赅啊。

秋天的风景

一

出了一身大汗，她才做完了那个梦。醒来了……却记不起梦中的人和事。窗外，大西北的阳光透过纱帘直泻枕旁，在耳边无声地喧闹着。她惺忪着睡眼——若有所想，伸出手臂去捉床铺上的阳光。阳光不惧，夸张地把她的手影放大了几倍，投映到黄褐色的床毯上：若明若暗，很像是童话世界里秋天的草原上半阴半晴的天气。只一瞬间，一股孩童的天真掠过她那老妈妈般的眉宇。她呆视着自己这渐呈衰色的手臂，它的影儿投映在"深秋的草原"上，也应当是一朵威武的云，依然蕴含着风暴的力。三十多年前，就是这只女人的手，在那份由一个依靠权力活着的男子汉——她当时的丈夫马景洲签发的"踏雪去小孤山伐木"的一纸命令上，挥笔写下"扯淡"二字。这举动震惊了戈壁滩上的一颗颗石子，也成为夫妻离异的导火索……

床前小几上的电话铃叫了一声。不待她伸手去抓听筒，这只胆小的"塑料公鸡"竟然哑了口，没敢发出第二声鸣叫。

"有啥话就讲嘛，这副熊样子。"面对电话机，她心底泛起一股莫名其妙的惬意，仿佛是在什么地方打赢了一场什么战役，又像是在什么会议上赢得了一场什么争论。孤傲的心理得到一种难言的满足。电话机显得愈发可怜了。

这是她的专用电话。

"离休在家享清福，又睡了个太阳晒腔!"

这位五十八岁的前油矿党委书记，霍地从床上坐起来，颇有气势地舒展了一下筋骨，操着一口陕西口音自己跟自己说话。

床角上摆着她将要更换的衣裳：一件洗得泛白的蓝色内衫，叠得平平；一条熨得展展的黑呢子裤，裤线挺挺；一双刷得干干净净的海绵拖鞋摆在床前地板上，位置恰到好处。

"小——张。"她低声向厅堂里唤道，手里举着一件黑色毛衣，费力地往身上穿着。她猜想丈夫一准又在外面忙活着什么。公休天在家他总是这样。

厅堂里没有传来小张平素那讷讷的应声，她有些纳闷。小几上的"塑料公鸡"此时却大声鸣叫起来。

她望着电话机淡淡一笑："还有啥事情找我请示？"抄起听筒，问，"哪——一——个？"

"薛、薛书记……"一个尖声尖气的男高音，喉咙好像是金属做的，"刚刚进了几箱高级香烟。考虑到您……"

她听罢便笑了："我已经不是什么书记了。你这家伙啥时候改掉拍马屁的毛病，我马上认你做干儿子。""啪!"她将听筒扣在机座上。那位可爱的商店经理碰了一鼻子灰。

"长了胆子哩，径直打电话来卖关子!"面对这种特殊关照，她心底产生了一种不近常情的怪异心理：时时或不时地需要他人关心自己，又时时或不时地鄙视那些对自己表示关心的人。

她用力系上毛衣的纽扣，大声向厅堂里唤道："小张，你在干啥嘞？今年这毛衣咋织得这瘦这小，天! 紧绷绷像个奶罩子……"

电话铃又一次响了。可能是线路出了故障，今天的电话铃声不比往日那样清脆，而是慢慢吞吞发出沉闷的声响——在表现自我存在的同时又显得信心不足。这声响很像夜静之时，她听到丈夫发出的轻微的时断时续的鼾声。

还是没有听到厅堂里小张的应声。她颇觉意外，趿拉着拖鞋再次抄起听筒。

"谁，啥事？"她有些烦了，劈头便问，这是一种惯用语气。听筒里竟是一阵阒寂。她冲口又问，"讲话嘛，你咋打起瞌睡来啦？"

"是我……"听筒里终于有了声音。

她知道这是丈夫的声音，随即语出如瀑："原来你没在房子里呀？公休天你还跑出去干啥，我正喊你给我找那双便鞋哩。"

"在柜子下边的盒子里。"触及琐事，丈夫对答如流。

她条件反射似的去看那柜子。

听筒里的呼吸声愈发急促起来，给人一种负重感。但是，她没有觉出丈夫的这种异声异态，还在冲着话筒数落着："这毛衣你咋给我织得这瘦这小，把我箍起来啦！"

"我在矿上……我在矿上民政科。"听筒里的小张似欲报告一件什么大事情而显得声音发颤。

她依然没有察觉出对方的异声异态。如果有一天小张在她面前侃侃而谈，那倒是最大的意外了。两个月前有人告诉她说："哎呀，你们家的老张一个人在办公室里发脾气哩，狠狠地摔了一只玻璃杯。"

"我们家老张？"她绝不相信自己的丈夫能有如此惊人的火气。"这才怪哩……"她听罢觉得好笑，就问，"他跟谁发这么大火气？"

透露消息的人脸上显得有些迷茫："跟……跟他自己吧？他还自言自语，说白吃了这么多年饭，白吃了这么多年饭。"

而她却无论怎样也想象不出小张大动肝火时候的怒容。她真怀疑这消息的可靠性。

"你在矿上民政科？那么你回来顺路捎上两条'大中华'。啥？就是那个说话尖声尖气的经理，我忘记了他叫个啥球名字了。"她还是在电话里给丈夫布置任务。

"我……"对方欲语又止，紧接着是"啪"的一声，小张竟然率先挂断了电话。她猛然想到小张原本是有话要讲的，要么向家里挂电话干啥？耳朵里却充满了嘟嘟嘟的断线声。她不禁一怔，是啊……

三十多年前，也曾有一个男人——她当时的丈夫马景洲"啪"的一声挂断电话，对她的声音不屑一听。她永远也不会忘记那七分冰冷三分傲慢的声音："既然你这样固执，那咱们就离婚吧，薛峰同志。"许久，她还在手中举着已经断线的听筒，然后尖声叫着："马景洲，你这个官僚坯！毛驴子！我枪毙了你……"

后来就离了婚，他们两人的生活经历简单得几乎令人回忆不起什么。

按下忆旧的思绪，她燃起一支香烟，喃喃道："小张今天是咋啦？公休天还忙得火烧腚，一大早就跑到矿上去干啥嘞？"打从离休之后，她素常抿得铁紧的嘴角渐渐松弛了。人老话多？小张也老喽。

昨晚，她跟小张聊了好一阵子家常话。

"你刚刚五十二岁就想啥'退位让贤'？不是规定车间主任这一级的可以干到五十五吗？我从党委书记的位子上退下来是应该的嘛，五十八岁哩！你着个啥急呀。"

小张默默听着，然后说："咋就非得五十五？我觉着自己不行了，就让位呗。"

她习惯地捏着红色铅笔，朗朗道："让啥位？干呗！矿，还不是咱们这一代人建的？你怕个啥！"

"那你咋不在党委当顾问，一下子就离了休？"小张低头问道。

"嘿……要么就当一把手，要么就什么也不当——离休在家歇着。当初马景洲那家伙都没能治服我，咋啦？"她自豪地笑道。

她忽然想起了小莉——自己和小张的亲生女儿，就问："小莉又跑到哪里去啦？"

"她，今天晚上在矿区医院值班。"丈夫静静地说。

"嗯？"她鼻音里含着浓浓的疑惑。"小莉这丫头心变野了。"随手抄起电话，扭脸问丈夫，"她还是铁心跟那个钻井工谈朋友？就是不听我的话！"

丈夫眨眨小眼睛，然后凝视着雪白的墙壁，说："你不要打电话寻她……"

"咋？"她看到小张的目光中含着一股难以名状的神色，便循着他的目光瞧去。

那只是一面雪白的墙。

"从柜子里抱一床被子出来，今晚你就在我这屋里歇吧。我也没啥公事要办了，所有的文件都归了档，一身轻啦。"她打了个哈欠。

"我还有事情要做哩。"小张缓缓站起身，推门回到自己的房间里去了。

"当——"挂在墙上的自鸣钟正在报时。

当小张转回来的时候，她已经进入了梦乡。小张把她换洗的衣服收在一起，之后在床边摆上一套洗净熨平的衣裤。默默地注视着睡梦中的她，轻声道："钻井工有啥不好呢？钻井工有啥不好呢？你错了……"

二

这件又瘦又小的黑色毛衣紧紧绷在身上，竟使她心头萌生出一种张力——在走进洗漱间的一瞬间产生了一种错觉：吃罢早饭去上班……

厅堂里黄褐色的地板用墩布拖得泛出光亮——这是丈夫每天早上的首篇杰作。接着他就去关照院中那株从未开过花、结过果的沙枣树。近来小张有些魂不守舍，好似刚刚丢失了一件什么宝物，又好似终于觅得一宗什么珍品。两年一度为她编织的毛衣果然出了差错：少了尺寸。出现这种差错对于小张来说是多年寡见的。

抬头，她看见洗漱间墙上新增了一块小黑板，上面爬着一行歪歪扭扭的粉笔字："牛奶温在杯里，油饼在篮子里。"这乃是一件"新生事物"。多少年来，小张竭力避免自己的"书法"显现在她这位首长面前。从小张给她当通讯员的那天起，她不止一次地批评他的字体不见长进。

就是那一次，小张随首长一起脱掉军装转业到阿山油矿。在给她当勤务员的第二年初秋，一天小张怯怯地走进她的办公帐篷，低声问着脚下的地面："首长，'媳妇'的'媳'字怎么写呀？"

"媳？"她正在起草一份报告，脱口问道，"啥地方用这个字？"

小张的脸成了一块红布，眼神像在地上寻找着什么，说："家信。"

“休息的息，旁边有个女人，就是媳。”她觉得自己的勤务员憨得可笑，就破天荒同他打了个趣儿。

“我们家乡今年年成好哩。”小张迸出这句前无关联后无应承的话，便匆匆退回去继续写家书了。

“休息啦。旁边有个女人。”她手中的报告一下子变得难以写下去。回味着自己刚才的幽默，倏忽间心底升腾起一股陈积已久的愤懑。“马景洲，他需要的只是女人，一个围着他团团转的小媳妇！”一年前就已经分道扬镳的前夫马景洲的形象又一次闯入她的脑海……

那年冬天，马景洲骑着红马踏着雪从二百里以外的总指挥部来看她，她以为又要发生以往那种夫妻之间的争吵。

这位“首长”像是喝了御寒的酒，目含雾气，面膛儿微紫，高大的身躯散发着威武之气。

不知为什么，在他面前她隐隐感到一种压抑，这种隐隐的压抑始终在戳着她的心。自从她逃婚离开农村家乡投入革命队伍的怀抱，成为一名战士，曾以为同这种压抑心理绝了缘。而如今……她甚至怀疑自己至今依然没有摆脱家乡那种封建主义的阴影。她只觉得马景洲像她家乡的那位专横顽固的村长。

马景洲把马拴在外边，走进土窝子里来。

“好冷呀。”他脱下皮大衣。

她静静地注视着“首长”，不主动提及夫妻间那不愉快的事情。等片刻，她才轻声问起一个月前交给他的那份饱含自己心血的建议书的下落。

“还没有来得及看嘞。”马景洲喝着热茶说，“兵站缴获了一批从西藏来的走私品。喷，女人用的护肤香脂，英国货。”他从布袋里掏出一个精致的小瓶扔给了她。这是一种温情。

“你是专程来送它的?”她问。

他似乎明白了她的不悦，淡淡一笑：“咋?”

“咋?”她的喉头发紧，想哭。但是她没有哭，她恨自己的懦弱。

“我看你现在很官僚。”一股被人轻视的哀伤袭上心来，她首先发起挑战。

马景洲十分大度，不睬她的话题，专心致志地嗅着那瓶英国香脂。

"铁娃还寄养在别人家里？"马景洲吸着莫合烟，问起了他们的亲生儿子的情况。

"铁娃挺好，长高了。"她说，然后话锋急转，"你怎么能让一小队去小孤山伐木呢？冒那种无谓的风险。乱指挥！"

"我看你不吵架心里就难受！咋？上次会上你轰了我一炮，以为我怕婆娘呀？乱弹琴！"马景洲终于按捺不下，拿出了首长风度。

"我不单单是你的婆娘。若为了单单给你当婆娘，我就不来参加革命了！"

"不讲了，不讲了，我没见过你这样的婆娘。你活像个兵团司令员！"马景洲撇了撇嘴巴，一副厌战的表情。

她的女性自尊心得到了一点弥补，舒出一口气，说："你吃饭吧！"

……天色大亮。马景洲从被窝里坐起，目光凝视着她的眼睛："我奔回程了。你准备交接工作吧，过几天我把你调回总部去。"他终于道出真谛。

"我不去。这里需要我。"

"可以调人来接替你嘛。"马景洲的语气和缓起来，"调到一起，生活习惯了，可能你就不会再跟我吵嘴了，我的'首长'同志。"

"是的，在工作上我真的能够担任你的首长。"她十分认真地说，猛甩了下秀发。

他大理石似的面孔轻轻抽搐了一下，说："我们莫要吵嘴了好不好？明年回家探亲，你这样，人家村里人要耻笑我呢。"

她听罢心头一颤，觉得自己依然没有摆脱"小媳妇"的命运。革命呀……

马景洲接着说："你以后莫要再耍性子了。若是别人，我早就撤了他的职。"说罢一把拢住她的肩头。

"你还是……还是为了自己的权威！"她在他怀中叫道。

"傻乖乖！冲这一句话你就不具备当首长的头脑。"马景洲把她拢

164

得愈发紧了。

"傻乖乖?"她被这种亲昵的称谓惊呆了。她处于一种幻觉之中——自己整个一个活人都在马景洲的怀抱中消融了,消融在他的权威之中。自己分明又变回到过去——一个黄土高原上的小妮子。于是,她咬紧了牙关。

"快去给我烧一碗汤面来,多放辣椒。吃罢我就上路。"马景洲口中喷出一股灼热的气流,她感到了男人身上散发着的支配欲。他是一台主机,她仅仅是这台主机的配件。

然后竟是火辣辣的吻!马景洲在她唇上印下了一个大大的句号。

帐篷外边,大红马在喷着响鼻。小张正在给马添加草料。

马景洲缓缓喝完汤面。她轻声说道:"这是最后一碗汤面了。"马景洲不解地望着她。

"啪!"粗瓷花碗被她用力反扣在桌上,顿时裂开。她尖叫道:"我看出来了,你不单单对自己的婆娘这样,对别的同志也是这样!四大队的政委刘永祥,提了个意见就触动了你的权威,找个借口撤了人家的职!"

"不许胡说!"马景洲吼道。

她竟茫然了。

他在帐篷外面上马,狠狠勒住马缰,十分平静地对她说:"看来,咱俩谁也主宰不了谁。"

马景洲骑着大红马消失在雪野尽头。

"首长,你也该吃早饭啦。"站在帐篷门口的小张向她低声唤道。

她悄悄抹去了脸上的泪水,回头看着自己的勤务员。许久,她把手中那瓶英国香脂扔到远处的雪窝子里。

三

"怎么又想起了马景洲这家伙呢?"她站在洗漱间里,却抑不住滚滚思绪……

165

进军新疆之后，政治部的一位老大姐找到她，提起了团政委马景洲。

"是个很有才干的同志呢。"

老大姐说："那……你愿意和他一起生活吗？"

"咱们的队伍就是一个大家庭啊，整天在一起生活。"她不解其意。

"我是说，你们结成革命伴侣……"

"你这是说啥呀！"

"小薛，组织上有这个意思，要我跟你谈谈。就说我本人吧，也是组织上安排跟老郭结的婚。咱们是革命队伍呀。"

"要是组织上的安排，我个人还有啥说的。不过……"她咬紧下唇。

"老马这人有时候爱犯主观，但是个敢于负责的好同志。"老大姐说。

后来就结了婚，有了胖儿子铁娃。

洗漱间里。洗脸水早就准备在盆里，一条绿色毛巾伏在盆底，宛若那柔情的水草。小桌上摆着一只盛满清水的漱口杯，杯口横着一只牙刷，刷毛上均匀地涂了一层牙膏。这都是小张的杰作，日日清晨如此，多少年了。

她洗漱完毕，终于想起了雪花膏。

有这样一个夜晚：小张来到卧室，夫妻同床而眠。她有夜间批阅文件的习惯，小张也似乎还没有睡意，突然，他在她身后灯影里说："又买了一种雪花膏，你还是嫌它香，其实哪有不香的雪花膏呢。"声音低且发颤。这是丈夫对妻子的一种委婉的批评。

当时她却没有承应这个话题，而是说："你那个在全车间抓革命促生产动员大会上的讲话材料，写得很不带劲哩，我替你做了修改……"没有听到小张的应声。

"还有，这几天有谁到城里出差，你就托人家给买几个奶罩子来。小莉这丫头大了，走路颤颤的，好不懂事咧！"她径自说着，给丈夫分派了一个极不适宜男性去完成的任务。

166

小张半晌没有出声。她猛回头，小张正凝视她的背影，一副古怪的表情。

她径自说下去："是啊，这年头也不兴用保姆了。"

"腰。"她小声说着，丈夫马上伸出青筋毕露的拳头，轻轻为她捶打——这是一九五〇年睡雪窝子时落下的病根儿。

拳头机械地起落……

像是条件反射——此时当她洗漱完毕独自坐在饭桌前的时候，腰部又在隐隐作痛。今天轮到丈夫公休，他偏偏跑到矿上去了，像是有什么勾魂的事情。大儿子铁娃远在依奇克里克，整天面对岩石沉思，寻找那非地质队员难以察觉的大地的内涵。小女儿小莉"野"出去了，去寻找青年人的欢乐。她却成了名副其实的家庭主妇。

不知什么原因，她周身泛起一阵燥热。"家庭主妇"这个陌生的字眼居然使她产生了瞬间的遐想——那掩埋已久的女人的灵性倏忽一闪，睁开了那只本应早就睁开的"眼睛"。

窗外，那株沉默的沙枣树立在秋天之中。或因为大西北的秋天是短暂的——像一个印在长篇巨著之中的小小段落，被匆匆翻过而不曾驻目细品。她这才觉得这些年生活得太匆忙了，秋天的风景在她眼中竟然有些陌生了……

她决定吃罢早饭到秋天里边去走一走——随便买些什么。她很久很久没有亲手买过东西了。下午，她还要趴到写字台上继续写刚刚开头的回忆录。她想用笔告诉人们，为了建设祖国的大西北，我们这一代人付出了多么大的代价。

她静静地吃着丈夫为她备下的早饭。卧室里的电话又铃铃响起，这熟悉且又听得耳腻的声响小煞风景，几乎打消了她出门散步的念头。

"啥事情啊?"她抄起听筒，当头便发问。

"妈，我最后一次征求您的意见。"是女儿小莉的声音。女如其母，也是开门见山的性格。

"你好厉害呀，啥意见?"

"我的婚事。"

"你自己做主嘛，我不干涉哩。"她心平气和地答道，并不动火气。

其实，她早已跟民政科打了招呼：除非女方家长在场，否则不给小莉这丫头办理结婚登记手续。民政科不能不正视她的权威。

"哼！要不是怕我爸受牵连挨批评，我才不这样三番五次……"小莉在电话里发牢骚。

"你现在在啥地方……"不等她问完，小莉就赌气似的挂断了电话。

这样的话题在母女间已经重复多次了。她始终不同意自己的女儿嫁给那个钻井工小伙儿。不仅仅因为他是个钻井工，她总觉得那个小伙子是个稳重不足胆量过分的毛躁后生。她甚至担心这位钻井工若成了自己的女婿，会在家庭思想界引起混乱。曾经有人报信说，这位钻井工私下议论说："她在家庭中的非民主化与她在党委会上的家长化是一种思想的体现。"

但是，小张在女儿婚事上却始终没有表示明朗的态度，只是说："小伙子很有个性。"

放下电话，她没有再寻思什么，拎起提篮走出家门，一步迈进秋景之中。

四

矿区的农贸市场在小山包下一条干涸的河床上。卖烤羊肉串的，卖莫合烟的，卖哈密瓜的，卖葡萄干的……她走过一架架货摊，居然听到甘肃临洮一带的口音——一个中年妇女正在出售皮褥子。

"我不骗你，是好皮子哩。我家老头子就是睡这种皮子，腰病就不犯了。"卖皮子的妇女脸上浮着两团红云——高原土著的印记。"红二团"这个颇具军事色彩的称谓其实是人们对甘肃人的戏称。

"给你家老头子买一床吧。"甘肃妇女显然不知她是何等人物，冲她大声推销着。

啊，甘肃临洮口音！把"我"念成"俄"。小张也是这样，几十年乡音没改。

就是那一年初秋，"首长……我想告个假。"小张手中举着一封尚未封口的家信说，"回家、回家娶媳妇。"他一双小眼睛慌乱地眨动着。高原的风在他的两颊上印下了两团永驻的红晕，天生的羞涩型。

铁娃跟将进来，在后边扯着小张的衣襟叫着："小张叔你别走，娶媳妇干啥呀？"

她听着铁娃的稚语，心底乱哄哄的，似乎这时她才清楚地意识到小张还是个尚未婚娶但理应婚娶的男子汉。

她确曾向后勤处提出派个老区来的女同志替换小张当勤务员的要求。大西北缺人不缺土啊。这个要求迟迟未能兑现，她也就没再催办这件事。她觉得小张是勤务员中的最佳人选，尽管他是个男人。

后来有一次小张向她提出，下到石山那边的钻井队去开"磕头泵"当钻井工。他青春的眸子里闪烁着热望的光芒，使劲地搓弄着那双粗手，似有一种使不完的力量在体内膨胀。

她对他的请求未置可否。

打从与马景洲分手之后，她便把铁娃从寄养的人家接到身边，交给小张看管。当时小张默默无言地接受了这项任务——成了一名真正的保姆。几天之后铁娃就跟小张混熟了，整天"小张叔叔"叫个不停。而小张从此再也没有向她提出去当钻井工的要求。

"娶媳妇？"望着手持家信的小张，她心头有些慌乱，说，"眼下……正忙，过几天行吗？"这是她第一次用商量的口吻跟小张说话。

"行。这几天我还要把铁娃的棉衣棉裤做上，还有几床被子……"小张嗫嚅地说。之后，小张又愣头愣脑地对她说："人总有不遂心的事情，首长你不要想不开呀。建矿要紧呢……"

她听罢微微一怔，随即明白了小张的话，便说："没啥不遂心的事情！"然后眯起眼睛望着小张。她知道这是小张在她婚变之后向她表示的一种下级对上级的关切。

她的思绪又回到眼前的农贸市场。望着眼下叫卖皮子的妇女，她猛然想起一个多年来从未想到过的念头：小张当年的那个"未婚妻"大

169

概也该是这般年岁了吧？

她与小张的结合可以说是一桩奇婚。

那一次她骑马蹚过阿苏尔河，去追赶三个窃款外逃的维吾尔族巴郎。只身单骑，她丝毫不觉得害怕，竟在马背上想到了小张：应当准假让他回老家去娶媳妇了……

她不知道自己正发着高烧，好像骑在云头上。远望无际的戈壁，似涌起层层青色的浪。

"啪！"她把一盘麻绳扔到红柳丛中那三个正在打瞌睡的巴郎子面前，厉声叫道："谁是主谋，把他给我捆起来！"她甩手掸着身上的尘土。三个巴郎子吓得服服帖帖。

"我为了领着大家建矿，跟老头子散了伙，一个人在这里撑着。你们这些黑了心的家伙倒干起破坏建矿的事情来了！"在押解逃犯的路上她叨叨着，向无垠的戈壁敞开了心扉。自从与马景洲分手，她觉得自己摆脱了往日压在心头上的无形的阴影，心情舒畅地生活着。

返回矿区，她把三个巴郎子交给护矿队，头却疼得似要裂开了。

小张闻讯赶来了，两手沾满肥皂沫。他正忙着给铁娃洗衣服。

她吃力地握着手枪，说："头疼！"

小张不知所措，硬硬地说："首长！我向你建议过，在矿区路口上设双岗……"

"快把我抱下马来……"她叫道。

一躺就是三天，她才渐渐恢复了元气。小张静静地侍候在床前。

"首长，我向你建议过，在矿区路口上设双岗……"小张执着地说。

"是啊。"她觉得小张固执得可爱。

"哦，这一病，差些误了你上路回家。"

"嗯……"小张应声。

"你老家的未婚妻，很漂亮？"

"啥呀！倒是见过几次。"小张脸红了，"后来我就出来参了军，再没见过面。"

一阵沉默。她突然问道："马景洲这个人咋样呀？"

"他不是调到青海去了吗？"小张答非所问，然后说，"我知道你们已经离了婚。"

"我是问你他这人咋样？"

"好。许多人都愿意让他领导呢。"小张说。

她听罢，呼出一口气，说："你去烧一碗汤面来吧，多放辣椒。"她已经有了食欲。

小张做了一碗"揪片儿"端了上来。她默默地吃，心底，渐渐涨起一阵热潮……

回家娶媳妇？她蓦然觉得自己将失去小张，只有在这样的时刻，她才清醒地意识到自己与这位年轻的勤务员之间早已生出无形的丝连……她多么需要小张啊！

"你，你不要回老家了！"她冲口说道。

小张不解，轻轻搓着沾在手上的面粉。

"是父母包办的吧？你不要回老家了。"

小张随手收拾碗筷，诧异地望着她。

"咱俩结婚吧！咱俩结婚吧！"她大声说。

"啥？"小张惊得凝住眼神儿。

"在一起生活，为了革命事业……"她渐渐冷静下来，"铁娃又小，油矿建设正吃紧。跟我在一起，不是很好吗？"她低语着。

"为、为了革命事业，我、我能行？"小张显然被惊呆了，语无伦次。

"能行。"她注视着小张，轻轻地说，"过几天我在党委会上讲一声就是了，让大家都知道。"

由警卫员到勤务员到首长的丈夫，这就是小张的革命历程。

三年之后，建成了油矿。三十年之后她告老离休。离休之后的第三十天，她以家庭主妇的身份走进矿区农贸市场。这就是她的历史。可能是这些年生活得太匆忙了，太简单了，她案头的革命回忆录只写了几页就难以下笔了。

171

可是蹲在"牛棚"里写检查的时候，她却用掉了几瓶墨水。

小张偷偷来看她，呆呆立在窗外。

"下次，送些莫合烟来。"她对小张小声说。

"冷。悄悄拿一条毯子来。"她对小张小声说。

在失去指挥权的日子里，她唯一能在小张面前发布指令。这坚定了她活下去的信心。

"薛大姐，您真有眼光呀，找了这么一个男人。"同棚的一位大学生出身的"官太太"羡慕地说。当离开"牛棚"分手的时候，"官太太"忽然对她说："你家老张很像是个勤务员出身的人哩，习惯于听候命令。"

她听着默然。

在农贸市场的叫卖声中，她恍惚觉得家中案头上待写的回忆录已经有了应写的内容。

假如当初小张回老家去娶亲，他一定成了堂堂一家之主；假如当初小张坚决下到石山那边去开"礤头泵"，他可能已经成了一位钻井英雄……然而小张默默地服从了她的安排，默默地……

她急忙离开农贸市场。

大西北的秋天是短暂的。

五

"小张咋还没回来呢？"她放下从农贸市场买回来的蔬菜，喃喃自语，心间愈发杂乱起来。

前些天矿区组织部的小刘秘书跟她讲："你家老张写了'退位让贤'的申请报告，要退下来呢。"

"退下来？才五十二岁？"她听罢沉吟不语，心中很是不悦。几十年来，这是小张第一次没有跟她请示就擅自行事了，而且是这么重大的事情——退位让贤。

在家中，她佯装不知此事，却采取了迂回战术，对小张说："我刚

172

刚从党委书记位置上退下来，你就没了主心骨？"

小张听罢满面通红，激动地说："啥主心骨，我是觉着自己不行了，跟不上今天的形势了。可是我明白得太晚了，太晚了！"

她轻轻一笑，小张虽说五十大几了，却仍有几分天真。

有时静下心来，她会觉得小张身上正在增长着一种使自己陌生的东西。是什么？她又说不清。

"中午吃啥饭呢？"她在厅堂里踱步，颇费心思地思忖着，然后推开了小张的房门，一步迈了进去。

一九五六年她终于把小张派下去当总务股副股长。"大跃进"那年小张又转到油矿焦化厂的一个车间里去当副主任——一当就是这么多年。为了避嫌，他领导的车间她很少去。然而小张的车间是全矿的"老先进"了，这里面无疑凝结着她的心血。

"首季开门红，发动三班职工检查了车间的全部阀门和管道，提前四天完成检修任务。你看，这样总结，整个材料就有点有面了。"她不厌其烦地为小张修改总结材料。

面对有点儿"浮夸"的数字，小张眨着困惑的眼睛。

"喂，下个月矿区全面开展增产节约运动，你们车间要先行一步啊。"她给小张开"小灶"。

"有具体要求吗？"小张习惯地问道。

小张一次次创出"典型经验"。

她在小张的房间里站定，环视着。

这房间也是长方形的，同她那间一样。只是他把自己的房间刷成了淡淡的绿色——与黄褐色地板形成一种鲜明的色彩对比。"五一"节粉刷房间的时候，他建议将所有的房间都刷成淡淡的绿色。她没有采纳这个建议。

她喜欢白色。

似乎远在戈壁滩上当地质队员的铁娃也喜欢淡淡的绿色。那是今年四月里的一天，小张把一封铁娃的来信放到她的桌子上，那信封是淡绿色的，清心爽目。

"有啥事吗?"当时她正忙着组织矿区新的领导班子,天天晚上还要到矿上开会。

"你自己看看吧。"他切切地说。

她好像没顾上看信,就去开会了。过后也没有再想起那封信。

此时她却想起了那封信。它在哪儿呢?

他的桌子上摆着几本书。首先映入她眼帘的是:《大众菜谱》。还有《新疆地图册》《怎样写应用文》《家庭日用大全》……还有一册已经发黄了的书,她拿起细看,是一册五十年代印刷的《钻井工必读》。她心底怦然一动,多少年了,他还保留着这本书。要不是她,他或许真的能够成为一名叱咤风云的钻井英雄。

她的心头感到一阵沉重。

坐在他的床上,她第一次强烈地意识到应当认认真真地思考一下这些年的生活。她朦朦胧胧地察觉到这多年来自己好像重复了当年马景洲的错误——习惯于支配别人……

小张的床头放着一册十分精美的书:《人的发现》。这书名十分生疏。翻开扉页,一行峻峭挺拔的钢笔行书映入眼底。

赠给爸爸。铁娃一九八五年元月。

"爸——爸?"她的心加快了跳动。铁娃——她和前夫马景洲的亲生儿子,一个性格内向的地质队员,多少年来总是称小张"叔叔"的。如今竟改口称"爸爸"了,她感到陌生。

书中央夹着的那个淡绿色的信封——被她忽略了的铁娃来信。她的手有些颤抖,抽出儿子的来信,眯起眼睛细读。

"……我已经成年了,第一次叫您'爸爸'。这么多年了,您为了我妈妈,为了咱家咱矿,献出了自己的一切,默默地服从,默默地执行。既是我和妹妹的保姆,又是全家的勤务员。现在我才明白您为了大西北究竟奉献了多少珍贵的东西。然而,让我直率地说吧,您也失落了最最宝贵的东西:自我。正因如此,小莉妹妹来信告诉我说您近来经常自言自语：'落伍了，落伍了。'我才流下了热泪。这不能完全怪您啊。

"爸爸，只要能够真正认识自己，承认自己'落伍了'，也是一种勇敢。勇敢的人是永远不会落伍的！"

她读不下去了，眼窝热辣辣的。

信中有些地方显然被什么液体浸湿过，那定是他读信时落下的热泪！

她惊异地感到儿子陌生了，丈夫也陌生了，甚至连女儿也陌生了。真是大变革的年头啊，每个人都在反思中改变自己。

抬头，她看到床前墙上挂着一顶钻井工的铝盔。她不会忘记，当他还是名副其实的小张的时候，从一位钻井模范那里讨来了这顶属于荒野和蓝天的铝盔。她更不会忘记，那一年的一个晚上，她到他房间里来，看到他正孩子似的把铝盔戴在头上，眯起眼睛吃力地为铁娃缝补着衣裳。小莉正小，顽皮地趴在爸爸背上，用小拳头敲击着爸爸头上的铝盔，奶声奶气地唱着："爸爸是个钻井工，地球里牵出大油龙，爸爸是英雄！"

小张一针一针缝着孩子衣裳上的破洞。

此时，挂在墙上的铝盔已经成为历史，诉说着一个人当年的向往和青春……

"当——"房子里的自鸣钟在鸣奏。

她心头一颤。

生活中，每个人都是一个部件；同时每个人又都是一台主机。这才是世界。

六

操刀下厨，她要为丈夫和女儿准备一顿午餐。多少年了，全家人绝少尝到她的手艺——这可能是一个极大的缺憾。做什么饭呢？拉条子——抻面。

面条在案板上愈拉愈长。她的心儿静得出奇，终于想起了那个"出了一身大汗"才做完的梦。那梦的画面十分开阔，她和丈夫都已经老态龙钟,两人互相搀扶着,走向远方的绿洲……一阵花香扑面而来,丈夫说:"年轻的时候你太古板,不愿意搽有香味的雪花膏,这是不对的。"她听罢想了想,说:"嗯!你的意见很好。"

梦境,曲折地为人类提供了一种新发现。

面条拉好了,她开始烧菜,心情却是一种难以抑制的愉快。

院子里响起了熟悉的脚步声。她将面条煮在锅里。

迟迟未听到推门进屋的声音,她知道小张是在看院子里的那株沙枣树。

这株多年不曾结果的树,今年挂上了几十个小果果。粗心人是看不到的。

圆桌上摆着四盘烧菜,很香的味道。

他被这不曾见过的情景惊呆了,眨动着困惑不解的眼睛——

"小莉这个疯丫头咋没回来?"她端上两碗热气腾腾的面条,向丈夫问道。

"铁娃回来了吧?"依然处于困惑之中的丈夫根本不相信是这位离休的"首长"亲自下了厨,便以为是儿子休假回家来下厨做的饭。

"那咱们吃吧……"她有些失望,因为女儿没有回家来品尝她的手艺。小张无言地站着。

"啥事?跑出去整整一上午。"她问。

"忙哩。烟,给你买回来了。"丈夫把两条"大中华"放在桌子上。

开始吃面,默默地。

丈夫没有赞扬这可口的饭菜。她心中腾起一种预感……

"有啥事情吗?"她不知不觉地改变了往日的声调,轻声问道。

"我、我……"

"啥?说嘛……"有些着急了。

"我领小莉和那个小伙子去了一趟民政科……"

"去民政科干啥?"她问着,心中渐渐明白了。

"你不是早就跟民政科打过招呼,没有女方家长领着,就不发给小莉结婚证吗?所以我必须去……"他低头说着。

176

这确是出她意料的惊人之举。

"已经领上了证。"小张终于勇敢地抬起头来与她对视。她看到一张激动的面孔。

"他们应该自己决定自己的事情，我们管这么多干啥？"他低声说道。

小张等待着脑顶上打响雷。

长时间的沉默。

她分明受到一种陌生力量的挑战——在年近花甲的时候。她的视线模糊了。

小张这株宿根多年的小草儿，在秋天里发芽了——终于露出了他的尖角角。

她想起了传说的他在办公室里摔碎了玻璃杯，她相信了。他也应是一个敢于发怒的人。

面对旧我而无怒可发的人，是失去灵性的昏睡者。

"你上午往家里打电话，是想跟我商量这件事情吧？"她放缓了口气，问小张。

"嗯。后来我就自己做了主。"

"吃饭吧……"她说。

他偷眼看她，觉得事情不可能如此完结。

"吃饭吧……"她又说。

于是老夫老妻埋头吃面。面条很长，像一百年的思绪。

"听说，你们车间在搞什么系统工程学管理试点？"她吃着面，却岔出这么个话题。

小张感到十分意外，轻轻点点头。

"这是咋回事呢？"她很有兴致地继续问道。

小张感到万分意外，缓缓地说："以前搞大检查大评比，全面展开，轰轰烈烈。现在系统工程学管理，打个比方说，就是先确定一个顶上事件，用与门呀或门呀分析，求出最小径集和最小割集，找到关键点……"小张说着，渐渐兴奋起来，"这样就用不着大轰大嗡了……"

177

"大伙儿都说，以前搞生产像是搞群众运动。现在才明白了什么是科学。最重要的是看到了自己的位置。明白了?"

她如听天书。此时她才明白：她与小张生活在两个世界里。他的世界给了他活力。

"听说，你自己在办公室里发脾气，摔碎了一只玻璃杯?"

"嗯。我恨自己哩……"

又是一阵沉默。

"你刚才去了矿区组织部?"她想起了小张的"退位让贤"申请报告，试探着问道。

"你……咋知道?"小张惊异了。

"你自己决定吧，我不干涉。"她终于道出了心底的话，抱歉似的笑了。

小张不知所措地端着饭碗。

"我、我刚才从组织部撤回了那份'退位让贤'申请报告……"

"咋?"她大惑不解。这又是一个意外。

"我想再干上一两年，明明白白地干上一两年，自己拿主张地干上一两年……"

她眼睛定定地望着小张。

"你要多多帮助我哩……"他大声说。

"小张!"她动情地喊道。

窗外，那株沙枣树静静地站在秋天的风景中。正因为它的枝上结了一个个很小很小的果子，今年的秋景中才洋溢着极不寻常的意味……

第 三 辑

紫竹提盒

祖母迈着小脚颠儿颠儿跑回家来,进门便说,你表叔剧团转回来了,说罢猫腰生炉子点火,好像接了圣旨。

其实等于接了圣旨。赵大铁经常在表叔剧团里扮演太监,大街上他遇见祖母,说,我们北方越剧团转回南市燕升戏园了。那模样等于就是太监传旨。天津人把太监叫"老公"。天热时祖母带我看《狸猫换太子》那出戏,老太监陈琳手持拂尘出场,她扭脸告诉我:"这是个老公,好人。"

赵大铁扮演老陈琳,他又是单身汉,平时见面我就叫他"老公",这家伙揪住我耳朵说:"老公好哇,老公没有生活作风问题!"

这话我就不懂了。我只懂得红领巾是五星红旗一角,是革命烈士鲜血染成的。我还知道提倡移风易俗,破旧立新,还号召无职业有家乡的市民返回原籍落户。我们胡同里贴着大标语:我们也有两只手,不在城市吃闲饭。

大杂院里的田婶无职业有原籍,街委会来人动员了。她哭着说老家没房子没地没牲口没人,寡妇失业没法过活。

天色暗下来。祖母生炉子弄得满院子烟雾,好像埋伏着《西游记》里的妖怪。烟雾笼罩呛得邻居们咳嗽,引来冷嘲热讽:"奶奶!都这晚儿啦您还生火点炉子,这是要半夜迎财神啊。"

祖母不搭理。她跟我说过,自打年轻守寡谁说风凉话都不应声,只当听蝲蝲蛄叫唤。就这样,大杂院里到处是蝲蝲蛄。

煤球炉子,起火慢。祖母擀面条了。我家的擀面杖,绛紫色枣木,

181

拎在手里想起花果山的齐天大圣。祖母说当年家住三条石塘子胡同，半夜里用这擀面杖吓跑了盗贼。我想象着手持擀面杖的祖母，那形象就是女将樊梨花。

擀好的面条，披头散发摊在盖板上，白灿灿等着挨煮。祖母准备炒菜："不凑手啊不凑手，这大联又打了我个措手不及。"

表叔大号郝专，大联是他乳名。祖母倚仗长辈身份，张口叫表叔乳名，似乎在行使特权。

表叔的北方越剧团到处巡回演出，在南市演几天，转到鸟市，从鸟市转到谦德庄，从谦德庄转到西关街……让我想起语文课本里草原牧民转场。这次表叔的北方越剧团突然转回我们南市，一下打乱祖母阵脚。

唱戏的不吃晚饭，散了戏吃夜宵。梅兰芳剧团这样，表叔小剧团也这样，都是循着"饱吹饿唱"的道理。

祖母临时给表叔准备捞面，不炸酱，不打卤，而是"四碟菜"拌面。她说"不凑手"是指临时难以凑齐"四碟菜"。

天津卫近河靠海水陆码头，吃捞面讲究"四碟菜"，正儿八经的四碟菜通常是"清炒虾仁、软熘鱼片、桂花扇贝、银针面筋"。寻常百姓家庭讲究不起，依然弄出家常"四碟菜"，减成色不减规模。

我说不凑手您就炸酱吧。祖母冲我瞪眼睛："那是北京人!"

听祖母说话语气，好像瞧不起首都。她经常跟我表扬天津，说九河下梢天津卫，华洋杂处大码头，吃尽穿绝。

我又说不凑手您就打卤吧。她老人家急了："你怯勺？没有虾仁木耳，打卤就是一锅糨子!"

祖母为表叔筹办夜宵，赛过给皇上办膳。城市里鱼肉蛋菜凭票供应，要想吃好喝好难度不小。

"糖醋面筋丝，小葱炒鸡蛋，咸肉燋香干……"祖母念叨着夜宵菜谱，一跺脚去找邻居田婶借来两个鸡蛋，寻思着"第四碟"。

巧妇难为无米之炊。她急得骂我："这节骨眼儿你也帮不了我!"

我从小听相声，学会说话逗哏："我愿意帮您哪，第四碟菜是红烧小孩儿!"

祖母笑了："你还真把自己摆菜碟里啦。"

筹措不出"第四碟"，祖母只得先筹办面码，她举起竹竿从房檐底下摘得一捆晾干的豆角，使大碗用温水泡开。她猛地拍响大腿说："有啦有啦，第四碟是虾杆炝白菜！"

我听了咽下一团口水。素常家里吃捞面，天热是过水麻酱面，外加花椒油，天凉呢就"锅挑儿"，弄个热菜拌拌得了，从来没有如此隆重。祖母疼表叔，邻居们说赛过亲娘。

"没错，大联是我娘家亲侄子，我是他亲姑妈！"祖母毫不掩饰对娘家人的偏袒。我想起天津卫俗语：姑妈亲，砸断骨头连着筋。

我知道不论牛筋羊筋，即使卤煮也特别结实，确实很难砸断。姑妈亲，没错。

煤球炉火旺了。祖母下厨炒菜。这四碟菜，投料足，菜量小，炒得香气扑面，分别盛在四只盖碗里。这种蓝花盖碗是薄胎江西瓷，即便盛着滚开的水，端着也不烫手。

干豆角泡开了，热水焯过切成细丝，这深绿色面码也盛在盖碗里。五只盖碗，趁热放进紫竹提盒的底层。

祖母抹去满脸汗水，嘴角那颗红痣越发鲜亮。铁锅里雪白的面条煮得翻滚，好似微型哪吒闹海。祖母拿筷子夹起一根面条，嘘嘘吹凉，顺进嘴里咬了咬，说你表叔爱吃有嚼头儿的，不能煮过火。

捞面出锅，过了遍热水，祖母把面条挑进大海碗，随即扣上碟子。雪白的手巾裹着红木筷子和白瓷调羹，一同放进紫竹提盒顶层，啪地扣严了盒盖。祖母真是细致入微，只等表叔张嘴吃了。

我手痒眼馋，再次咽下口水。祖母看了眼座钟："马上就散戏，你趁热送去吧，紧走几步别让面条坨了。"

为了调动我的积极性，祖母随即补了一句："回头儿也给你做顿好吃的。"

我拎起紫竹提盒跑出家门，身后追来祖母的声音："别颠！洒啦。"

沿着东兴大街，我跑过什锦斋饭庄，跑过华明理发馆，跑过白傻子布铺，一直跑向著名的"三不管"。

北京有天桥，天津有南市"三不管"，从前都是打把式卖艺的地方，由地痞流氓掌管。社会主义新中国，这里变成劳动人民娱乐场所。

远远望见东兴市场圆形拱门，我拐进右手小胡同，胡同正冲燕升戏园后门。祖母几次带我到后台看望表叔，我已然记住门道。

进了戏园后门，没灯黢黑。后台角落里有个人影儿，我咳了两声。平时祖母教导我，走进黑灯瞎火地方，要响咳两声免得冲撞神明。

我两声响咳，那人影儿倏地分成两个，一闪便掩进黑暗深处，没了痕迹。一个人影儿怎么分成两个呢？我想起刘立福的评书《聊斋》，心头发紧，两腿发沉。

听见胡琴响了，台前传来掌声。这是主角登场了。我挪动脚步走近侧幕条。今晚唱连本大戏，看来拖场了。

北方越剧团女主角祁玉仙，白白嫩嫩很受看。她戏台上拿腔作调柔声软语，戏台下满嘴天津话，显得精明强干。那次我跟随祖母看戏，可巧祁玉仙扮演娘娘出场。这出戏祖母不熟悉，小声嘟哝着："她扮的是正宫吗？"

旁边观众主动搭话："她扮的西宫。"

天津戏迷就是这样热情，只要搭话就跟亲戚似的。

祖母笑脸谢过，然后低声告诉我："鸭子唱得不错，头牌角儿呢。"

祖母知道祁玉仙外号"鸭子"，观众们不晓得。"不晓得"是南方话，这是北方越剧里的戏文。

侧幕条旁边是伴奏乐队。我感觉责任重大就把紫竹提盒抱在怀里。弹月琴的侧脸问我找谁，我说找郝专。他摇晃着脑袋说："好砖？还烂瓦呢！"

这时祁玉仙唱过大段戏文，载着身段踩着碎步，轻轻盈盈返回后台。一瞬间她便褪尽满脸表情，变成涂着油彩的面具。

我吃惊地望着这个毫无表情的大美人，忘了"四碟菜"捞面。

"你是郝大姑派来送夜宵的吧？"她变得满脸笑容，语气亲切。

"我给表叔郝专送夜宵，弹月琴的说没有郝专只有烂瓦。"

"吃不着葡萄说葡萄酸，你别搭理那狗食！"她撇了撇嘴。

184

狗食是天津话。骂人是狗已然贬损，狗食就更甚了。

我望着这位凤冠霞帔的皇后——柳叶眉，丹凤眼，笔管鼻梁，鲜红嘴唇，两腮隐隐约约的酒窝儿，确实好看。

她这么好看怎么外号叫"鸭子"呢？我寻思叫凤凰才对。

赵大铁提着拂尘来了，看见紫竹提盒笑了："好啊，我这就去请皇上用膳！"这老公趁机拍了拍皇后屁股。

皇后骂了声"死鬼"，抬手撩开侧幕条，带着身段上台了。

我感觉身后有人来了，转身果然看见皇上驾到：身披明黄缎的龙袍，头戴明黄纱的帽盔，灰白色的髯口……他没勾"三块瓦"脸谱，看来不是昏君。

皇上伸手摸了摸我头顶。我认出他是表叔郝专，就使劲儿笑了。

表叔身材端正，有文化。他崇拜焦菊隐与谢添。我不知道这两人是谁，只记得表叔说他喜欢谢添的话剧《柔软体操》。

这时表叔郝专猫腰接过紫竹提盒，变戏法似的塞给我五分钱纸钞，说明天买冰棍吃吧。这是天津卫习惯，大人见了孩子给零花钱。

少先队员接受皇帝赏钱，这没让我产生幻觉，因为我知道他不是真命天子，他是表叔郝专。

身穿龙袍的表叔把紫竹提盒放到后台黄漆条案上，打开盒盖取出盖碗们，规规矩矩摆放整齐。这情形不像夜宵倒像供品，就差焚香了。

这时家伙点响起，表叔正了正帽盔，捋了捋髯口，连忙迈开四方步，上了场。

我躲在侧幕条后边，盯着表叔演戏。记得祖母跟大杂院邻居夸奖她的娘家侄子："大联扮相俊，唱腔好，还会编戏写唱词，那些看戏的女眷迷他呢。"

我偷偷伸出目光望着台下，不知迷恋表叔的女眷坐在哪里。台口灯光明亮，难以看清台下观众，便想象着女眷的模样，应当就像电影里的阔太太吧。

戏台上表叔身穿龙袍端坐案前。一个紫袍文官跪地陈情，不紧不慢唱着。皇上微微点头，表示听禀了。

天津独创的北方越剧，全中国没有第二份。它是绍兴戏的腔调，北方话的发音，让天津人听得清清楚楚明明白白，很受本埠戏迷们欢迎。表叔的北方越剧团，常年全市巡演票房很好。

紫袍文官的拖腔引来台下观众喝彩。我有些失望，觉得表叔扮演皇上只是个摆设，等于他坐在台上看戏，不用花钱买票。

紫袍文官再次引发戏迷们的叫好。这时娘娘出场了，还是祁玉仙扮的。不知为什么，她张口开唱走了板，引来台下几声倒彩。娘娘朝皇上行了礼，咿咿呀呀继续演唱。

北方越剧的腔调，柔和婉转，软声细语，很是好听。我猛然想起"四碟菜"捞面，扭身跑到黄漆条案前边，登时傻了眼。

五只盖碗全部打开，好像螃蟹被揭开盖子。四碟菜光了，面码没了，大海碗里不见了面条。

我慌了神。祖母精心筹办的夜宵没能吃到表叔嘴里，她老人家肯定大发雷霆的。

这是哪张大嘴把紫竹提盒吃得干干净净？难道后台老鼠成了精？我不知道如何查兑，只得慌忙收拾碗筷，挎起紫竹提盒溜出戏园后门，抬腿撒丫子就跑。拐上东兴大街我被绊了脚，差点儿摔倒。

"这孩子抢孝帽子去啊？"黑暗里不知是谁大声损我。有些天津人就这样，不占别人便宜浑身难受。

我跑进家门哇地哭了起来，惊动了大杂院邻居们，纷纷跑出来询问谁家死了人。

祖母出屋扯开嗓子解释："小孩子睡觉做噩梦，梦见那些看热闹的人掉粪坑里淹死了，一个个转世变成屎壳郎，小孩子就吓哭了呗。"

这叫骂人不吐核儿。邻居们被祖母损得无话可说，全都缩脖子回去了。

进屋闭门关窗，祖母压低嗓音："你这是卧龙吊孝——进门就哭。你表叔出事儿啦？"

我止住哭声，抽泣着。祖母从抽屉里取出两粒冰糖，径直递给我。想起小人书里日本鬼子拿糖果收买儿童团员的故事，我忍不住咧嘴笑了。

祖母很像秘密审问犯人："归其出了什么事儿？你不添油不加醋，一五一十说给奶奶听。"

我如实讲了在戏园后台的遭遇。祖母仿佛听了神话故事，不相信。"好宝儿，你再给奶奶说一遍。"

我从头到尾又说一遍，不差样。祖母眉头紧皱，连声思忖着："一眨眼工夫就没啦？这是《聊斋》啊。"

我说是后台老鼠成了精。祖母说不是后台老鼠成了精，是后台有坏人成了精。

"挨千刀的！这夜宵你表叔没吃到嘴里……"祖母又气恼又惋惜，寻思着如何补救，"好吧，明儿我亲自访访坏人精！"

我想起遗漏了重大情节，马上补充说："后台角落里有个人影儿，我一咳嗽那人影儿变成两个，唰地就没了。"

祖母问我今晚唱的哪出戏。我说表叔扮皇上，坐在台上没张嘴。祁玉仙扮皇后，一张嘴有人叫了倒彩。

"叫她的倒彩？这不能够啊。"祖母催我洗脸漱口上床睡觉，说明儿起早上学不要迟到。

关灯睡觉。黑暗里我听到祖母自言自语："大联哇，你在家媳妇笨手笨脚，你外出演戏不得吃不得喝，真是苦命人哪……"

我没见过表叔的媳妇，小毛孩子想象不出女人笨手笨脚的模样。

第二天傍晚时分，我跟祖母上街遇见赵大铁，他满嘴酒气说剧团今晚转到西关街戏园演出。祖母登时就急了："合着你们成了游击队！这屁股没坐热就颠儿啦？"

邋邋遢遢的赵大铁伸手摸出烟卷点燃："您真疼郝专啊，我看赛过他亲娘啦！"

我也没见过表叔的亲娘，听说她家住西关外的白骨塔。

祖母很是自得："亲娘我比不了，郝专是我娘家亲侄子！"

赵大铁呵呵地笑了，似乎从老陈琳变成高力士。"我们新编历史剧《胆剑篇》，西关街戏园是我们主场，今晚给兄弟剧团观摩演出。这大老远的送不成夜宵了吧?"

祖母豪气不减:"我爹当年赶西大营,八千里地都不怕远!"

我听祖母讲过天津杨柳青人赶西大营的故事,他们挑担提篮跟随左宗棠军队远走新疆。乌鲁木齐以前叫迪化,迪化以前叫红庙子。

趁着黄门副食店没关门,祖母进去买了虾皮和茴香,说给表叔包饺子。我好奇:"奶奶,您不做四碟菜捞面啊?"

"道儿太远,面条送到西关街戏园成了面坨子。这饺子不粘,热水烫过照样吃!"祖母好像夜宵专家,万事通。

祖母又跑去找邻居田婶借鸡蛋。天津市每月供应居民家庭半斤鸡蛋,祖母总给表叔送夜宵,鸡蛋自然不够用场,只好向邻居求援。

田婶好不乐意地说:"您上次借的还没还,怎么还张口呢。"

祖母赔着笑脸说过两天保准还。平时祖母极好面子,竟然舍了脸。田婶回屋取出两个鸡蛋,满脸不悦递给祖母。

和好了面团,饧着。祖母开始调馅:虾皮、茴香、鸡蛋。没有肉,所以叫"素三鲜"饺子。

祖母包的饺子,看着就是工艺品。一只饺子捏出八个褶儿,好比给饺子镶了花边。镶了花边的饺子,银灿灿摆满盖板,让人想起银库里的元宝。

饺子是表叔的。我和祖母晚饭是油渣炒雪里蕻、籼米蒸干饭。我望着摆满盖板的饺子不说话。奶奶啊,我就是家里养的小狗,您也该给我弄根骨头啃啃吧?

吃过令人憋闷的晚饭,我埋头写作业。祖母端坐镜前,手里捻搓两根顶白线,不声不响给自己"开脸儿"。天津卫的家庭妇女,每逢重大外出活动便梳洗打扮,这"开脸儿"就是捻搓滚动两根顶白线,唰唰唰绞掉两侧脸颊的汗毛,面庞便光鲜了。

祖母五十九岁,脸庞皱纹不多。她开了脸儿,嘴角那颗红痣愈发鲜亮。我认为挺好看的。

这时,邻家电匣子报出北京时间二十一点整,晚上九点钟了。

祖母一边煮饺子一边教育我:"你给我记着,吃饺子不能一口吞,那叫粗人吃野食，让人家笑话没家教。不论个头儿多小的饺子，也要先咬一口再吃。"

我嫉妒祖母偏爱表叔，马上抱怨说："奶奶，您这饺子不是给我吃的，这句话您说给表叔听吧。"

"你小子真是刀子嘴，明儿送你跟高英培学说相声去。"她把盛满饺子的大海碗放进紫竹提盒，说了声"走吧"。

"我作业没写完，您自己去吧。"

"啊？"祖母惊异地看着我，连连咂嘴，"你真是个白眼狼……"

我再次摇头拒绝。我印象里除去找田婶借鸡蛋，祖母从不求人。她二话不说弯起胳膊挎上紫竹提盒，迈着小脚走出家门。

以往给表叔送夜宵，都是北方越剧团转回南市燕升戏园，离我家不远。这次祖母跑去西关街戏园送夜宵，天黑路远要是崴了脚呢？我后悔了。

我追出家门跑到南门东电车站，看见路灯下祖母瘦小的身影。这时白牌电车来了。我知道祖母的脾气，悄悄尾随上车。

祖母淹没在车厢人群里。白牌电车叮叮当当朝前驶去。猛然想起衣兜里没钱，我只好矮着身子，逃票。

我听见祖母买了二分钱车票，大声告诉售票员去西关街戏园给娘家侄子送夜宵。祖母爱聊天，见面就熟。

她果然赢得乘客们夸奖："您这当姑妈的疼娘家侄子，真是不辞辛苦。"

白牌电车围城转，拐过西南城角到了西门脸。祖母热情地跟乘客们道别，挎着紫竹提盒迈着小脚从前门下车。我从后门蹦下电车，逃票成功。

沿着西关街走近戏园子，我保持距离跟随着祖母。戏园门前很热闹，一张广告牌上大字写着：新编大型历史剧——胆剑篇；编剧：郝专；导演：郝专；主演：祁玉仙……

"嚯嚯，这是哪阵风把你给刮来啦？"一个又高又瘦的老太婆昂首挺胸迎在祖母面前，显得祖母更矮了。

189

祖母表情不大自然。如果要求现场写作文，我会用"神色紧张"来形容她老人家。

"我给你儿子送夜宵来了……"祖母显了显紫竹提盒。

哦，原来这老太婆是表叔的妈妈，她眨着老鹰样的眼睛盯着紫竹提盒，表情刁蛮地笑了："你还用这紫竹提盒呢？今儿是四碟菜捞面还是包饺子？"

祖母如实回答："茴香虾皮鸡蛋，素三鲜。"

"嚯嚯，郝专他爸最爱吃这口儿！临咽气还念叨素三鲜饺子呢。"表叔的妈妈说着拿过紫竹提盒。我觉得她的动作有些像抢。

她掂了掂紫竹提盒说："你就别动弹了，我给郝专送到后台去。"

祖母只能接受："那就依你吧，这提盒先让郝专收着，等到他剧团转回南市演戏，让我孙伙计去取。"

祖母习惯把我说成"孙伙计"。她说完这句话转身就走，好像打了败仗。

我暗暗寻思：既然祖母是表叔的姑妈，那么表叔的妈妈就是祖母的嫂子。两人见面就像铁板遇见烙铁，看来姑嫂关系很不和睦。我动了好奇心。

这时散了戏，戏迷们拥出戏园子。卖糖堆儿的卖崩豆的卖青萝卜的……做小买卖属于黑市，他们鬼鬼祟祟吆喝起来。

表叔的妈妈拎着我家的紫竹提盒，走进戏园后身小胡同，我悄悄跟随过去。

西关街戏园外墙很薄，俗称"篱笆灯"。后台灯光从墙缝儿泄漏出来，一片片光线投射到小胡同地上。几个男人把脑袋贴近墙缝儿，偷偷观看后台。他们扭头见我来了，张嘴驱赶。

"这后台里头都是大人的事儿，小孩子看了长针眼儿！"

"倒霉孩子凑什么热闹，赶快回家找你妈妈吃奶去！"

一个男人突然起兴："你们快看呀！那女主角换衣裳呢，敢情又白又肥哪……"

这几个男人立即贴近"篱笆灯"，透过墙缝儿观看"小电影"。

"就是娘儿们！黑了灯偷偷跟男的亲嘴儿，浑身冒骚气。"

"怎么来了个老太婆？哎哟！她把那碗饺子拽到脏土筐里啦。"

我贴近"篱笆灯"，踮起脚尖伸长脖子，眯起眼睛对准窟窿眼儿。

后台灯光明亮。表叔郝专从脏土筐里找出紫竹提盒，大声说话："妈妈，您这是多大仇恨啊!"

表叔的妈妈气哼哼："我就不让她称心如意!"

祁玉仙身穿便装跑过来，满脸油彩打圆盘说："她大老远跑来给侄子送夜宵，这也是替您疼儿子……"

表叔的妈妈不睬祁玉仙，继续对表叔说："她去南市戏园送夜宵，我管不了。今儿跑到西关街地盘，她这是跨过灶台上炕!"

小小窟窿眼儿盛着这多人物，比唱戏还热闹。我听不出子丑寅卯，只觉得表叔的妈妈脾气暴躁，好像对祖母充满怨恨。

表叔用白手巾擦净紫竹提盒，扭脸递给祁玉仙。她抱在怀里转身走了。

后台啪地黑了灯。"小电影"结束了。那几个男人没有过足眼瘾，开始犒赏嘴巴。

他们说的话，有的我能听懂，有的听不懂。悄悄离开小胡同，我不敢再蹭电车，径直跑回家去。

我溜进大杂院，家家户户都黑着灯。祖母也睡下了。我隔着门窗听到家里有响动，好像是哭泣。祖母性格刚强从不落泪，我估摸屋里有别人。

我不敢进屋。想起祖母"免得冲撞神明"的教导，轻轻咳了两声。屋里祖母说了话："你大半夜不进家，不怕外边老马猴吃了你。"

祖母语调轻松，根本不像哭泣的人。我推门进屋，伸手摸灯。

"你开灯要惊动财神啊，下学期不给你交杂费。"祖母并不问我去了哪里，"你赶紧脱衣服睡吧。"

"财神被我给气哭啦?"我试探问道。祖母不应声。我摸黑躺下，睡不着。表叔的妈妈把紫竹提盒拽进脏土筐里，要是祖母知道了肯定伤心的。

我努力睡着了，梦见田婶召来街委会干部，当面批评祖母找邻居借鸡蛋的行为。祖母高声辩解，说，我好借好还没有赖账。

清早醒来是星期天，我寻思着梦境，催促祖母把鸡蛋还给田婶。

她惊奇地打量着我："一睁眼你变成小家庭妇女啦？"

我说在梦里变的。祖母让我把梦境说给她听。我如实说了。

"哦……"她寻思着，不说话了。吃了烧饼馃子的早点，稳稳妥妥喝了碗热茶，祖母抬屁股去了田婶家，很快便迈着小脚回来了。

"办妥啦！"祖母满脸轻松表情，"国家凭票供应鸡蛋，五毛五一斤，要是偷偷去黑市买一斤八毛钱。四个鸡蛋在黑市买顶多六毛钱，我给了田婶八毛钱，把她嘴堵了。"

为了给表叔做夜宵，祖母宁可舍脸求人借鸡蛋，宁可还账多花钱。

"小子你记着，凡是花钱能办的事儿，就都不是事儿。凡是花钱办不到的事儿，兴许就是大事儿了。"

我请祖母给举个大事儿的例子。她脱口说道："比如说你表叔家里头……"

她及时刹车止住话头，改嘴催我写作业。"只要你好好学习，我就给你包素三鲜饺子吃！"

星期天大杂院里很热闹。田婶从煤店叫了二百斤煤末，掺土加水搅拌均匀，自家抟制煤饼。机制煤球一块四一百斤，煤末八毛钱。二百斤煤末节省一块二。田婶是寡妇过日子精打细算，她去副食店买二两白糖拎回来，还要嗍嗍指头把甜味搁进嘴里。

赵大铁迈着太监台步走进大杂院。我喊了声"老公来啦"，他不搭腔，径直走到田婶近前，不言不语抄起铁锨。

"你别沾手！"田婶当场拒绝，她守寡多年不近男人。

赵大铁嘿嘿笑了："我学雷锋你还不让？"

祖母走出屋来召唤赵大铁，其实是给田婶解围："你到我这儿来学雷锋吧，我有块儿去年的臭豆腐你把它吃了吧。"

赵大铁放下铁锨满脸堆笑："去年的臭豆腐？那您得给我烙张清朝的热饼啊。"

"赵大铁我问你!"祖母声调不高语气严厉,"我让孙伙计给郝专送的四碟菜捞面,都让你给偷吃了?"

赵大铁涎脸说:"您把我也当成娘家亲侄子吧,反正一只羊也是赶两只羊也是轰……"

"你胡吣!你再敢偷吃我割了你舌头。"

赵大铁吧嗒沉下脸色:"郝专都不敢跟我急,您倒跟我叫板啦!"

"你跟我浑不论是不是?"为了捍卫表叔的夜宵,祖母跨步上前,举起炒菜铲子。

赵大铁噎噎退了两步,好像害怕了:"您疼娘家亲侄子也不至于跟我玩命啊。"

我没见过祖母如此凶狠,上前拉住她老人家:"奶奶,您都快成红色娘子军了。"

田婶出面解围:"赵大铁,你快过来帮我抟煤饼吧!"

祖母得胜,进屋里去了。赵大铁阴差阳错获得接近田婶的机会,兴高采烈抟起煤饼。

星期天的大杂院暂时太平了。祖母突然犯了心思:"咱家的紫竹提盒还在外头呢……"

临近正午。赵大铁两只黑手抟出三十个煤饼,啪啪贴满大杂院空闲的墙壁,看着好像一朵朵黑色梅花。

田婶端来大茶缸子,小流浇水给赵大铁洗手:"谢谢老赵,我就不给您沏茶了。"

赵大铁豪爽起来:"有事儿招唤我,一眨眼工夫就到,比孙悟空还快呢。"

"我听说你唱戏总扮演太监?"寡妇终于小声问了。

赵大铁连连摇头:"我也扮演过家丁和员外。你想看戏不用买票,去后台找我吧。"

田婶连忙表示:"我才不去那种地方呢……"

大杂院深处,一只大公鸡莫名其妙打起鸣来。紧接着就是母鸡下蛋"咯咯哒"的叫唤。这顿时煞了风景。

踏着公鸡打鸣母鸡下蛋的叫声，表叔郝专走进大杂院，身后跟着祁玉仙。她花布衫灰裤子，红润的脸蛋漆黑的头发。

赵大铁拎着两只洗白的湿手，太监似的笑了。

"皇上跟娘娘，你俩这是从哪儿来？满面春风的。"

祁玉仙嘴快，当头嗔怪赵大铁："哎哟，今儿我没做好梦，怎么撞见你这块臭肉堵心丸呢？"说罢咯咯笑了。

祁玉仙在戏台上多演苦戏，有时还哭哭啼啼的。这是我第一次听到她笑声，笑得清脆爽利，笑得开门见山。怪不得戏迷们喜欢她呢。

表叔望着赵大铁："我们趁着星期天看望金老前辈去了，请他给我的《胆剑篇》把把脉归归宗……"

赵大铁甩着双手水珠儿，嘿嘿笑着。

祖母听见表叔说话，满脸欢喜迎出屋来。表叔当头解释说："姑妈，我俩外出办事路过您家，赶上饭口就进来了。"

祖母扭脸瞅见祁玉仙，飞快地扭身返回屋里，这动作麻利得好似武侠评书里的"影子婆娘"。

祖母既讲究礼貌又讲究体面。只要家里来了客人，她就要换上"压箱底"的衣裳。不到喝杯茶的工夫，她容光焕发走出屋来：花白头发梳得光亮，一身鸭蛋青色绸衣绸裤，脚穿"老美华"的软皮鞋。

她矜矜笑着："您是贵客登门，快请进屋喝茶……"

祁玉仙打量着祖母："哎哟，您年轻时是个大美人啊！"

表叔说："我姑妈年轻时比你漂亮多了……"

祖母好像不愿回忆青春时光，话归正传："你俩饿了吧？我这就给你们做饭吃！"

祁玉仙毫不见外："姑妈！我想吃您做的四碟菜捞面，还想吃您做的素三鲜饺子。"

祖母得意地笑了："又是四碟菜捞面又是素三鲜饺子，你多大肚子呢。"

祁玉仙羞得扭过脸去："您瞎说什么呀，人家还没结婚大什么肚子啊。"

"你误会啦！我是说你一顿饭的肚子，装不下两顿饭的东西。"祖母说罢犯了愁，"这大晌午的，四碟菜不凑手，素三鲜饺子也不凑手啊……"

"不碍的！郝专说您炸的排叉特别好吃……"祁玉仙真是爽快，就跟下饭馆点菜似的，张口点了祖母的拿手好戏——油炸排叉。

"这倒是个好主意，有油有面就凑手了……"祖母反而乐了。

大杂院里不见赵大铁的身影，他悄无声响走了。

表叔陪祁玉仙进屋喝茶。祖母拿出家里最好的香片，沏得屋里充满花茶的香气。祁玉仙小声说："哎哟，这花茶真好喝。"

不知这是什么习惯，祁玉仙说话爱用"哎哟"开头，就跟戏台上叫弦儿似的。

祖母双手沾着面粉大声问娘家侄子："赵大铁偷吃你夜宵，你怎么不骂他呢？"

表叔郝专踱出屋来："他是粗人，我不跟他一般见识。"

祁玉仙也出屋解释："郝专特别厚道，总是宽待别人委屈自己。"

"吃亏常在，能忍自安。"祖母揉着面团说，"大联，你记着把紫竹提盒拿回来，咱家用它十几年了。"

乳名大联的表叔连连点头说："这十几年您多不容易啊。"

祁玉仙动手系上围裙，抄起擀面杖跟祖母学习擀面剂子。祖母打量着她又白又嫩的小手，禁不住叹了口气："你多年轻啊，真好。"

"我也有老的时候，还不如您哪。"祁玉仙善解人意，揣测出祖母的心思。

我想起祁玉仙外号"鸭子"，无论横看竖看怎么看，她都不像家禽。

油炸排叉的面剂子，必须擀得薄如蝉翼，之后叠出花样，粘上芝麻，下锅炸成又香又脆的金黄色。祁玉仙将面剂子擀成茶杯垫，扭脸冲表叔郝专咯咯笑着。

浓眉大眼的表叔不苟言笑，掏出自来水笔在手心里写字："我想出了勾践的唱词——西施你本是那鸟中凤凰，只落得姑苏城暂栖身量……"

"这词儿好！你凑成三条腿一折边，就成了。"祁玉仙终于把面剂子擀薄了，兴奋得像个又白又嫩的大女孩。

我帮着祖母把油锅坐在炉子上。她拎来盛满菜籽油的大瓶子。市民食油凭票供应，一季度半斤。这大瓶子菜籽油是祖母日积月累从牙缝里省出来的。

文火下锅，一只只排叉在油锅里炸着，渐渐从纯白炸出浅黄，吱吱发出悦耳声响。祁玉仙咧嘴笑了："排叉们在锅里唱越剧呢。"

表叔郝专小声更正："唱北方越剧呢。"

"是啊，唱北方越剧呢。"祁玉仙语调委婉柔和，特像北方越剧的腔调。

祖母抬头看看娘家侄子，扭脸看看祁玉仙，之后满意地看看油锅："你俩真是啊……"

一只只排叉出锅了。祁玉仙急不可待，伸手捏过来就吃，嘎吱嘎吱顾不得说话。

祖母打量着吃得满脸是嘴的祁玉仙："你像我年轻时候……"

表叔吃相斯文，双手捧着排叉，好像担心蝴蝶飞了。

表叔和祁玉仙进屋去了，低声说着什么，我听不懂。

"你给田婶送几个排叉去，我总找人家借鸡蛋……"祖母捡出五个排叉拿油布包好，让我送到田婶门前。

"我不要！你快拿回去吧。"不知碰了哪根筋，田婶犯了犟脾气。

祖母还不得人情，抄起抹布擦手说："都怪赵大铁跑来献殷勤，搅乱了寡妇心。"

我小声探索说："您不也是寡妇吗？"

"你放屁！"祖母气得笑了，"你小子就是我的堵嘴罐儿！"

"真香！"祁玉仙吃得五官现形，走出屋来给祖母道了万福。

祖母乐了："你跑我这儿唱戏来啦！"说着拿粉帘纸包起六个排叉，"六六大顺，你想吃就再来。"

祁玉仙跟随表叔告辞，扭摆着腰肢走了。

"这祁玉仙胃口真大，往后谁娶了她都喂不饱。"我觉得祖母不是说祁玉仙的饭量大。

没出几天光景，祖母满脸愁容对我说："你表叔出事了……"

我没往心里去，埋头写着算数作业。

果然，两个陌生男子走进大杂院，说是来调查的。祖母迎上前去，连声请两位公差进屋喝茶。他们不搭理祖母，大声召唤"李苏巧"。

寡妇田婶听见召唤自己名字，快步迎出屋来。

"我们找你核实北方越剧团郝专的生活作风问题……"一个男子讯问，另一个男子记录，两人配合得像双胞胎。

田婶脸色煞白。"这动员还乡的事儿你们管吗？我老家无亲无故，我要求留城不动窝儿！"

"你必须如实回答我们的提问！"两个男子几乎异口同声。

"真的？"田婶脸上露出惊喜，立即张口做证。

"那天郝专跟祁玉仙来到我们大杂院，成双成对又说又笑，光天化日毫不避讳！后来两人躲到屋里吃排叉，嘀嘀咕咕的。吃完排叉走了，我看就差手拉手了。"

田婶在证明材料上按了手印儿，追着两位公差说："你们给我做主哇，不能让我寡妇还乡！"

看到没闹出大娄子，大杂院邻居们纷纷缩回屋去，没了动静。

"李苏巧！你怎么满嘴食火呢？什么就差两人手拉手了？"祖母好似母老虎下山，直扑到田婶门前。"你胡编乱造诬赖好人，不怕天上打雷劈了你啊？"

田婶理亏心虚，低头说了实话："我不是怕他们让我还乡嘛……"

"好啊，那我检举你跟赵大铁搞瞎扒！你俩手里抟着煤饼子，脚底下勾勾搭搭。"

"奶奶！咱寡妇面前不说假话。"田婶破罐破摔了，"这张嘴咬人谁不会呀？我看你屁股底下也不干净！"

"你当然干净哟！"祖母说脏话了，"你早就把屁股给卖了，你没地方脏啦！"

"我卖屁股？我卖屁股也比你倒贴男人强多啦！"

大杂院里妇女斗嘴骂街，小孩子是听不懂的。祖母兴许意识到满嘴脏话丢人现眼，主动收兵回屋了。

祖母干枯地坐在桌前，不沏茶不做饭，好像"把斋"了。

我冲了碗油茶面，问祖母什么叫"倒贴"。她把碗推回来说不饿。我倒是饿了，双手捧碗把油茶面呼噜呼噜灌进肚里。

祖母不回答"倒贴"，我也就不问了。

"也不知你表叔怎么样啦，他白面书生不会挨打吧……"祖母心神不定，没了平时锐气。"犯小人啊犯小人，大联走了倒霉字儿……"

半夜里我被惊醒了，睁眼瞧见表叔站在屋里，嗓音沙哑跟祖母说话，"他们把我关小黑屋里，让我交代其他女演员。我跟她们没关系啊！不能朝人家身上乱泼污水……"

表叔好像很渴，伸出舌尖儿舔着嘴唇："他们就要送我去公安局，按流氓罪处置。我趁半夜下雨跳窗户出来，马上去东北投奔我姑妈……"

祖母就是表叔的姑妈，怎么东北又冒出个姑妈来？我支棱耳朵听着。

祖母从床垫底下抻出一沓钞票："大联啊，穷家富路，你带上这五十块钱！躲过风头再回来。"

"这风头怕是躲不过去了，全国都在开展社教运动，两年三载结束不了。"表叔的声音在夜灯照耀下，好像从远方飘来。

"你不就是跟祁玉仙相好嘛，这也没有枪毙的罪过！"祖母说罢随即泄了气，"你是有妇之夫，这就不占理了。"

表叔突然给祖母跪下了："姑妈，往后我吃不上您的夜宵啦！那紫竹提盒我交给'鸭子'了，您老人家多多保重……"

我从被窝里伸出脑袋问道："表叔，你走了'鸭子'怎么办？"

表叔听到我声音，趋身凑到床前，伸手摸摸我脸蛋。他的手，好像冬天。"不碍的，总会有人照顾她的……"

祖母呜呜哭了："可惜你爹死得太早，没人护着你……"

表叔抓起帆布兜子，起身走了。祖母追出去送他，把哭泣声甩在屋里，凝结了空气。

送走娘家侄子，祖母悄悄回来，关门，闭灯，坐在黑暗里自言自语，好像忘了我的存在。

"大联啊，自从你爹去世这门亲戚就断了来往，你那东北姑妈会收留你？哼，我看不托底。天底下哪有我这种死心塌地的女人，认准一条道跑到黑，八匹马拉不回头。你走了，我要什么没什么了……"

第二天清早，祖母开门看见门外放着紫竹提盒，突然泪流满面，"这是老天爷派人送回来的，神仙知道这紫竹提盒是我的念想……"

我没有被祖母的泪水感动。可半夜里是谁送回紫竹提盒呢？兴许祖母心里明白。

天气渐渐冷了。祖母望着满地白霜说："东北那边更冷，当心出门冻掉耳朵。"

我知道祖母思念表叔，好在紫竹提盒回家来了。她老人家总拿白手巾擦拭紫竹提盒，就跟给孩子洗澡似的。

傍晚时分，大杂院里田婶独自收拾煤饼，累得好像农妇倒腾土豆。我懂了"寡妇"二字含义，就是寡妇没有帮手，过日子全凭自己，一个人吃饱了，全家不饿。

我想帮助田婶拾掇煤饼，不敢。自从吵架斗嘴祖母便不搭理田婶了，好比两个小国断绝外交关系。

尽管如此，祖母还是要求我见到长辈主动打招呼，包括田婶。"不能让别人说你没家教。"这是祖母的口头语。她为人处世讲规矩，瞧不起没有规矩的人。

满脸汗水的田婶收拾了煤饼，竟然主动过来说话，告诉祖母北方越剧团转回南市燕升戏园了。祖母警惕地瞅着田婶，明显是将信将疑。

"赵大铁当了剧团副团长，人家高升了。"

听田婶说话口气，不像夸赞倒像贬斥赵大铁。祖母还是不放心，派我悄悄去燕升戏园核实。我恨不得身怀《七侠五义》里花蝴蝶的神功绝技，飞去飞回。

当我气喘吁吁向祖母报告戏园门前贴出戏报《春秋配》，她乐得拍手："这出戏吉祥，小姐姜秋莲跟公子李春华，两人多不容易啊，末了还是拜堂成了亲！"

说着，祖母赶忙去黄门副食店买东西了。田婶趁机过来问我："你表叔不在剧团了，你奶奶还要送夜宵？"

是啊。我也纳闷，猜不透祖母的心思。

草草吃过晚饭。祖母下厨做夜宵——四碟菜捞面。我闻着香味问是谁的夜宵，祖母说"鸭子"的。她一旦兴奋起来，也会叫别人外号。

我问为什么叫她"鸭子"。祖母怪异地笑了："走路扭摆屁股呗。"

我想起"鸭子"走路确实扭摆屁股，便觉得这外号挺生动的。

我还是忍不住嫉妒："这又不是我表叔唱戏，您为吗给她送夜宵呢？"

"她是你表叔的人嘛。"祖母声音极轻，好像存心不让我听见。

没了表叔，顶上来表叔的女人。我觉得只要跟表叔有关的事情，祖母就干劲十足。她仔细掐算钟点："这出《春秋配》全本戏，散了戏卸了妆，奔着十点钟吧。"

过了九点半钟，我拎起盛着四碟菜捞面的紫竹提盒，跟随祖母去燕升戏园。一路走着想起"奶奶出马，必有妖法"的歌谣，我笑了。

这条路祖母走了几十年，闭着眼睛也不出错。她直奔燕升戏园后台，正赶上散戏。乐队弹三弦的认识祖母，小声说领导不允许"鸭子"唱戏，她转行去世界商场当售货员了。

"噢，不唱戏更好，你们剧团里好人不香坏人不臭！"祖母反而乐观了。

我也乐观了，这送不出去四碟菜捞面，今儿算是归我了。

升任副团长的赵大铁踱过来，嘿嘿笑着："您这是给我送夜宵来了？谢谢啊。"

祖母满脸笑容："好啊，明儿我给你送瓶敌敌畏来，你就着酒菜喝吧，我保你去见王母娘娘。"

我跟祖母沿着东兴大街回家，经过群英戏院。路灯底下跪着三个乞丐，看着像是娘儿仨。那妇女连声乞求过路的人，说，大爷大奶奶行行好吧，别让我闺女再饿一宿了。

祖母停住脚步跟我说："这大晚上听着像静海口音。"

一问，果然是陈官屯来的，去年涝了，全家吃光返销粮，只得下卫要饭来了。

祖母二话不说，打开紫竹提盒端出大碗面条，唰地倾进妇女讨饭碗里，之后犹豫了犹豫，取出糖醋面筋倒进大女孩儿碗里。小女孩儿举碗望着祖母，她老人家取出青椒炒肉丝，折进小女孩儿碗里。

"你们娘儿仨把面条拌匀了吃吧，千万不要念我的好处，心里念叨南海观音菩萨就行！"

祖母积德行善了，好端端四碟菜捞面只给我剩下两个菜。我飞快跑回家，进屋躺下睡了。

第二天起床吃早点，祖母把那两个菜下锅热了，让我就饽饽吃。我说我跟要饭的吃同样的菜。祖母笑着说叫花子吃百家饭增寿呢。

我暗暗憋气：您事事胳膊肘往外扭，您不是我亲奶奶，我也不是您亲孙子。您只有个娘家亲侄子，他还跑到东北去了。

吃过早点，我陪祖母到了世界商场。沿着楼层寻找，就跟巡逻兵似的。我向站柜台售货员打听"祁玉仙"，都说不知道有这个人。

祖母急得呲叨我，说，你小子白读书了没用。我没想到找不着祁玉仙，她老人家拿我泄火撒气。

我引着祖母找到经理室。她情绪缓解了，说，你这少先队员没白当。

这世界商场经理姓许。许经理慢条斯理说："我知道唱戏的人习惯晚睡晚起，所以安排祁玉仙中班，下午两点上，晚间九点下，住商场单身宿舍。今天她就是中班。"

祖母当场做出家长姿态："谢谢许经理关照，您好人有好报。"

"大娘您别客气，请问您是小祁什么人？"

"我是她姑妈……"祖母说着让我给许经理鞠了躬，然后告辞了。

走出世界商场我不高兴了："奶奶，我没吃他没喝他，为吗给姓许的鞠躬呢?"

"许经理关照'鸭子',你鞠躬是替奶奶谢他呢。奶奶这把年纪给他鞠躬,怕折他寿呢。"

"您就不怕折我寿?"我趁机发泄不满情绪。

站在马路边祖母哈哈大笑:"你小屁孩儿折什么寿!等着增寿吧。"

得知"鸭子"晚间九点钟下班,祖母回家便着手筹措素三鲜饺子。皇上去东北了,这是给娘娘备膳。

晚间八点半钟,祖母穿戴整齐拾掇妥当,催促我挎起紫竹提盒。我抵触地说:"世界商场不远,您自己去吧。"

"你……"祖母使劲扭过脸去,哽咽了。我没想到她会这样,一时不知所措。

"我守寡多年,人老了真是没有帮手……"说着伸手抚摸紫竹提盒,"只剩下这家伙跟着我呢。"

我意识到伤害了她老人家,上前抢过紫竹提盒,"奶奶,咱们走吧。"

她不言语,抬手抹了抹眼角。我拎起紫竹提盒走出家门,祖母跟在后边,一路不出声。

临近晚间九点钟,值夜的护场队员来锁商场大门。他打量着我们的紫竹提盒,那表情好像遇见熟人。

"售货员下班从后门走。商场旁边小胡同就是,路灯坏了您小心脚底下。"护场队员热情告诉祖母。

祖母也感觉对方面熟,立即点头致谢:"嘿嘿,这跟给戏园送夜宵一样,都得去后门等着。"

我跟祖母进了小胡同来到世界商场后门。女售货员陆续走出,结伴去和平路等电车了。

迟迟不见祁玉仙出来。祖母说女人就是磨蹭。我说别的女售货员都不磨蹭。祖母说祁玉仙是唱戏的角儿,她磨蹭惯了。

"哎哟!您老人家怎么来啦?"没见祁玉仙人影儿,她声音先扑出来,张嘴说话还是"哎哟"开头,没有变化。

"我知道你来这儿当了售货员。"祖母说话声调不高,没有平时硬朗,"你下班饿了吧?今儿是素三鲜饺子。"

祁玉仙惊了:"哎哟,您给我送夜宵啊?我可担当不起。"

"我宿舍就在前边,拐进大胡同就是。"说着祁玉仙跑回宿舍取来饭盒,"我最爱吃您的素三鲜饺子。"

我把夜宵合进她饭盒里。祖母叮嘱说饺子烫热再吃,凉了伤胃。

祁玉仙继续"哎哟"着,称赞祖母是她亲姑妈。祖母突然拉住她袖口,轻轻叫了声闺女。

"别瞒着姑妈,你跟大联究竟怎么啦?"祖母用了表叔的乳名。

"就是,就是下农村唱戏,冬天冻得发僵,伸不出兰花指。郝专让我手伸进他后脊梁衣服里,把我手焐热了上台。后来、后来也抱过亲过,团里非说我俩有不正当男女关系……"

我被看作小屁孩儿,大人说话不回避。我就悄悄听着。

"玉仙啊,姑妈是过来人了,你没跟我说实话!"祖母恢复素常的硬气,逼得祁玉仙羞臊地低下头。

"其实、其实有过……"

"那我要感谢你!"身材矮小的祖母扬手攀住她的肩膀,"大联常年不回家,就全指望你伺候他啦。"

祁玉仙愈加羞臊了:"姑妈,您瞎说什么呀!"

祖母说的话,我不能完全听懂,却能感受到她对表叔的疼爱,即便表叔做了不规矩的事情,她老人家全部谅解。

"这夜宵我就隔三岔五给你送吧,你想吃吗就告诉我。"祖母再次叮嘱把饺子烫热,说罢起驾回家了。

第二天清早,祁玉仙跑来我家,手里拿着两包软糖。祖母有些意外,努力弄出满脸笑容:"你这是走亲戚来啦……"

祁玉仙小声哭了:"今儿我就把话说透了吧。我知道郝专不是您娘家侄子,其实您只是他爹的戏迷……"

祖母明白了她的来意,轻轻叹气:"我何止是他爹戏迷啊!可惜好景不长,郝专他爹就得了绝症,光给我留下这紫竹提盒……"

"我不能给他爹送夜宵了，那就给他儿子送呗，如今他儿子跑东北去了，接着给他儿子的女人送呗，就好像我上辈子欠他爹的。"祖母说着，竟然苦苦地笑了。

"您多年痴心不改，我敬佩！可是、可是您别给我送夜宵了，我跟许经理好上了，已然不是郝专的女人啦……"

"哦，敢情你也守不住啊。"祖母思忖着，"那许经理有家室啊！你这辈子别像我这样，赶快找个好男人嫁了吧。"

"我身边哪有好男人？既然郝专回不来，我就先跟老许好着吧。"

祁玉仙突然跪地给祖母磕了个头，起身走了。祖母一屁股坐在地上，好像被枪打中了。

"好生生的紫竹提盒没了用场，我这辈子算是熬到头了……"

一连串的日子里，祖母果真成了大闲人。她把紫竹提盒擦得闪闪发光，赛过八月十五的月亮。她踩着凳子把它摆放立柜顶上，看着好像家里多了件工艺品。她老人家郑重对我说："小子你记着，这是咱家古董呢。"

三年时光过去了，表叔郝专毫无音讯。我知道他根本不是我表叔，但还是陪同祖母惦念着他。

全国大兴革命样板戏。区"革委会"重新召集早已解散的北方越剧团人马，紧急排练《红灯记》，赵大铁改行饰演李玉和。这时他娶了寡妇田婶，还生了个大胖小子。

听说赵大铁从太监变成革命烈士，祖母扑哧笑了，小声说"乱了"。

《红灯记》里李铁梅提篮小卖，演戏的道具不凑手。时间紧任务急，受宠若惊的赵大铁跑来找祖母借用紫竹提盒，说去掉紫竹提盒的盖子，它就是李铁梅的提篮了。

"你发疟子呢？你现在把绵羊变成山羊给我看看！"祖母坚决不同意。

"这是革命需要，不论你同意不同意，你的提盒我们革命样板戏征用啦！"

祖母当即咬破舌头，满嘴血沫，一语不发。

赵大铁不怕见血："你就等着倒霉吧，明儿见！"

半夜里，祖母悄悄起床，拎起紫竹提盒溜出家门。我已是中学生了，穿好衣服跟随出去。我接过紫竹提盒拎在手里，感觉沉甸甸的。这紫竹提盒好似情感祭礼，满满盛着多少祖母的故事啊。

小街上没人。她老人家掏出小玻璃瓶子扭脸对我说："这是葛斯林。"然后小心翼翼浇在紫竹提盒上。

天津老辈人把汽油叫"葛斯林"，这是外语音译。她老人家絮絮叨叨说着，好像丢了转的老式唱片。我听着，有的能够听懂，有的听不懂。

一根火柴轰地点燃汽油，一团火光紧紧抱住紫竹提盒，越抱越紧，越抱越小，宁死不松开。火光照耀着祖母嘴角红痣，好像故事的句号。

"郝世胤啊郝世胤，你走了这么多年，今儿我把紫竹提盒还给你啦！你可要把它收好了，有工夫就用白手巾擦呀，这东西越擦越亮，就跟新的似的……"

终于，这团火光将紫竹提盒抱成一堆黑色灰烬。这堆灰烬，比夜色还黑。

"了啦！"祖母起身对我说，"快回家睡觉吧。"

我回头看着那堆黑色灰烬："奶奶，咱把它带回家去吧？您盛在花盆里留着。"

"小子，你这是要折磨死奶奶呀！"她老人家伸手摸着我的脸颊。我以为祖母的手冰凉，没想到却被那堆火焰烤得热乎乎的。

是的，甚至有点儿烫。

唇边童话

春天时候，家里来了一位客人。我不知道她就是李太太，没在意，继续侍弄瓦罐里的小乌龟。男孩子饲养乌龟，这在大城市里是很普遍的。一只小乌龟养在瓦罐里，规规矩矩老老实实，好像是教化。经过这种熏陶，秋天我进小学念书就遵守纪律了。

外祖母看到稀客登门，慌张了，抄起鸡毛掸子，拂过皮椅又拂茶几，连连让座。李太太摆手不坐。外祖母又想沏茶又想端糖盒子，结果既没沏成茶也没端成糖盒子，一派不知所措的模样。李太太烫着波浪卷发型，脸色白皙身材纤细，说话弱声弱语。她向外祖母交代了几句话，说王姥姥拜托了，便放下一只素花手帕走了。

外祖母小步颠儿颠儿送客，送到大门外身子矮了一截。送客归来她老人家又变高了，告诉我这就是住在小街七号洋房里的李太太。我说是小秀玲的妈妈吧。

她老人家拕挲着双手很是荣耀地说，人家李太太是"三不太太"，一不吃外面东西，二不上外面厕所，三不住外面旅馆，干净得要死啊。今天竟然进了咱家。说着道着外祖母打开李太太放下的那只素花手帕。我看见里面裹着两张钞票，足以买得许多小乌龟的。外祖母啧啧称赞说，李太太毕竟大家庭出身，一给就多。

我们居住的街区，旧时属于法租界而且距离法国工部局不远。法国工部局改成人民图书馆了，图书馆大门外的草坪上坐着一位石头先生，人们叫他鲁迅。

我们居住的这条小街清一色西式建筑，三层小洋房。我和外祖母居住的却是华家的门房，门上还挂着一只送奶工人遗留的小木箱。

走到马路上，偶尔可见残存着"黎将军路"啊"丰领事路"的痕迹，说是殖民主义的东西。我们小街上，人与人之间极少称呼同志，多年不变保留着旧时习惯，称呼女人为小姐或太太，称呼男人为先生或大人。有时候我想，长大成人之后我也是先生了。

小街童谣这样唱道：先生啊先生，先生啊先死，先死啊先生。外祖母听到孩子们哼唱便大发感慨说，先生的未必先死，先死的未必先生，生死轮回不由人啊。

轮回？我听不懂，心里却想起儿童公园里的旋转木马。那玩意儿坐上去转得快了，往往头晕呕吐。邻家小三有一天吃了细米饭烧黄鱼就去转了，吐了一个彻底。外祖母听说此事不住地摇头，说好可惜啊那黄鱼。

李太太一走，外祖母马上动弹起来。她是听话的小学生，李太太是前来布置家庭作业的老师。老师一走学生立即写作业：熬糨糊、打夹纸。第二天继续做功课：粘层儿裁样儿。第三天缠出一大团麻线，抄起锥子纳底子了。

她老人家戴着老花镜说这是给李先生做鞋呢。李先生去年下放农场了，穿皮鞋不妥啊。要是去内联升鞋店买布鞋，李太太拉不下脸面，因为穿惯了皮鞋的李先生历来都是沙船鞋店的主顾。外祖母说李先生是文化人，喜欢石刻木雕还养了一只墨猴儿。只要李先生铺纸写字，那畜生便负责研墨，超过书童。

好几天过去了。外祖母点灯熬夜飞针走线总共做了三双鞋，两双厚底单鞋，五眼系带儿的那种样式，还有一双高勒棉鞋，黑色灯芯绒鞋面，看着特别结实。

鞋做好了，外祖母派我去送活，说童子送鞋不犯忌。我心里想从童子长成先生，那日子好遥远啊。外祖母叮嘱我说，李太太起先雇用保姆，总是嫌脏，后来索性不雇了。不雇自然苦了自己。李太太宁愿苦也不愿脏。你去送鞋千万不要大声说话，大声说话喷出唾沫星儿，李太太就活不成啦。

我被吓住了，心里猜测李家一定是一座一尘不染的玻璃宫殿。小心翼翼走到李家院门外，我把手指塞进嘴里嘬了嘬，认为干净了，这才伸手去按门铃。

　　门铃响了好几遍，我听到院里传出脚步声。前来开门的是小秀玲。她是李太太的小女儿，长得特别漂亮，还戴着少先队的"三道杠"。小秀玲去年加入少先队，一连几天高声练唱《中国少年先锋队队歌》，那歌词我听几遍都熟了，说是一个叫郭沫若的人写的。

　　"我们新中国的儿——童，我们新少年的先锋，团结起来继承我们的父兄，不怕艰难不怕担子重——为了新中国的建设而奋斗，学习伟大的领袖——毛，泽，东！"

　　小秀玲的歌声，很嘹亮。外祖母特别喜欢小秀玲，说她不抹口红嘴唇也是红红的，不描黛眉眉毛也是黑黑的，天生小美人儿。只是小秀玲趾高气扬，三年级小女生走路挺胸扬脸凡人不理，活像一只高高飞翔的小天鹅。这只小天鹅的姐姐名叫小玉雯。小玉雯读寄宿学校不回家，据说长得比小秀玲还要漂亮几分。

　　我把三双鞋一股脑递给小秀玲，说这是李先生的鞋。她瞥了一眼说，我爸爸从来不穿布鞋的，你弄错了吧。说着就要关门。我连忙说，没弄错，这是你妈妈让我姥姥做的。小秀玲惊讶地瞪大一双丹凤眼说，我爸爸调到县城教育局当干部照样穿皮鞋啊。他是不会穿乡下人的布鞋的。

　　小秀玲皱起眉头看着这三双不同寻常的布鞋，那表情仿佛他爸爸受到奇耻大辱。我站在院外送活，她站在院里拒收，一个门里一个门外，就这样僵持着。

　　李太太出来了，不声不响站在女儿身后，伸手接过这三双布鞋。我看见李太太戴着一双白纱手套。小秀玲回头问道，妈妈我爸爸怎么能穿这种乡下人的布鞋呢？

　　李太太不睬女儿，颔首微笑对我说，王姥姥辛苦啦，谢谢她老人家。

　　小秀玲还是不认可，很不服气地说，我爸爸怎么能穿这种乡下人的布鞋呢。李太太仍然不睬小秀玲，伸手轻轻关了大门。我最后看到的还是那一只白纱手套。

回家我向外祖母交差，说起骄傲的小秀玲。外祖母沉吟片刻说，大人的事情啊往往瞒着孩子，小秀玲一定不知道她爸爸下放农场当苦力了。今天偏偏让你给说破了。接着外祖母叹了一口气说，疥子早晚要出脓的，你说破就说破吧。

我的心情缓释下来，跑去给小乌龟喂食。小乌龟吃米粒，有时也吃小虫子。这时候，沙太太来了。

沙太太白白胖胖的，挺胸进门把一只小纸兜儿丢在地上，说是老鼠药。我慌忙抱起瓦罐防止小乌龟中毒。外祖母赔着笑脸说请坐，但是丝毫没有接待李太太时候的慌张。看来，沙太太的身份那是比不得李太太的。白白胖胖的沙太太坐了，呼呼喘着粗气告诉外祖母上面发下来老鼠药，今晚十点钟各家各户必须准时投放，全市总动员嘛。

外祖母说，我不差一分也不差一秒，今晚十点钟保证准时投放老鼠药。说着她老人家便向沙太太打听给搬运工人夜校讲课的事情。

沙太太继续说，王姥姥您别打岔，我的通知还没说完呢。

您说吧您说吧，全市总动员。外祖母反而催促着沙太太。

老鼠药的事情就这样了。关键在于明天。沙太太的表情进一步严肃起来说，时间已经确定，明天上午八点钟全市统一行动，除"四害"。

我听罢心里又一阵害怕，紧紧抱着小瓦罐。

沙太太补充说，除"四害"呢主要是除麻雀，那害鸟跟人争吃粮，可厉害啊。您说乡下农民种粮食容易吗？披星戴月风吹日晒，春种秋收却被一只只麻雀吃去了，好可恶呢。

外祖母连声说可恶可恶，然后表示那纸人儿已然糊好了，明天上午八点钟大声吼喝就是了。沙太太说光靠喉咙不成，三声五声哑了怎么办，还得预备响器。外祖母说家里有铜锣，那年欢迎志愿军回国的时候买的。沙太太哈哈大笑，说有铜锣更好啦，一敲山响震动四方，连市委那边都听得见。

这时候，外祖母再次询问给搬运工人夜校讲课的事情。沙太太笑着说，给搬运工人夜校讲课啊，扈太太特别愿意去，说教语文，乔太太也特别愿意去，说教算术，而且义务讲课分文不取。可结果呢？扈太太没有去成，乔太太也没有去成，人家林太太去成了。

林太太？就是东亚毛巾厂的少奶奶啊？外祖母好像很为扈太太和乔太太感到惋惜。

人家林太太就是好运气。沙太太接着说，太太们年纪轻轻谁愿意待在家里？去给搬运工人讲课，走出家门接触社会，为建设社会主义出一把力，既快乐又光荣呢。

沙太太说还得挨家挨户发放老鼠药，便告辞走了。

外祖母没有正式送客，只是追着沙太太背影说了声您走好。她老人家关门之后小声说，沙太太当这居民小组长好辛苦，比当年给褚司令当外宅还劳累呢。

我知道司令在军棋里官儿最大，司令下边是军师旅团营连排班，工兵最小，专挖地雷。

晚饭之后我抱着小瓦罐上床，担心小乌龟误食老鼠药丧了性命。好在小乌龟没有被划入"四害"名单里，要不也得死。心里嘀咕着，我索性从瓦罐里取了小乌龟，湿漉漉抱在怀里。小乌龟胆小，缩着脖子不敢露面。我们就一起睡了。

第二天一大早起床，发现小乌龟钻进枕头下面，没死，我心里踏实了。我将它放进瓦罐里，马上又拿出来，我要给小乌龟放风。我从一本小人书里看到革命者被反动派关在监狱里，有时候还放风呢。小乌龟不是革命者，我也不是反动派。我当然要给小乌龟放风。

小乌龟被我放在屋里，在地板上爬来爬去，比我还要自由。有时我想，外祖母是我的领导，我是小乌龟的领导。转念一想，小乌龟不知自己父母在哪里，我也不知自己父母在哪里。这样小乌龟就成了我弟弟。

吃过早饭七点多钟了。外祖母吩咐我把她老人家扎的一具纸人儿送到三楼平台去，说有管事儿人负责把一具具纸人儿插在楼顶上。纸人儿迎风摇摆，这样就能恐吓麻雀不敢落脚。

外祖母的纸人儿糊在一根竹竿上，一张大脸两只胳膊，腰间扎了两条飘带，没腿。我举着这具怪模怪样的纸人儿沿着楼梯上了三楼。楼顶平台上已经插了几具纸人儿，迎风摇晃很像等待起飞的风筝，只是没有风筝那般灵活。

楼顶平台果然站着一个人，一看是索先生。我认识他。人们说当年索先生在宫里伺候小德张，属于小太监。后来小太监跟随大太监离开北京，沦落了。人们说太监不能娶亲，因此索先生独身一人过日子。我不知道太监跟不太监有什么区别，我也不敢问他太监为什么不能娶亲。我就随着大人们叫他索先生。

索先生沉着面孔接过纸人儿，看了我一眼说这是王姥姥的纸人儿吧，说着转身在一只小本里记下了。我打量着索先生，他跟那纸人儿相比，一般高。

完成了任务，我下楼去了。楼梯上我遇见住在二楼的扈太太举着一具纸人儿往三楼去。我想起扈太太希望去搬运工人夜校教语文课的事情，心里替她感到惋惜。

扈太太扎的纸人儿居然有两只大脚，一时间让我想起李先生的布鞋。外祖母说扈太太大学毕业交了霉运，只好去"天外天"当了舞女，如今没了舞，光剩女了。

我下楼来到院子里。外祖母一手拎着铜锣，一手握着擀面杖，那气派好似京戏里的佘太君。我成了她手下的兵卒。她老人家大声对我说，现在七点三刻钟了，走哇！

小兵卒跟随着佘太君，雄赳赳气昂昂上了街。

不到一会儿工夫，一条小街上站满了人。沙太太抱着一只铜盆，乔太太拿着一支拨浪鼓，身穿白大褂的余大夫双手托着一对铜钹，人人都是郑重表情。

最引人注目的是扈太太了。她挎着腰鼓，双手捏着槌子，精神抖擞做出随时敲响的姿态。好像今天是她一个特别的节日。

小街口的平氏洗染房里几个店员抬出一面大鼓。一时找不着鼓槌儿，他们显得特别着急。

这时从马路上跑来一个手里握着小红旗的大人。他站在小街口不时看着手表，表情非常紧张。

我钻出人群，抬头瞥了瞥小街两侧楼房——果然楼顶上竖满了纸人儿，迎风晃动，一派兵力十足的气势。这情景令我想起小人书里曹操兵败赤壁经过华容道，两边山崖上站满了关羽的伏兵。就觉得自己站在山谷里了。

四处静悄悄的。我看见那位大人手里的小红旗猛地一挥，轰的一声爆响，好像山崩地裂一般。我扭头去看外祖母，她老人家挥动擀面杖敲响铜锣，我却听不到锣音。扭脸去看余大夫的铜钹，只见他敲钹我却听不到钹响。

我不明白这是什么道理，试着喊了一声，却听不到自己的声音。我以为自己聋了，拼命大叫起来，还是没用。

我渐渐明白了，原来一切声响全被铺天盖地的巨响淹没了。我四处打量着，乔太太打着无声无响的拨浪鼓，扈太太打着腰鼓，无声无息好像一具纸人儿。我什么声音都听不到了，世界变得特别安静。这时我突然想起能歌善舞的小秀玲。咦，李太太怎么还没来除"四害"啊？

第一番攻势之后，出现间歇。我渐渐恢复了听觉。

那位手持小红旗的大人大声宣布说，十分钟之后还有第二番攻势。

就在第二番攻势响起之前，我终于看见了李太太。她身穿白色旗袍白色高跟鞋，还戴了一串白色项链，一尘不染的样子。

这时候我心里产生一个念头，李太太为什么不去搬运工人夜校教课呢？外祖母说李太太辅仁大学毕业，为了照顾李先生甘心情愿当了家庭妇女。李太太要是去给搬运工人夜校讲课，我想一定会大受欢迎的。

这时候我看见李太太表情恬静站在院门外面。她左手托着一只小铜盘，右手拿着一支铜条，远远看去好似画儿里的人物。

李太太手里的响器，那么精致，那么小巧，那么与众不同。

时辰到了，那位大人手里的小红旗呼地一挥，消灭麻雀的第二番攻势开始了。

人们继续操持着各式各样的响器。鞭炮也炸响了，一股股硝烟升起，天地之间变成烽火战场。

我跑去观看扈太太的腰鼓。她一边打着腰鼓一边跳着舞步，好看极了。自从没了天外天舞场，扈太太今天总算有舞可跳了。我猜想她心里一定非常高兴。

李太太站在那里，一声声敲击着手里的小铜盘。她的表情显得特别吉祥，这就更像画儿里人物了。

啪的一声，有一只麻雀从天而降，可巧掉落在沙太太身旁。她猫腰捡起放在铜盆里，举手欢呼起来。

我跑过去看到，这只奄奄一息的小麻雀，嘴里流淌出几滴鲜血。全市统一行动弄得烽火连天，小麻雀们无处落脚，飞啊飞啊累得吐了血，一头从天下栽了下来——进了沙太太的铜盆。

楼顶上纸人儿摇摇晃晃，地下锣鼓轰轰隆隆。第二番攻势里，从天上掉下来的麻雀越来越多。一群孩子跑前跑后，四处寻找着吐血坠落的小麻雀。这情景，远远超过学生下乡拾麦穗的场面。

我伸手帮着沙太太往铜盆里捡麻雀，已经十几只了。平时傲气十足的小秀玲站在一旁，就是不敢伸手去捡。我知道她被吓住了。

大人们显得更兴奋。索先生站在楼顶平台打扫战场，一根细绳将一只只吐血死亡的麻雀拴起来，一串串挂在楼顶，垂落地下。

人们欢呼起来。一个骑自行车的大人来了，当场统计麻雀死亡数字。居民小组长沙太太哑着嗓子连连报告说，九十八只！九十八只！

我就以为是两个九十八只，立即在心里默默做着加法。数字太大了，一时加不完。我要是会做乘法就好了，一乘就出来了。

又添了一只。九十九只！九十九只！沙太太补充着。她已经喊破了嗓子，说话声音沙沙作响，好像一群受惊起飞的小麻雀振动翅膀发出的声响。

还有第三番攻势呢。

看着沙太太铜盆里一只只口吐鲜血的小麻雀，我一下想起自己的小乌龟，撒腿跑回家去了。

进了家门，我找遍床底屋角门后灶旁，竟然不见小乌龟踪影。天啊，小乌龟它走失了。小乌龟是我的弟弟，我的弟弟下落不明。我急了，一屁股坐在院子里，抱着空空的瓦罐儿大哭起来。

轰的一声，外面响起了第三番攻势。我的哭声立即被淹没得无声无息——好像独自上演着一场无声电影。

轰天撼地的时光，就这样在我的哭声里过去了。我们小街上究竟落下多少麻雀，其说不一。沙太太急急忙忙去汇报了。

我抱着瓦罐儿，心里思念着可爱的小乌龟。

外祖母回来了，她好像并不同情我的遭遇，说小乌龟走了就走了吧。人家李先生下放农场还不是说走就走啦。

我当然顾不得李先生，只追问她老人家小乌龟到底去了哪里。外祖母说小乌龟去了天堂。我抬头望着窗外问她小乌龟为什么去了天堂呢。外祖母寻思说着，人间有时候太吵了，小乌龟心里一烦，就走啦。

是啊，小乌龟走失的时候，地裂山崩，一只只小麻雀口吐鲜血坠落身亡。我的小乌龟一定遭受惊吓，跑了。

一连好几天我都不甘心，继续寻找走失的小乌龟，有了明确目标心里变得充实起来。我甚至还去了二楼扈太太的房间。

扈太太坐在沙发里专心擦拭着她的腰鼓，表情含有几分伤感。她看到我然后笑着说，天天除"四害"多好啊，我就能天天打腰鼓跳舞了。

我觉得扈太太长得特别好看，就告诉她小乌龟走丢了。扈太太惊异地说，你以为小乌龟跟你一样也会爬楼梯啊。

我听罢觉得很有道理，便不去三楼找了。

晚间睡觉，我抱着空空荡荡的瓦罐，梦里盼望小乌龟早早归来。

全市统一行动之后，沙太太受到上级表扬，说她的居民小组楼顶平台插的纸人儿最多，人们手里敲打的响器最多，收集的战利品死麻雀最多。有了这"三多"成绩，沙太太兴高采烈地跑来跟外祖母聊天。我告诉她除"四害"把我的小乌龟给除了，也不知道它躲到什么地方去了。沙太太瞟了我一眼说，死了呗。

我的心猛然变成一块石头，沉重起来。

没有小乌龟的日子一天天过去了，小弟弟依然没有踪影。我寒了心。郁闷的夏天里我成了一个无精打采的男孩儿。

小学招收新生的日期到了，我去报考。这是一所名声很好的小学校。马路对面的那座大院子里，据说曾经住着清朝最后一位皇帝。

我排队等待入学考试。说是面试，口答。

主考的男老师眉清目秀白净脸庞，文质彬彬，让我想起李先生。外祖母说李先生下放农场当苦力去了，小秀玲却说李先生调到县城教育局当干部去了，这两种完全不同的说法好像出来了两个李先生。我相信只有一个，无论当苦力还是当干部。因为小乌龟只有一个，丢了小乌龟我便没有第二个了。

主考的男老师上来就问"四害"是什么。我回答苍蝇、蚊子、老鼠、麻雀。他点了点头，然后要我举例说出四种动物。

我毫不犹豫地回答说，李先生的墨猴儿、我的小乌龟，还有老鼠和麻雀。

这位主考的男老师好像不太满意。他慢条斯理评点说，你回答猴子就是了，不必非要说李先生墨猴儿，你回答乌龟就是了，不必非要说你的小乌龟。

我听了之后，连连点头表示接受。

主考的男老师好像不肯轻易让我入学，继续提问说，除了老鼠和麻雀你还能举出另外两种动物吗？

我低头想了想，说乌克兰猪。

他终于笑了，说这些都是你身边的动物，远处的呢？

我想起外祖母经常讲的故事里有一只遥远的动物，立即瞪大眼睛响声回答说，月宫里捣药的玉兔。

主考男老师忍不住哈哈大笑，说，你下去吧你下去吧。

我起身鞠躬行礼，突然向他提出一个问题，您说小乌龟它能活多久啊？

什么？这位主考的男老师一定没有想到我会向他提问，伸手挽着白衬衣袖口很不情愿地回答说，大概能活很多年吧。

既然老师这样说了，我就坚信小乌龟还活着，只是不知它躲到哪里去了。我的心情一下变成大晴天。

通过这次入学考试，我成为一年级小学生，而且跟小秀玲同在一所学校读书。

一天，扈太太跑来告诉外祖母，她给少年宫打了电话说自己愿意义务去教舞蹈课，并且风雨无阻。

少年宫同意啦？外祖母将信将疑。

他们要我等候回音，他们说这种事情必须经过少年宫领导研究。扈太太无奈地说，我已经等了十几天啦。

是啊，年纪轻轻待在家里，有时一定很闷的。外祖母既羡慕扈太太的清闲，又同情扈太太的寂寞。

扈太太兴奋起来说，当年我跟一个白俄学过手风琴呢，其实我也可以教音乐课的。俄国有一种手风琴叫巴扬，两面都是贝斯。我还学过乐理课程，根音啊首调啊属七和弦啊对位和声什么的。

您应当出去做大事情啊扈太太。外祖母说自己只会洗衣煮饭，做一做小事情就是了。

能歌善舞的扈太太叹了一口气，走了。

立秋了。立秋那天我跟外祖母吃了西瓜，天气就爽了。天气爽了传来消息，说我们街道成立了人民公社。

夏天时候，乡下便成立了人民公社，实行农村集体种田。秋天了，城市也成立人民公社了，不种田，实行居民集体炼钢。大炼钢铁是好事情。一座大城市好几百万人口，处处火光冲天的风景，看上去很威武的。大城市里不光炼钢，还实行人民公社集体生活方式，首先集体吃饭，然后集体劳动，包括集体养猪。

乡下的人民公社养猪，那很寻常，哼哼唧唧饲养着就是了。城市里的人民公社养猪，就是景致了。然而无论城里乡下，养猪的品种都是"乌克兰"，说是从苏联那边传来的优良品种。不光乡下，城市养猪也是要有猪圈的。我们街区的猪圈就建在小街上，紧挨着余大夫诊所。

余大夫是名医，留美医学博士。听大人们说留美的不吃香，美国是敌人。从敌国留学回来的余大夫，自然不那么理直气壮了。

216

余大夫诊所在一楼，二楼是住家。据说余家地板一天三遍打蜡，犹如一日三餐。有人说余家楼梯比交通饭店桌面还干净。这么讲究卫生，看来不在李太太之下。可我们街区人民公社的猪圈偏偏盖在余大夫诊所大门旁边，不知这是谁的主意。

我们街区被列为集体生活方式的试点，实行集体吃饭。集体吃饭就是没有特殊情况不许私自在家开伙。有的试点街区管得松，人们反而踊跃加入集体吃饭的行列。有的试点街区管得严，还专门成立了检查小锅小灶的纠察队。

总而言之，一声令下我们街区的男女老少走出家门，一起去吃人民公社食堂的大锅饭了。

听到这个消息，我高兴得蹦跳起来。那么多人聚在一起去吃人民公社的饭菜，就跟电影里演的革命大家庭一样，多好啊。我一时忘记了丢失小乌龟的烦恼，内心向往着人民公社的食堂。

外祖母好像另有想法。

听说不许私家设灶开伙，外祖母动弹起来。她自言自语说，无论管得严还是管得不严，反正有了干粮心里不慌。我听不懂她说话的含义，就上床睡了。

半夜里，她老人家悄悄生起炉火，不声不响和面烙饼。她伸手关窗的时候惊醒了我。

我迷迷糊糊躺在床上看着外祖母擀面杖下压出一张张白面饼，觉得饿了，小声叫唤起来。

外祖母丢下擀面杖，做贼似的捂住我的嘴，不允许我出声。她挓挲着沾满面粉的双手，轻轻拍着哄我睡觉。为了让我尽快入睡她压低声音给我讲起了故事。

从前啊，劳动人民还没有当家做主，有一天家住法租界花园街的正昌纸厂经理偷偷煮了一锅大米饭，没想到有人告了密。半夜来了日本宪兵把他抓走了。那时节，小日本儿不许咱们中国吃大米，只许吃杂和面。他们把大米装船从海河太古码头运回日本国。就说那倒霉的正昌纸厂经理吧，他正是犯了偷吃大米的罪过。第二天他家人拿着钱去宪兵队赎人，可人已经没了。据说天还没亮正昌纸厂经理就给日本宪兵枪毙啦。真可怜啊，他被日本宪兵抓走的时候，一口大米饭还没吃在嘴里呢。

平时为了让我老老实实睡觉，外祖母经常给我讲恐怖故事，妖魔鬼怪什么的。我一害怕便不敢睁眼，渐渐睡着了。这次她老人家为了偷偷烙饼居然临时搬出日本鬼子吓唬我，引起我的不解。

姥姥，日本鬼子不是被八路军打败了吗？我现在不怕他们了。说着我反而坐了起来，一派抗日小战士形象。

外祖母跑到炽炉前给热饼翻了一个身，转身指着我说，你说你不怕日本鬼子，可放牛的王二小还不是给他们杀啦？你快给我睡觉吧。

嗅着满屋饼香，我睡着了。第二天一大早醒来，半夜的白面饼没了踪影。我的早餐是一碗汤泡饭。半碗冷米饭半勺青酱几滴香油，开水哗哗一冲，就是汤泡饭了。我向外祖母打听饼的下落。她老人家和蔼地说，你给我闭嘴，这是你最后一顿早点啦。我一听以为自己成了正昌纸厂经理，撇嘴要哭。她老人家好像自知说话出错，立即改嘴说，这是你在自家吃的最后一顿早点，今天礼拜六，中午咱们就去吃人民公社食堂了。

我心花怒放，只觉得时光过得太慢了——恨不得一头扎进人民公社食堂的大锅饭里，吃个痛快。

集体吃饭试点的第一天，沙太太领头，还有扈太太、乔太太和杏妮儿，我们居民小组一行人结伴前往人民公社试点食堂。沙、乔、扈三位太太都是南方人，她们北居多年仍然一口江浙语音，喜欢去冠生园和稻香村买点心。去年我还吃过扈太太做的汤年糕呢。扈太太平时喜欢自己烧菜，这时她压低声音告诉乔太太，听说有的街区试点纠察队挨家挨户收集锅碗瓢盆啦。

乔太太听了表情疑惑起来。哪里会有这种事情，我们总要在自己家里喝茶吃点心吧。

外祖母也参加讨论说，收去了锅碗瓢盆，家里不就变成祠堂啦。

我们一行人从余大夫诊所大门外走过，没看见猪，却看见一群苍

218

蝇。除"四害"讲卫生,最难消灭的是苍蝇。街道人民公社鼓励灭蝇,上交五十只死蝇奖励一盒火柴。可是挥起苍蝇拍子一打,那苍蝇就烂了,很难收到完整尸体。老鼠身体还是比较结实的,学校规定上交两条老鼠尾巴即奖励学生一支铅笔,而且是带橡皮头的。

身材瘦小的索先生正在清扫"乌克兰同志"的宿舍,满怀歉意地说猪被区里借去巡展了,为了推广街道养猪试点经验。我一时没有看到"乌克兰同志",心有不甘。城市里没有动物,猪圈就是孩子们的动物园。中苏友好,就连不识字的外祖母也是中苏友好协会会员。小街里的孩子们称呼这口大母猪"乌克兰同志",那感情是很深厚的。

自从街道成立人民公社,索先生终于结束了清苦多年的单身生活,与"乌克兰同志"为伴了。大人们说这是好事情,解决一个太监的生活孤独,只能这样了。因此应当感谢"乌克兰同志"。

我问满头大汗的索先生"乌克兰同志"什么时候回来。他犹豫不决地说三五天吧,转身去清圈了。

我就在心里期待着"乌克兰同志"早日巡展归来。

沿着马路走过一个路口,就到了我们吃饭的地方满天红食堂。前几天一大群苏联朋友前来参观,对城市人民公社兴办食堂赞不绝口,尤其是猪肉包子,个大皮薄,不亚于狗不理。

苏联出产的幸福牌摩托车那是很令人羡慕的。我们平常见到的只是匈牙利出产的脚踏车。外祖母认为匈牙利脚踏车好,它比苏联摩托车省油。

一行人走到满天红食堂大门前。我扯着外祖母的衣襟,胃口非常激动,这是饿了。满天红食堂大门外站着一支纺织女工合唱队,她们正在高唱一首歌曲:"亚克亚克西,什么亚克西呀,人民公社亚克西呀!"我觉得非常好听。

扈太太羡慕地注视着这一群唱歌的纺织女工。

满天红食堂从前是一家制本厂,专门生产那种黑色硬壳记账簿,因此主要用户是账房先生们。公私合营之后不知什么原因关门停产,一荒就是两年。人民公社的食堂,其实就是当年的装订车间。

满天红食堂的饭厅，宽敞明亮。由于居民们踊跃参加人民公社集体食堂，吃饭的地方就显得小了。满天红食堂猝不及防，只得将前来就餐的居民们分成三拨，依次轮换。午餐时间头一拨十一点三十分，第二拨十二点，第三拨十二点三十分。我们走近满天红食堂大门，被编为第二拨人马。

乔太太和扈太太身穿会客的衣裳，显得特别漂亮。乔太太小声对扈太太说，一座大食堂里吃饭就好像一个大家庭，人民公社蛮好的。扈太太受到乔太太的情绪感染兴奋起来，说当年大学毕业全班去馆子里吃饭，也没有这么热闹啊。

这时候第一拨吃饭的人们，缓缓退场了，这场景很像中国大戏院散场。外祖母是戏迷，一旦来了名角她砸锅卖铁也要去听一出。她最大的遗憾是没有现场看过梅兰芳。她老人家的历史知识大多来自京戏，给我讲过全本《狸猫换太子》和《包公三勘蝴蝶梦》，还有《霸王别姬》和《除三害》什么的。当然，那除三害是不包括麻雀的。

第一拨退场的人们拥出满天红食堂大厅，主要是家庭妇女和小孩子，也有居家老人。我看见有的小孩子嘴巴津津有味地咀嚼着——午餐从坐着吃拖成走着吃，回味无穷的样子。

满天红食堂的饭菜气味，跟随着退场的人们飘散出来，引诱着我的胃口。我一眼瞥见小秀玲在人流里退场，顿时奇怪起来。小秀玲明明属于沙太太居民小组，她为什么头一拨就跑进去吃饭呢？小秀玲这只骄傲的小天鹅，就是不合群。

我们准备进场了。这时候我看见小秀玲被一位管事的大人拦住了，好像要她接受检查。她左躲右闪宛如一条不愿入篓的小鱼儿，最终还是被叫到一旁去了。

我跟随第二拨人流入场，扭头望着小秀玲的背影，不知她遇到了什么麻烦。外祖母使劲儿牵着我的手。我们走进满天红食堂的饭厅。

好大的饭厅啊。干干净净摆开十几张桌子。一眨眼工夫，这十几桌子就满了。饭厅中央立着一只大木桶，里面盛着热气腾腾的米饭。一块大黑板上写着当日菜谱，四菜一汤。我识字不多，知道主食除了米饭还有馒头。

我和外祖母是北方人，不大吃米饭的。我端着盘子跟随她老人家排队领取馒头。人民公社食堂不限量，通常大人领取两只馒头，小孩子一只。我满怀豪情拿了两只馒头，没人阻止。外祖母低声警告说，你小小年纪贪嘴，不怕丢丑啊。

没有桌子了。乔太太一团和气地对沙太太说，打麻将要有桌子的，吃饭也要有桌子的。扈太太细语轻声地对沙太太说，人民公社站着吃饭不可以吧。

居民小组长沙太太只好苦笑着说，倘若没有桌子我们也只好站着吃啦。

外祖母早年给北洋大总统曹锟的三夫人当保姆，见多识广。她拿起一双筷子叉起两只馒头。我立即模仿，也是一双筷子叉起两只馒头，好似小将岳云举锤。这样，我就腾出一只手了。

外祖母大声说，这站着吃饭成何体统啊。

太太们都有同感，便袖手站着。

那几位男士很有礼貌，主动起身给太太们让出一张桌子。我们一群人有了位置，纷纷落座。

我举着两只馒头坐在桌前。四菜来了，只差一汤。四大盘子热菜散发着人民公社的香味，鼓动着人们的食欲。我只认识红烧丸子和鸡蛋炒菠菜，其他就叫不出菜名了。

人人都是第一次走出家门坐在人民公社食堂里吃饭，心里既惊奇又欢喜。我觉得自己一下子长大成人了。

我们同桌吃饭的年轻媳妇杏妮儿，她是大中华橡胶厂装卸工"小山东"的媳妇，去年跟丈夫进城当了家庭妇女，住在小街一间车库里。杏妮儿平日寡言少语，坐在家里糊火柴盒。

我看见杏妮儿领取了三只馒头，就说，你也不爱吃米饭啊。她咬了咬嘴唇说北方人吃面食抗饥，吃米饭往往日头不落山肚子就饿了。

日头不落山？我们这里没山啊。我看出杏妮儿还在使用农村的太阳衡量城市的时光。

221

扈太太兴冲冲给自己盛了一大碗米饭，乔太太同样盛了一大碗。沙太太也盛了一大碗米饭，说人民公社的碗好大啊。

外祖母看到这种场面笑了笑，说眼睛大肚子小呢。

沙太太喜笑颜开说，这厨子手艺比苏闽菜馆不差。这红烧丸子里放了荸荠吧？一咬脆脆的。

扈太太伸出筷子尝了尝，转脸对乔太太说，这滑熘鱼片味道蛮不错的，一定是活鱼做的。

乔太太夹了一块滑熘鱼片，连连点头表示赞成扈太太的观点，然后夸奖油爆豆腐味道很好。

我立即夹了一块被扈太太称为滑熘鱼片的东西放进自己盘子里，然后又夹了一块被乔太太称为油爆豆腐的东西，直接放进嘴里。

我嚼着，也嚼不出什么味道来。只要太太们说人民公社食堂的味道好，我就觉得好。假若太太们说人民公社食堂的味道不好，我就不知道好不好了。

外祖母埋头吃着，自言自语说这馒头颜色泛黄，碱大了。

哦，原来馒头碱大就颜色泛黄啊。扈太太眨着一双好看的大眼睛说，活像一个求知上进的女学生。

我突然想起小秀玲，抬头朝着饭厅门口望去。外祖母伸出筷子敲了敲我的盘子，说吃饭时候东张西望，显得没有家教。我小声问李太太怎么不来人民公社食堂吃饭呢。外祖母说人家李太太从来不在外面吃东西的。

我们旁边的一张饭桌同样客满了。我看见西服革履的余大夫端端正正坐在那里，不吃不喝，好像排演话剧似的。

我趁机问外祖母，那位余大夫怎么不吃饭呢？外祖母叫我闭嘴。我立即停止咀嚼。外祖母又催我快吃，我又咀嚼起来。

这时候来了一盆热汤摆在桌子中央。汤盆很高，我看不到里面的内容。

乔太太突然朝着外祖母笑了，那表情就像一个考试不及格的女生。这时外祖母很有经验地说，怎么样乔太太，眼睛大肚子小吧？

222

乔太太不好意思地点头承认，说果然吃不下了。

这时候的扈太太好像很有同感，说今天太兴奋了，一下盛了一大碗米饭，可吃了不到半碗就饱了。人民公社不能随便浪费粮食，我这大半碗米饭怎么办啊？

乔太太很难为情地说，第一天来人民公社食堂就剩饭，这多不好意思啊。

我大声鼓励着说，扈太太乔太太，你们下定决心就吃下去啦。

扈太太的表情如同咽药了。乔太太满脸愁云，不知如何是好。

外祖母说，你们要想吃得下去，就必须吃得快。你们若吃得慢，那必然觉得饱了。

这时纠察队走进饭厅高声宣传起来，说节约粮食光荣，浪费粮食可耻，浪费粮食如同犯罪。

邻桌的余大夫依然不吃不喝，一声不吭坐着，使人想起年画儿里的韩湘子。

沙太太听罢纠察队的宣讲，表情随即紧张了。她努力往嘴里塞着米饭，很积极的样子。她嘴小，两腮被米饭塞得鼓胀起来，大头娃娃似的。

外祖母心疼地说，沙太太您积极要求进步，也不要过分勉强自己啊，那样胃口是吃不消的。

沙太太小声检讨说，我要是只盛半碗米饭就好了，盲目进取就出了问题。

邻桌的一位身穿绣花长裙的年轻太太走过来跟大家打了招呼，然后笑眯眯对扈太太说，我发现了一个普遍现象，今天大约百分之八十的人吃饭过量。这就叫集体兴奋现象。集体兴奋产生交叉影响，人人都吃多了。我回去要写一篇社会学论文的。

扈太太思索着说，周太太这是好事情吧？人民公社食堂引起集体兴奋，说明大家还是愿意接受集体生活方式的。

集体兴奋产生交叉影响，可剩饭怎么收拾呢？这位身穿绣花长裙的周太太笑了笑，回她桌位去了。

外祖母咽下一口饭菜对扈太太说，你们有文化的人就是有眼光，看见半碗剩饭就能写出一篇论文，还交叉影响呢。

乔太太深有体会说，人家周太太说得对。我们第一次吃人民公社食堂，心情太激动了，一激动就跟当年走进大学饭堂一样，忘乎所以了。到了晚饭就有经验了，不是四菜一汤吗？我们少吃少取嘛。

扈太太指着那位身穿绣花长裙的年轻太太背影说，那位周太太是袁家后代，著名美食家呢，川鲁饭庄的大厨师也比不上她的手艺。当年她在南开念书是瞿兑之的学生，津沽大学撤销了，周太太只好赋闲在家。你们知道瞿兑之的父亲是谁吗？清朝军机大臣瞿鸿禨啊。

外祖母摇了摇头说，我不知道瞿鸿禨，我只知道周太太要是出去工作就好了，赋闲在家只得来吃人民公社的食堂。难为她这位著名美食家啦。

我低头吃着，太太们说的话一句也听不明白，只觉得来人民公社食堂吃饭的什么人物都有，就跟过年庙会一样。

扈太太唉了一声说，这剩饭怎么收拾啊？平时自家吃饭，剩下便剩下了。这是人民公社食堂啊。农民兄弟辛辛苦苦种田，我们浪费就是犯罪啊。

乔太太羡慕地说，你看人家余大夫多好，不吃不喝既没剩饭也没剩菜，一点压力也没有的。

外祖母准备喝汤了。扈太太悄悄对她说，王姥姥求您帮我吃了这半碗饭吧，浪费粮食的名声我可承担不起啊。

扈太太您当我是鲁智深的肚子啊。外祖母这样推辞着，还是接过了扈太太半碗米饭。

身高体壮的杏妮儿吃得很快，三只馒头已经下肚，还喝了一碗汤。她恋恋不舍放下筷子，抬头望着远处的大木桶。

乔太太终于发现了救兵，起身将自己的半碗米饭递到杏妮儿面前说，我是不可以剩饭的，请你替我吃了吧杏妮儿。

杏妮儿一时不知如何接受，表情挺为难的。乔太太以为杏妮儿不肯援助，情急之下脱口说道，杏妮儿我换下两条裙子不穿了，回头送给你吧。

杏妮儿又惊又喜，瞪圆一双眼睛看着乔太太，双手牢牢端住半碗米饭——唯恐它生出翅膀飞了。

这时，满天红食堂管事的大人从我们桌前走过，径直站在余大夫面前，大声说共产主义是天堂，社会主义是桥梁。

余大夫连连点头表示赞成。

满天红食堂管事的大人微笑着说，余大夫您光坐着不吃饭，是不是对人民公社食堂有意见啊？

余大夫摇了摇头，咬文嚼字地说，本人对人民公社食堂没有意见，适逢胃炎发作暂时不能进食，因此只能陪坐这里，权作参加人民公社的集体活动吧。

您胃炎发作有医院的诊断证明书吗？

余大夫抬头注视着对方说，您是什么意思？

您坐在这里不吃不喝，难免给人民公社食堂试点工作造成不良影响。我的意思您明白吗？

余大夫思索着说，您的意思我不明白。我本人就是执业医生，我的胃炎无须其他医院出具诊断证明书啊。

满天红食堂管事的大人加重语气说，我们知道您是名医。我们也知道您很有性格。可我们每天必须向上级汇报广大群众对人民公社食堂的反映。您坐在这里不吃不喝，弄得我们非常被动。

沙太太终于自力更生吃下了一碗米饭。她呼呼喘着粗气说，我从来没吃过这么多啊，今天咱们居民小组算是放了一颗卫星！

山东媳妇杏妮儿呼噜呼噜就将乔太太的半碗米饭吃了下去，这阵势使人想起索先生手下的"乌克兰同志"。

杏妮儿端着空碗说，人家说剩饭剩菜是资产阶级生活作风。可是我们村里老地主从不剩饭剩菜的，饭粒儿掉在桌上他也要捏起来放进嘴里。他家的五十亩地就这样积攒出来的。

乔太太拍着手说，好啦，我们居民小组没有糟蹋一粒粮食。杏妮儿你是大功臣哩。

杏妮儿抹了抹嘴，尴尬地笑了。

说是到了第三拨吃饭的时间。我们退场了。外祖母扯了扯我的耳朵，问我吃饱了没有。我说吃饱了，然后说，没吃饱您不是预备了白面饼嘛。她老人家担心泄密，伸手捏了捏我的鼻子说，不要乱讲。

我闭嘴不说话了，知道自己唇边挂着外祖母的一个秘密。

走出满天红食堂大门，一眼看见等候进场的人群里站着索先生。他换了一身干净衣裳，还是低眉顺眼的样子。

满天红食堂大门外围着一群人，有人哇啦哇啦大声说话。我挤进人群发现小秀玲站在中央，肩膀一耸一耸哭泣着，手里握着一只馒头。一位管事的大人指责小秀玲说，你从小就偷人民公社食堂的东西，长大了怎么接革命前辈的班呢？

我没偷人民公社的东西。小秀玲哭泣着辩解了一句。那位大人气得脸红脖子粗，呸地吐了一口唾沫说，你没偷人民公社的东西，你手里的馒头是什么？你必须当众承认错误！

小秀玲擦了一把眼泪说，我妈妈从来不吃外面的东西，我想人民公社食堂这么好，她一定会吃的，我就悄悄给妈妈捎回去一只馒头，事情就是这样的。

你妈妈为什么不来食堂吃饭？我们现在就去问一问她，问她是不是对人民公社食堂有意见。

小秀玲一听，哇的一声大哭起来了。

外祖母从人群里将我拽出来，说回家。我乖乖跟随她老人家回家去，一路上想着可怜的小秀玲，真倒霉。她拿一只馒头回家孝敬妈妈，却成了贼。成了贼，她那三好学生的奖状肯定没了。小秀玲一连三年获得三好学生称号，还代表全校学生给列宁格勒市红山十年一贯制小学写信庆祝苏联十月革命四十周年呢。

这样想着，我心里惦记着倒霉的小秀玲。

一走进小街便看见乌克兰猪圈附近聚着一群人，有沙太太有乔太太有扈太太，总而言之是一群太太。太太们你一言我一语，安慰着李太太。李太太身着黑衣黑裙，还戴了一顶黑纱女士帽。于是那两只白纱手

226

套愈发显眼。外祖母远远看着疑惑地说，这大白天的李太太怎么穿了晚礼服啊。

我跟随外祖母，加快脚步走上前去。

李太太满脸通红，一只白色手帕擦着额头汗水，反反复复说着一句话，我家小秀玲从来不偷东西的，我家小秀玲从来不偷东西的。

我上前禀报说，李太太，小秀玲没偷东西，她从食堂给您拿回一只馒头，人家说她是贼！

李太太急得浑身颤抖，摊开双手向太太们表白说，我是从来不吃外面东西的，小秀玲为什么非给我拿回一只馒头呢？这孩子好糊涂啊。

太太们就跟着叹气。

外祖母说，李太太您不要怪罪小秀玲，她拿回馒头是孝敬您啊。

可人家说她偷东西啊！小秀玲小小年纪就成了贼，这真给李先生丢人啊。

说着，李太太身子一挺便倒在乔太太怀里了。乔太太吓得一声尖叫，脸色苍白好像抱着一具尸体。外祖母倒是很有经验，说李太太急火攻心，身子僵直闭住气啦。

外祖母指挥大家为李太太弯腰盘腿。太太们一起动手恨不得立即把气厥僵直的李太太身体折弯，可就是弄不动。扈太太急得哭了。

这时候，吃饱喝足的山东媳妇杏妮儿脚步噔噔跑来了，好像天降救兵。杏妮儿让外祖母抱住李太太双腿，她两条胳膊搂紧李太太肩膀，猛然用力嘿哟一扳，身体僵直的李太太便弯腰盘腿坐在地上。外祖母伸手掐着李太太鼻下"人中穴"，说，李太太您哭出来吧，您哭出来就好啦。

盘腿坐着的李太太双眼紧闭脸孔铁青，好像没了呼吸。我担心李太太死了，就转身跑向满天红食堂。

我要告诉小秀玲，当年正昌纸厂经理一口大米饭没吃到嘴里就死了。今天李太太不要一口馒头没吃到嘴里也死了啊。

跑出小街，我迎面看到西服革履的余大夫回来了，就大声告诉她李太太要死了。余大夫一惊，快步朝着小街深处跑去。

我紧紧跟在余大夫身后，担心李太太已经死了。

余大夫冲上前去拨开人群蹲在李太太面前，他翻了翻眼皮摸了摸脉搏，说，这是气厥昏迷，你们把李太太抬进我诊所吧。

山东媳妇杏妮儿根本不用旁人动手，猫腰抱起李太太大步噔噔奔向余大夫诊所，一口气走了进去。

我悄悄跑出小街，奔向满天红食堂去找小秀玲。尽管小秀玲平时傲慢，遇到麻烦我还是同情她的。

跑到满天红食堂大门外。纺织女工合唱队还在唱着"人民公社亚克西"，却不见小秀玲身影。我大着胆子向一位管事的大人打听，他说那个偷食堂馒头的小女孩儿已经跑了。

我很惊讶。城市里小男孩儿惹了祸扭身就跑，这很常见的。可小女孩儿不会这样的，她们只会站在原地掉眼泪。

余大夫诊所里散发着来苏水的味道。外祖母和杏妮儿陪伴着李太太。杏妮儿小声告诉外祖母，她姐姐出嫁以后就是这样，一生气就挺过去了。

外祖母说，这很危险啊。女人家就是可怜，遇到委屈无处伸张，往往添了闭气昏厥的毛病。

黄昏时分，李太太苏醒过来。外祖母守在病床前，说多亏余大夫及时打针灌药。李太太脸色惨白，有气无力，轻轻说谢谢余大夫。李太太挣扎着坐起来，执意离开余大夫诊所回家。余大夫也不挽留，给她开了几粒镇静药，说稳定情绪卧床休息，保证睡眠避免外界刺激。

摇摇晃晃走出余大夫诊所，李太太腿脚发软。山东媳妇杏妮儿伸手去搀扶，外祖母急忙阻拦说杏妮儿你不要碰李太太，咱们脏呢。

李太太无可奈何地说，我这身衣裳反正要不得了，换下来杏妮儿你拿去洗洗穿吧。

杏妮儿激动得说不出话，索性给李太太鞠了一躬。李太太见我在场，马上打听小秀玲的下落。

我只得撒谎说不知道。

228

李太太连连叹气说小秀玲好糊涂啊，一路强打精神走到自家院门外，向我们说了声谢谢，转身按响一声门铃。

外祖母看到李太太按门铃，就惊异地问，小玉雯从学校回来啦？

李太太说，没有啊，又伸手按了两声门铃。

我一旁看着，心里想小秀玲跑了，小玉雯常年住校，李家没人啊。李太太就是按一百次门铃也不会有人开门的。

这时候突然咔嚓响了一声，院子里有人给李太太开了门。李太太伸手一推，回头跟我们道别，走进院里去了。

我听到院门咣当一声关了，就转身看着外祖母。

杏妮儿一把抓住外祖母胳膊说，王姥姥您说院里到底是谁给李太太开门呢？

外祖母寻思着说，小玉雯住校不回家，小秀玲跑了没在家，院里究竟是谁给李太太开门呢？闹鬼啦。

杏妮儿脸色泛白说，从前我们村里就闹过黄鼬精，说话办事跟人一模一样呢。

沙太太走了过来，小声询问出了什么事情。

我冒冒失失说了一句话，谁在里面给李太太开门啊？那一定是小秀玲呗。

外祖母听罢一拍大腿对杏妮儿说，这一定是小秀玲回了家给李太太开门啊。咱们大人还不如小孩子明白呢。

杏妮儿咯咯笑了，说小秀玲在家当然要给李太太开门呀。王姥姥咱们这是疑心生暗鬼呢。

沙太太听罢事情原委，郑重其事说，王姥姥你不要闹神闹鬼好不好。说着沙太太转向杏妮儿，你也不要遇到什么事情就跟乡下黄鼬精联系起来。我们大城市里是没有妖魔鬼怪的。

说罢，沙太太走了。山东媳妇杏妮儿受到居民小组长批评，也灰溜溜回家了。

外祖母低声抱怨说，沙太太说话有时候好像大干部一样，这样不好。

229

我说，人家沙太太自力更生吃下去一大碗米饭，表现蛮不错的。

我跟外祖母一起回家。她在前，我随后，沿着小街上走着。突然她老人家啊地叫了一声，停住脚步。

我抬头看见小秀玲进了小街，低头迎面朝着我们走来。

我大声说，原来小秀玲不在家啊。

外祖母横身拦住小秀玲说，原来你不在家啊！你不在家那是谁在里面给李太太开门呢？

小秀玲神情恍惚，好像不明白外祖母在说什么。我猜想小秀玲仍然为馒头的事情懊恼，就安慰她说，小秀玲姐姐你别难过了，晚饭咱们一起去满天红食堂吧。

小秀玲一声不吭，低头跑回家去了。

外祖母望着小秀玲背影，一边寻思一边说，好奇怪啊，李家没有保姆，是谁在里面给李太太开门呢？

我说那就是小玉雯在家呢。外祖母摇了摇头说，小玉雯不是李太太亲生女儿，除去寒假暑假她是不会回家的。何况李先生下放农场劳改，亲爹不在家小玉雯更不会回来的。

回到家里外祖母还在寻思。李先生下放农场了，莫非李太太有了别人？这可是伤风败俗的事情啊。

就这样，小乌龟丢失成了我心里的悬案。究竟是谁给李太太开门呢，一下成了外祖母心里的悬案。

晚饭，我们居民小组还是第二拨，六点钟进场。沙太太把我们一行人集合起来说，李太太身体不好在家休息，我告诉她人民公社食堂专门设有病号饭，小虾汤面。可她连病号饭也不吃，要修炼成仙啊？

想起沙太太批评外祖母闹神闹鬼，我心里不服气，抓住机会走上前去伸手指着这位居民小组长说，什么修炼成仙啊，沙太太您不要搞封建迷信好不好？

沙太太尴尬极了，走过来揪了揪我的耳朵说，小毛孩子你也敢批评大人呀。

外祖母得意地对我说，好哇！养你比养一条小狗儿强得多，关键时刻还懂得护着姥姥。

外祖母和我、扈太太、乔太太、杏妮儿还有小秀玲，一行人跟着沙太太前往满天红食堂去了。余大夫不是我们居民小组的成员，他身穿一件古铜色风衣独自走在前面。一路上我看到人们纷纷跟他打招呼，都是很尊重的表情。

天色渐渐暗了。我追着小秀玲问道，李太太为什么不吃外面的东西呢？人民公社食堂挺好的。

小秀玲低头走着，不回答。

我说，李太太不吃外面的东西那就在家开伙吧，想吃什么饭做什么饭，想吃什么菜烧什么菜。

小秀玲还是不回答，就跟哑巴一样。

沙太太回头对小秀玲说，一旦推广人民公社食堂经验，可就不许在家私自开伙了，到时候我看李太太怎么办。

我心里想，到时候李太太不会饿死吧？

进了满天红食堂大门，小秀玲低头走在人群里。好端端一只小天鹅变成一只灰鸭子。

走进饭厅，我看到增加了桌子，就高兴得拍手。有了桌子，就不会有人站着吃饭了。

晚餐是大包子。一块大黑板上写着四种馅儿：猪肉萝卜、猪肉韭菜、羊肉西葫芦、牛肉大葱。

沙太太说，这四种包子自由选取，我们去排队吧。

四小碟八宝咸菜已经摆上桌子。我跑去排队领取包子了。路经那一只大木桶，我看见里面盛着热气袅袅的小米稀饭，黄澄澄的颜色令人想起金店。外祖母跟我说过乔太太娘家以前就是开金店的。

排队领取包子，扈太太和乔太太小声讨论着，主要是研究领取哪一种包子。乔太太说不吃韭菜不吃萝卜，口气不好呢。扈太太表示赞成，指出大葱的口气也不好。

就这样，四种包子被两位太太排除了三种。这时候乔太太又说自己从来不吃羊肉的，扈太太同样认为羊肉过于膻气，在北京只吃了一次

"东来顺"就够了。

我很替两位太太发愁，不知她们应当领取哪种包子。这时那位周太太走过来，跟扈太太打着招呼。我伸长脖子对扈太太说，您请周太太替您拿个主意吧，她是美食家啊。

扈太太摸着我的头顶说，周太太又不是孙悟空，她也变不出第五种包子啊。

乔太太说，我们随便领取一种就是了，只要不弄出剩饭剩菜就好。午饭要不是人家杏妮儿救场，我们被动死啦。

小秀玲领取了一只大包子，低头从我面前走过。我连忙问她什么馅儿的，她说不知道。

她领取了一只大包子却不知道什么馅儿？我觉得小秀玲的回答非常奇怪，真是难以理解。

马上轮到我领取包子了。我回头看着外祖母，心里没有主意。外祖母板着面孔说，我才不管你呢，自己的事情自己做吧。

杏妮儿排在我前面，这位身高体壮的山东媳妇只领取了一只大包子，转身就走。我心里疑问，杏妮儿饭量那么大却只领取了一只包子？这时候轮到我了。

大师傅问我要什么馅儿的。我只好说了声随便。大师傅伸出夹子把一只冒着热气的大包子放在我盘子里，笑呵呵望着我。

我问大师傅给我什么馅儿的。他说你一吃就知道了。

我端着大包子回到桌位，坐在小秀玲旁边。这时候我明白了，小秀玲领取包子的时候一定也说了声随便，所以她不知道自己的是什么馅儿的。

我也不知道自己的是什么馅儿的。这时候我觉得不知道自己的是什么馅儿，反而更有意思。知道了，就没意思了。

沙太太领取了两只大包子。她一定认为自己身为居民小组长应当起到模范带头作用，就多吃。

扈太太只领取了一只大包子，乔太太也只领取了一只大包子。我不知道她们领取了什么馅儿的。大家围着桌子坐下。山东媳妇杏妮儿勤快起来，给太太们端来一碗碗小米稀饭。

外祖母便大声夸赞这位山东媳妇有眼色，适合在大家庭里当保姆。杏妮儿马上说，王姥姥那您给我介绍一家吧。我不愿意坐在家里糊火柴盒了。

杜家你敢去吗？那老头子日伪时期当过警察局局长。外祖母说。

杏妮儿眨了眨眼睛说，我在电影里见过这种人物，比地主还凶呢。

外祖母哈哈笑着说，其实一点儿也不凶，他无论跟谁说话都特别客气呢。

我用筷子夹开大包子，还是看不懂自己的是什么馅儿。外祖母耸了耸鼻子说，不用看就知道是猪肉萝卜的。

我挺身看了看小秀玲的包子，好像也是猪肉萝卜馅儿的。我吃着跟小秀玲同样的包子，心里挺满足的。

扈太太是羊肉西葫芦。乔太太是牛肉大葱。这两位太太选择了牛羊避开了萝卜韭菜，小心翼翼吃着。

这时候外祖母发现了问题，大声问杏妮儿为什么不吃饭。杏妮儿指着自己的空盘子说已经吃过了。

我告诉外祖母杏妮儿只领取了一只大包子，三下五除二就吃下去了。沙太太当头询问杏妮儿为什么只吃一只包子。

扈太太和乔太太也觉得杏妮儿的饭量反常，一起询问着。

杏妮儿不好意思地笑了，说，我留着肚子替你们收拾剩饭呢。太太们什么时候吃不下去了，我就什么时候替太太们吃啊。

外祖母放下筷子大声说，我明白杏妮儿的心思啦，她中午不是替乔太太收拾残局了吗？乔太太说送她两条裙子。这晚饭杏妮儿还想替扈太太收拾残局吧？希望扈太太送她一双皮鞋呢。

杏妮儿腾地红了脸，连连摆手说不出话来。小秀玲抬头注视着满面羞惭的山东媳妇，不言不语。

沙太太不满地说，杏妮儿你应当助人为乐，不要贪图什么裙子啊皮鞋啊，这很不好嘛。

杏妮儿眼泪汪汪说，又不是我主动拉生意，再说乔太太并没有真的给我裙子啊。

乔太太不高兴了，说，杏妮儿你总要容我从三楼大衣柜里找出那两条裙子吧？我说话从来算话的。

这时候扈太太说，好啦好啦，那我就送给杏妮儿两双皮鞋吧，反正都是过时的款式。

杏妮儿摇头谢绝说，您平白无故送我皮鞋，我不接受的。

扈太太开心地笑了，说，那你就替我再领取一只包子吧，你把它吃了。这样送你皮鞋你就心安理得了。

杏妮儿表情疑惑看着扈太太，说，您这不是跟我开玩笑吧？

我什么时候跟你开过玩笑呢杏妮儿？扈太太郑重地说着。

杏妮儿呼地站起，端着盘子离开桌子，跑去领取大包子了。

沙太太感慨地说，我也有好几件衣服穿不下去了，也送给杏妮儿好啦。

外祖母说，沙太太您怎么听不明白呢，人家杏妮儿是无功不受禄，所以她留出肚子准备收拾太太们的剩饭。只要吃了剩饭，她就有功啦。

沙太太终于明白了，说，那就叫杏妮儿也替我吃一只大包子吧。

邻桌。余大夫仍然端端正正坐着，一件古铜色风衣搭在胳膊上，不吃不喝。一位管事的大人走过来跟他商量说，余大夫您胃炎发作我们食堂有病号饭，小虾汤面。

余大夫摇头说，小虾营养价值很高，然而虾皮附着胃壁难以消化，容易导致胃炎加重。

您这样下去，不饿啊？这位管事的大人问道。我谨遵医嘱，口服巴尔脱拉营养液，每日三次，每次一支。

谨遵医嘱，谁呀？

余大夫指着自己胸口说，我谨遵余子正医生医嘱。

这位管事的大人嘿嘿笑了，说，您这是自己给自己治病啊。

余大夫表情郑重说，是的。因为天下庸医太多，我只能自己给自己治病啊。

吃完饭了。沙太太率领我们居民小组成员一起退场。小秀玲走在前

234

面，这时候我看见她将裤子的口袋儿和上衣的衣兜儿一一翻出，全部暴露在外面。她伸出胳膊亮出双手，一步步走出满天红食堂大门。

啊，原来小秀玲这是在表示自己的清白。

外祖母冲上前去拉住小秀玲大声说，好孩子你不要这样，你不是贼，我们大家都知道你不是贼。

小秀玲不言不语走出满天红食堂，头也不回地跑了。

外祖母望着小秀玲远去的背影说，好孩子你不要这样啊，你这样下去可就毁啦！

晚上睡觉的时候，我问外祖母小秀玲为什么那样做呢。外祖母摘下老花镜说，小秀玲心里委屈呗。心里委屈，就容易做出傻事的。

我心里还是那两个念头，一是惦念下落不明的小乌龟，二是担心李太太一个人在家里饿死。

我问外祖母李太太会不会被饿死。外祖母哈哈大笑说，李太太怎么会饿死呢？既然有人在院里给她开门，必然有人在家里照顾她的。

我说李太太饿不死，我饿了。外祖母也说饿了。看来人民公社的大包子已经被我们消化了。外祖母起身走近窗台，拎出一只竹篮子摆在床前。

她老人家掀开蒙在竹篮上的白毛巾，底下露出一层油纸，揭去这层油纸底下露出了白面饼。这就是那天半夜里她偷偷烙的。

我说很多吧。她老人家说不多，只烙了十二张。我说十二张已经不少了。外祖母撇着嘴说不多，那年解放军攻城我钻了防空洞，身上带了二十个烧饼。想不到一夜之间解放了，还剩下十八个烧饼来不及吃呢。

说着，外祖母掰开一张白面饼，跟我分着吃了。

推行试点食堂的第四天。一大早沙太太集合居民小组成员一起去吃早饭。我看见小秀玲背着书包系着红领巾，肩头却没了"三道杠"。难道拿了人民公社食堂一只馒头就被撤职啦？我不敢问她。自从出了馒头事件小秀玲很少说话，好像没了嗓子。

扈太太请假了，说身体不舒服。沙太太倒很乐观，笑称扈太太是伤员，然后率领我们继续开往火线——满天红食堂。一路上乔太太告诉外

235

祖母，自从吃了人民公社食堂，肠胃功能不错，就连酵母片都不用服了。

杏妮儿身穿一条蓝色长裙，脚踏一双棕色高跟皮鞋，扭摆着腰肢走在前面，轻轻哼唱着"千朵花万朵花哪朵花，比不上人民公社幸福花，千年啊万代啊开不败，岁岁长来啊月月发"。

沙太太大声对杏妮儿说，人民公社食堂多好啊，你又有吃的又有穿的，幸福生活万年长啦。

是啊，乔太太的长裙子，扈太太的高跟皮鞋。我也觉得杏妮儿一下变得洋气了。

我们一行人来到满天红食堂大门外。索先生迎面走来告诉沙太太，说上面来了紧急指示，人民公社试点食堂停办了。

沙太太感到意外，说，索先生您不是造谣吧。

索先生连连摆手说，我怎么敢造谣呢。

索先生指了指张贴在满天红食堂大门外的告示说，你们自己去看吧。

沙太太和乔太太都是有文化的人，跑去看告示了。杏妮儿不识字，就向沙太太打听。

人民公社食堂停办啦。沙太太小声告诉她。

杏妮儿一听就急了，大声责问沙太太为什么停办。沙太太苦笑着说，这办也不是我下令办的，这停也不是我下令停的。杏妮儿你跟我着急有什么用呢。

杏妮儿嘟嘟哝哝说，自从有了人民公社食堂，我又添裙子又添皮鞋，这样的好事儿怎么说完就完呢？我真是命苦啊。

乔太太和沙太太看罢告示，告诉外祖母说，果然停办了，今天这是人民公社试点食堂最后一顿早餐，我们进去吃吧。

小秀玲只领取了一只馒头，离开满天红食堂背着书包上学去了。人民公社食堂的最后一顿早餐，内容挺丰富的，有烧饼有油条，有豆浆有馄饨，香喷喷，热乎乎，令人留恋。

山东媳妇杏妮儿领取了一只烧饼两只油条，端来一碗热气腾腾的馄饨，埋头大吃起来。

吃着吃着，我看到杏妮儿流下了眼泪。

外祖母惊诧地问道，杏妮儿你钱包丢啦？

杏妮儿一边嚼着油条一边擦着眼泪说，人民公社食堂没了，从今往后我再也不能跟太太们一起吃饭啦。

沙太太只喝了一碗豆浆说，这是急刹车啊，我们也没有办法。

乔太太告诉外祖母，中午她一定去起士林餐厅吃饭。吃了几天人民公社食堂，煎牛排呀红菜汤什么的，好像生疏了。

杏妮儿不死心，吃了烧饼油条喝了馄饨，又喝了一碗豆浆。她满头大汗跑去询问什么时候能够恢复满天红食堂。

一位管事的大人告诉她，你回家等候上级通知吧。

有了消息您一定要告诉我啊。杏妮儿不死心，满脸堆笑托付着人家。

杏妮儿捂着脸跑出了满天红食堂。

人民公社食堂的日子，就这样结束了。我心里空落落的，一下孤独起来了。外祖母回到家里赶忙掀开篮子取出隐藏不露的白面饼，一张张晾在窗台上，连声祷告说，千万千万别馊了千万别馊了。

我凑到窗台前伸长脖子去嗅了嗅，觉得味道好像不太新鲜了。

外祖母大大方方说，你去上学吧，中午回家咱们炒饼吃。

我觉得好久没吃自家饭菜，立即流出口水。什么东西一旦生疏了，就想念。

中午放学回家，我吃了炒饼。晚饭还是炒饼。我吃腻了。外祖母说这十几张饼不抓紧吃就坏了。

我抗议说，这饼生了醭，不可以吃了。

外祖母说浪费粮食就是犯罪，说着拿起刀子刮去那一层醭。我害怕炒饼，心里开始怀念满天红食堂的饭菜。尤其大包子的味道，那是任何家庭也蒸不出来的，它只属于人民公社食堂的大灶。

最后的几张白面饼实在不能吃了，外祖母决定送给索先生去喂猪。"乌克兰同志"参加巡展回来，白面饼给它接风了。

一天清早，我吃罢早点背起书包去上学。沙太太满脸神秘地跑来了，说李家可能死了人。

我停止脚步问道，李太太真把自己给饿死啦？

外祖母瞪了我一眼，说小孩子不许胡说。

沙太太继续介绍情况，说半夜里听到一阵哭声，披上衣裳走出院子听出这哭声是从李家传出的。打开院门看到小秀玲举着手电筒把余大夫请来了。深夜请医生这是急病啊。余大夫进了李宅就传出了李太太的哭声，撕心裂肺啊。天亮之后有人看见达仁堂大药房的詹师傅也来啦。李太太多爱干净啊，她家从来不许外人进出，如今算是大门敞开啦。

小玉雯住校，李家只有李太太和小秀玲，没人可死啦。外祖母一边掐算着一边催我去上学。

我插嘴说，可能李先生在家吧。

沙太太反驳我说，"右派分子"下放农场劳动改造绝对不许回家的，李先生即使死也只能死在外面的。

我背着书包走出家门，心里很沉闷。李先生即使死也只能死在外面？他太可怜了。这样想着，经过李家院门我停下脚步。这里好像没有出事的迹象。

我背着书包沿着小街朝着学校方向走去。经过索先生的猪圈，我听到猪的哼哼声，便凑近去看。

猪圈是男孩子心中的动物园，凑近猪圈就是观看动物。这时一阵臭气扑面而来，我恶心难忍，哇的一声呕吐起来，将胃里的面汤喷进猪圈落在食槽里。

"乌克兰同志"摇头摆尾凑近食槽，呼噜呼噜将我呕吐的东西全部吃掉，满脸欣喜表情。

"乌克兰同志"抬头看着我。我惊呆了，背起书包转身就跑了。

当天上午，学校语文课有造句"我要……"

我首先想出"我要让臭猪圈离开我们小街"一句，转念一想猪圈属于人民公社，这样不妥。我又想出"我要让李先生能够死在自己家里"一句，当即否定了，我怎么能够盼望人家李先生死呢？仔细一想，原来我是担心李先生死在外面啊。

临近下课我终于想出"我要好好学习天天向上"一句，工工整整写在作业本上。

语文老师给我判了优秀。我心里想，如果我在造句里写到猪圈或者李先生，恐怕就优秀不成了。

礼拜六了，总算不吃那倒霉的饼了。外祖母准备的早点是豆浆和油条，还有一小碟八宝咸菜。我们的生活终于回到原来的样子。

兴高采烈，我一不留神打翻了一只碗。外祖母抄起抹布擦桌子。一阵脚步声，沙太太气喘吁吁跑来报信，说小玉雯从学校回来了。

我喝着豆浆说，小玉雯回来了这说明李家谁也没死啊。沙太太指斥我说，小孩子怎么可以乱讲！我什么时候说过小玉雯死啦？我是怀疑李家还有别人！

沙太太继续说，据说余大夫那天半夜去李家还动了手术呢，血迹斑斑的药棉扔在垃圾箱里。第二天达仁堂大药房还派人给李太太送来一麻袋香草呢。

外祖母讪笑着说，沙太太您是居民小组长，这种事情只有您能够讲得清楚啊。

沙太太不高兴地说，李家隐藏着什么我怎么讲得清楚？干姥姥您不要以为我是居民小组长就会替别人承担责任。你们自己去看吧，现在李家院门四敞大开着。达仁堂大药房的詹师傅一连三天跑到李家，李太太究竟出了什么事情谁能讲得清楚啊。

我吃过早点跑出家门去看，李家果然大门敞开，那样子好像公共场所，展览馆什么的。人们似乎得到了消息，扈太太、乔太太还有杏妮儿，一群人站在小街上，闲聊着。

人们嘴里闲聊着，目光却一致投向李家院门。

这时候，索先生赶着那只乌克兰肥猪沿着小街走过来。沙太太迎上去说索先生又去推广城市人民公社养猪试点经验吧。

索先生摇头解释说，城市人民公社试点食堂停办了，城市人民公社试点猪圈也停办了，无论大猪小猪，一律迁往郊区农场集中喂养。

我看着猪，猪也看着我。然后它就被索先生赶着走了。外祖母听说"乌克兰同志"走了，大声说索先生又变成孤孤单单一个人了。

李家院里终于有了动静。首先走出来李太太，她穿了一件斜襟蓝布大袄，头上裹着蓝布围巾，一下变成普通家庭妇女。李家大女儿小玉雯拎着一只包袱，里面裹的正是李先生的三双鞋，两双单一双棉。李家小女儿小秀玲走出来的时候，引起人们惊讶，她怀里抱着一只猴子，活生生好似两三岁的孩子。

李太太转身锁了院门，然后朝着邻居们笑了笑。外祖母忍不住问道，李太太你们这是要出远门啊？

李太太淡淡一笑，细声细语说李先生在农场劳动改造生了病，家属的探视请求被批准了。

外祖母迎着说，今天你们三个人这是去茶淀农场探望李先生啊？

小秀玲怀里抱着墨猴儿说，原本打算我们四个人一起去探望爸爸，可惜墨猴儿前天夜里死了。

我吓了一跳，说，墨猴儿不能去人民公社食堂吃饭，它是饿死的吧？

小玉雯代替小秀玲回答说，我们饿死也不会饿死墨猴儿的。它在家里养了八年，有名有姓有地位呢，爸爸给它取名李建国。自从爸爸下放农场劳动改造，李建国特别想念爸爸，爸爸也特别想念李建国。我们几次写信给劳改农场请求探视，就是为了让它跟爸爸见上一面。现在人家允许探视了，李建国却死了。它活着的时候好像一个男孩子，非常可爱，非常懂事，还经常给我们开门呢。

小玉雯说着流下了眼泪。

沙太太一拍大腿对李太太说，哦！我明白啦。那天半夜你们请来余大夫解剖墨猴儿，动手清除五脏六腑，又请来达仁堂大药房专门制作动物标本的詹师傅，用药水泡了尸体然后晾干，这样就把墨猴给保存下来啦。哎哟，这墨猴儿肚子里填满香草，这眼珠儿还是玻璃球的，真跟活着的时候一模一样啊。

李太太苦笑着说，半夜里惊忧了邻居们，真是抱歉了。

小玉雯继续说，我们这样做成标本，爸爸就能见到他的墨猴儿了，李建国就跟没死一样啊。

小秀玲低头抱着墨猴儿，不言不语。我走近几步看了看，觉得这只墨猴儿真的就跟活着一样——李建国乖乖地趴在小秀玲怀里睡着了。

李太太向大家微微鞠了一躬，轻声对两个女儿说，咱们走吧。小玉雯拎着包袱，小秀玲抱着墨猴儿，母女三人沿着小街走向马路，一拐弯便没了她们的身影。

外祖母跺着双脚拖着哭腔说，李太太多爱干净的一个人啊，为了李先生居然养了一只猴子，而且还在家里割肠剖肚制作成标本，这才是真正的患难夫妻呢。

听了外祖母的话，山东媳妇杏妮儿带头哭了起来，引得太太们都红了眼圈儿。

当天下午，索先生动手拆除猪圈了。小街上没了猪圈，一下子平静了。清理现场我去了，竟然发现了我的小乌龟，它躲在残砖破瓦下面一动不动。我以为它死了，小声哭泣起来。可能是我的哭声惊动了小乌龟，它伸出脑袋看了看我。我把它贴在脸上，哇哇大哭了。

扆太太走过来告诉我，她被少年宫聘去教课了，不是教舞蹈也不是教音乐，而是教手工劳动——手绢叠成小老鼠、纸片剪成小燕子什么的。

后来，我听说小秀玲一直保存着一只馒头，那正是她从人民公社食堂领取的"最后一顿早餐"。她烘干了那只馒头，不腐不坏，当作化石收藏了。

受到小秀玲姐姐的启发，有一天我用削铅笔的小刀儿在小乌龟背上刻下四个阿拉伯数字：1958，算是给它取了名字。

我心里想，有朝一日小乌龟死了，我也要把它制成标本，就跟李先生的墨猴儿一样。

1958 这四个阿拉伯数字越长越大，就像一张年历似的。

老街的童话

出了老巷是老街。老街老，这条街上的人们都是它的子孙，刚刚遛出十几步，腰就觉着沉沉的不爽，他心想："已经到了添病的年岁喽。"年轻的时候清早起床腰也有过丝丝缕缕的痛感。青春的感觉早随着青春去了。

想去北街那间开市不久的"老人乐园"，又觉得自己手中缺少一根助路的拐杖。真正的老人是三条腿的。自己虽说是个"因病"提前退休的工人，却也只是五十三岁光景，充哪家子老邦壳？坐在老人乐园里，自己只能算是一个小老头儿，抑或是一个老小伙儿。白胡子白头发们以茶润嗓，诉说着昔日的荣耀：二十七岁那年就有四张嘴巴乱哄哄地管我叫爹；三十二岁那年就定了八级工的薪水；从来就不愿去那种轻狂的舞场……然后似比赛着咳嗽。满屋子都是这种音乐。

年轻时候的老成，是一种难得的体面。

然而只有当他在老人乐园门前徘徊的时候，才觉得自己并不太老。世界上或许还有什么别的乐事等着自己去做。

今天天儿好。

三儿子的女友登门造访，一间十四平方米的房子就显得十分窄小了。他和自己豢养的那只独眼老猫并排坐在床头，咿咿啊啊同未来的三儿媳妇道着家常。

"您老可真不容易啊，这么多年又当爹又当娘的……"

"您老可真应该好好享几年清福了……"

他喜而不语，听着那姑娘奶油糖味道的话语，目光却触到了三儿子魂不守舍的眼神儿。这眼神儿，他懂。于是就不动声色地把老猫掏到屋外，然后庄重地迈开父亲的步伐走出家门上了街。

大街是城市人类为其生存而留出的缝隙。他信步走着，觉得无聊。

"梳妆台前眉头皱，看到白发心忧愁，请用玫玉染发精，白发变得黑油油。"不远处青春化妆品商店的录音机放出青春的声音。好似在为青年招魂。

三个胖儿子睡在床上，满腾腾似摆了一床大积木。为了剔出塞进牙缝的那根鱼刺儿，他无意中在镜子里照见了自己头上早生的华发，才想起自己已经很久很久没照镜子了。男子汉的镜子是身边老婆的一双眼睛。

老婆有一双黑葡萄珠儿一样的眼睛。然而每当那种时候——他渴望看到那双眼睛的时候，她却用一条白色枕巾捂住脸庞。

一团白色的浓雾。

于是每当在商店橱窗看白色枕巾的时候，他便会被一种幽深的惶惑所笼罩，多年不得解脱。

他走着，迈着永恒的步伐。

天上挂着个白太阳。

街旁小巷内那间小解处，毫无禁忌地散发着腥臊的气味。他默默地站在远处，观赏着人类解除膀胱压抑之后脸上现出的那种淡淡惬意。

青春化妆品商店门前突然排起了长队：染发精削价抛售了。

他却在想："那玩意儿染皮鞋或许也成。"但他还是没有去排队。商店门前是年轻人的世界。

老婆在的时候去除白发的方法十分简单：拔。他在孩子们睡熟之后壮着胆子把头枕在她的大腿下，欲享受那种丝丝的痛感。

"还嫌自己不少相？将来你也是个老风流呢。"老婆压低嗓音说。

"我可不是老风流，将来也不是。"他急切地辩解着，不由抬高了嗓门。

"过日子呗……"老婆思虑着说。

她是个爱羞的女人。在照相馆门前徘徊了十分钟，还是不愿跨进门去拍下那张结婚合影。待到老婆敢在大街上解怀奶孩子的时候，他又觉得再过几年去拍"全家福"才是。他将老成持重地坐在"全家福"正中位置上，体面之极。

后来老婆就生了重病——一躺就是十年。喝罢他喂下的最后一勺汤水，她才咽气，于是他成了一个二茬光棍儿。

他牵着三个儿子对厂里的工友们说："老伴儿死了。"

儿子们一夜之间都长成了大汉。

他匀速走着。

三儿子对他说："爸爸爸爸你老了你老了，快找个病名提前退休让我顶替进厂上班吧。"他就找了个病名把吃薪的位子让给了待业在家的小崽。大儿子有了大媳妇，二儿子有了二媳妇，三儿子也将有三媳妇了。他养了一只独眼老猫。

他觉得自己是条汉子。

也无聊。

在十字街口站定，他仿佛在极力模仿着身旁那株电线杆子的身姿。数着大街上由东往西的汽车，数到第十三辆的时候，他就渴望有人跟自己说话，嘴巴除了吃饭喝水打哈欠整天闭着。

一个外埠人，提着个大提包艰难地朝他走来，满头大汗。

他莫名其妙地期待着。

那人走到近前便放缓步子，似乎是有话要对他讲的。他看着这人身上穿的黑色衬衣。

黑色衬衣冲着他张了张嘴巴，便匆匆走了过去，似乎这人不远万里来到此处就是为了冲他无声无息地张一张嘴巴便起步返程的。而他为此也足足在街上等了这么多个年头。

他鬼使神差地冲那人黑色的背影喊道："厕所在北边小巷里！"想是声音太小那人不曾听到，竟未回首顾他。

他还是觉得对黑颜色尽到了一种责任。

他肩负着责任走开去，在百乐电影院售票处门前站定。

下午5：00　爱神在呼唤　甲5角　乙4角　其他全满

"这是给年轻人看的……"他想。

却看到一个花白头发的背影在买票——求索似的把胳膊伸入深不可测的售票孔里。

而门前电影广告栏上却只画着一双深不可知的大眼睛——无拘无束地看着世界。

他在售票处门前站了许久。

售票小姐摆着腰肢走了出来，挥手在门前刷出"全满"二字。

他竟觉得若有所失。

来了一个十二三岁的男孩。

"大伯，我这张票卖给你吧，很好看呢。"

他心中顿生不悦，暗想："小毛孩子不懂辈分，'大伯'是你能叫的吗？叫爷爷才差不多哩。"

一俟二儿媳妇的肚皮由高山变成平原，他就有第二个孙辈人了。

"五角钱的票，贱卖给你四角吧，很便宜呢。"男孩一脸成人之色。

他猛然想起打从看了那场《红灯记》，这多年还再没进过电影院。当时他十分敬佩李玉和，上有老下有小，扳了那么多年道岔，是条汉子。

"我爸爸一听这电影的片名就逼着我来退票，刚才还打了我……"男孩满脸忍辱负重的表情。

这表情足值三十岁。

他动了双重恻隐之心。

"小爷，你要听你爸爸的话，他养你这么大很不容易。"他"话以载道"地说。

男孩傻傻地望着他。

他又觉得自己尽到了一种责任。

之后他进了那个小小的公园。

择一条石椅他坐下，把眼神儿拢到自己脚下，低头抽烟。

245

不远处的石椅上坐着一对恋人，双双抬起屁股走了。一定是觉得老头子碍眼。

他心头却腾起一股浓浓的疚意。

把手伸进衣兜里，他悄悄摸索着。

其实家里有一台黑白电视机，但它姓"儿"不姓"爹"。若是爹的心趣比儿子还大，才是奇事呢。朝霞是夕阳的禁忌。

那对恋人的余温未尽，石椅上便换上了两个新角色。

他没有伸出目光去直视，他习惯用眼角余光扫视世界。

一个冷着白光的身影，身边飞着一只"花蝴蝶"，嗲声嗲气。

他低头抽烟，欣赏着自己身上的灰色衬衣。老也要老得体面。

花蝴蝶样的小姑娘在手里摆弄着一个彩色的方块儿，她身旁一个穿白色衬衣的妇女正坐在石椅上看着一本小人儿书。

他低头抽烟，欣赏着自己脚上的黑色便鞋。于是他又想起了染发精。

一对恋人肩头黏着肩头款款向东边踱去。他扭脸看着西边的景致。

"嘻嘻……"小人儿书把那个妇女逗乐了，竟孩子似的笑了起来。

他闭目养神。

那妇女笑的时候，微胖的身躯轻轻颤抖着，给周围世界带来一个震荡。这越发使人无法判断她的年岁，或许五十二岁，或许四十五岁，或许……

他飞快地用目光扫了扫那妇女。

那八九岁的"花蝴蝶"女孩似乎遇到了什么难题，举着手中的彩色方块儿向大人求援。

"卡住了……"那妇女接过彩色方块儿自语道，十分悦耳的声音。

"是女儿，还是孙女？"他在心中猜测着眼前这个谜。这谜开始涨大，占据了他整个心。

那个妇女手头似乎也遇到了什么难题，但她还是轻轻哼起了一支好听的歌。

他呆呆望着这个让人无法断定年龄的妇女，心头充满一种新奇的感觉。

那妇女抬头望了望他这个闭目养神的人，然后低头继续摆弄着那只彩色方块儿。

他再次呆呆望着那妇女。

他心头冒出一个古怪念头，于是他忐忑不安起来，只得再次闭目养神。

心底生出了乱哄哄的小草儿。

眼前响起了阵阵轻微的呼吸。

他以为这是一种迷幻，竟然不敢睁眼。

"大、大伯……"女孩子腼腆地站到他面前，脖子上系着鲜艳的红领巾。

他睁开眼睛。女孩子笑了。

这是今天第二次听到小孩子用"大伯"这个称谓唤他。

这一次他没有感到不悦。

女孩子举着彩色方块儿说："卡住了……我们手劲小，请您给拧拧吧。"

他的手有些发颤——接过了那个名叫魔方的彩色方块。对面那团白光又在闪烁，灼人眼目。

他这双钳工的手，只一回合，魔方便又成为魔方了。他开始喜欢这种平时不曾留心的大玩具了。

女孩子撒着欢跑了回去。

"您的手真巧！"那妇女双眉笑得弯弯，他却看清了她眼角下的鱼尾纹。

他暗暗庆幸自己的双眼未花。

"方方，怎么这么不懂礼貌？"那妇女缓缓站起，伸出丰腴的手臂拂了拂女孩子前额的刘海，然后十分豪气地挺着鼓鼓的胸，牵起女孩子的手向他走了两步。

一双亮晶晶的眼睛注视他。

他机械地咧了咧嘴角，算是一种干笑。

247

"还不快说，谢谢爷爷!"

他的心蓦地一缩。

"谢谢爷爷!"女孩子照本宣科道。

他好似一下子掉进冰窟窿里，心成了一块高级冻肉。

那妇女领着孩子款款地去了。

他木木地坐在石椅上，觉得自己的屁股也变成了石头。

之后他焦躁地站起身，快步走出公园。

他竟然超过了前面的一个小伙子，快步走着。

他突然想起那张电影票。他摸遍全身。

身边人流滚滚，仿佛全世界的人都在赶着去看那场电影。

竟然找不到那张从男孩子手里买来的电影票了。现在将将五点钟。

这简直是一个重大遗失。

大街对面，一个顽皮的小男孩手中举着个圆圆的小镜子，把白色的阳光照在他身上。他身上便闪动着一个白色小太阳。

他快步走着。

老王你好

很久以来，我对王姓总是怀有一种莫名的情绪。不知为什么，我认为这个姓氏在我们这个人口泛滥的国家，实在是太多太多，颇有人人都想称王的嫌疑。我的这种怪异心理，大概与童年时期的一次际遇有关。"三年自然灾害"期间，粮食奇缺。那个饥饿的寒冬令我终生难忘。一天下午，我珍存了一百零八天而没舍得吃的一块"宝宝软糖"被幼儿园里与我同班的一位王姓女孩儿所偷吃——只剩一张残破的糖纸。第二天当我痛不欲生对她大肆诅咒的时候，王姓女孩儿已随家长踏上迁徙外省的火车，一下子走得无影无踪。

饥饿的时代造就了疯狂蠕动的胃口。一块普通软糖的珍贵，并不仅仅由于它能够解馋。黑暗之中，装有宝宝软糖的小小铁盒，夜夜藏于枕下，对我来说是一个无言的慰藉——这是远在农场劳动改造的母亲送给我的生日礼物。虽说这块软糖只有寸方大小，但它毕竟说明着遥远的母爱。可这一丝温馨，却被那个贪嘴的王姓女孩儿吞光嚼尽。我只得在梦中吸吮自己的手指。早餐则是一碗清汤。就这样，那块宝宝软糖成了我童年人生一个无以补偿的缺憾。由此我对王姓产生了一种泛恶情绪。当然，其中并不包括王羲之那样的大书法家。古人无罪。

长大成人进入社会谋生，我与许多王姓者打过交道，有男有女有老有少。童年情结渐渐得以缓释，我懂得了，姓氏其实就是一个符号罢了。这时候，我遇到了老王。

我是公元一九八三年大学毕业，来到 T 市工业管理局的。这个工业管理局乃是市政府的一个派出机构，总共十三个处室。报到之后，我被分配到第十三处，成为一名公务员。关于小公务员的形象，我在俄国作家契诃夫的小说中多次读到，印象极其深刻。我正是怀着忐忑心理，到四楼去见第十三处的处长。

处长姓王，我就恭恭敬敬叫了一声王处长。就这样，我成了王姓的下属。

王处长是个五短身材的中年男人，白白胖胖的，咳嗽起来也显得一本正经。他说他看过我的人事档案，知道我在大学里念的是机械制造系。之后他突然问我是不是患有牙周炎。我茫然地摇了摇头，很想知道他所说的牙周炎究竟意味着什么。王处长还想与我谈下去，但一时又找不到合适的话题。屋里的空气沉闷起来。这时有人叩门，王处长说了一声进来，一个拎着水壶的工友儿，猫腰走了进来。

工友儿谦恭地问王处长要不要沏茶，还说水是沸沸的。王处长矜持着嗯了一声，说不沏。对方就拎着水壶退了出去。

这时，王处长看了看我，又说了几句勉励的话，以示郑重："你的办公室就在隔壁，目前只有你一个人办公。年轻人嘛，一定要严格要求自己，贵在自觉啊。工作之中遇到什么问题，应当及时向领导请示。"说罢，王处长起身，引导着我到隔壁办公室去。王处长走起路来步姿平稳，但露出几分造作。我猜测，他属于那种工农速成干部，绝不是一个知识分子。

那间办公室里果然空无一人。独处，这正合我意。王处长指着一张很大且很旧的办公桌说："小萧同志你就用这张桌子吧。不要嫌它破旧，你知道当年是谁用过这张桌子吗？"

我呆呆望着王处长，等待他的讲解。没承想，他并不睬我，将这个关于办公桌的悬念摆在办公桌上，转身大摇大摆走了出去。

我以为他很快就会回来，耐心等着。临近正午时分，依然不见回转。望着那一张陈旧的办公桌，我认为王处长设置的这个悬念，与说书艺人实无二致。

终于有人推门走了进来，但不是王处长，而是那个拎着水壶热心为人沏茶的工友儿。我朝他点了点头，他也朝我点了点头。放下水壶，隔着那张办公桌，他坐在我的对面，累得呼呼喘着粗气。

然后，他从怀里掏出一盒香烟："您，抽烟吧？"

我连连摆手，告诉他我还没有学会吸烟。他怔了怔，又将那盒香烟收了起来。我觉得这位工友儿的举止有些可笑。

"我是老王。"他自我介绍说。

我说："老王你好。"

沉默了片刻，彼此都觉得无所适从。我创造了一个话题对他说："在中国，王姓的人口最为众多吧？"

老王说："大概是。王处长姓王。王局长姓王。王市长也姓王。很多人都姓王。您贵姓？"

我告诉他我姓萧。他连连点头，说好。这时我看到老王五十多岁的光景，黑黑胖胖的，很是魁梧。他的眼睛不大，却很少抬起目光，显出内心的稳定。不知为什么，我觉得老王倘若身着戎装，更像一个旧时代的老军人，譬如说勤务兵什么的。

我指着面前的办公桌问他："你知道这张桌子从前是谁用的吗？"

老王的目光立即惶惑起来，似乎不知如何回答我的问题："这张桌子，从前是我用的。当然，这张桌子已经很旧了。昨天，王处长通知我将它腾出来，说是新来了一个大学毕业生。情况呢，就是这样。"

我脱口说道："你不是一个工友儿吗？"

老王连连咂着嘴，苦笑着。他的表情，很像一个受到误解而又难于辩白的小学生。"到局里办事的人，大都以为我是一个工友儿。其实我不是一个工友儿。说起来我还是一个正科级干部呢。"

这时候，到了午餐时间。王处长推开门大声说："老王，今天我要一份米饭、一份红烧鱼、一份鸡蛋汤。记住，不要耽搁得太凉啦！凉了伤胃。伤了胃，吃什么东西也都不好消化了。"

老王起身应声，说马上就到食堂去。

看着老王唯唯诺诺的样子，我觉得他确实容易被人认为是一个工友儿——在这个充满误会的世界里。

走进 T 市工业管理局的食堂，我感到这里果然弥漫着王道之气。工业的大一统天下，使掌灶的厨师也怀有特权阶层的优越心理。至于烹饪技艺究竟如何，则无从考证了。我要了一份三鲜面，庆贺自己走入社会，以示吉祥。这时，我看到老王右手托着一只盘子，里面是红烧鱼和米饭，左手拎着一只盛着鸡蛋汤的罐子，满脸任劳任怨的表情，脚步匆匆走出食堂。

食堂的餐桌上，我认识了人事处的小王。她吃的也是三鲜面，所以我们就认识了。小王是一个笑起来有着两只酒窝的姑娘，说话柔语轻声，令人起敬。走入社会只有四个小时，我就认识了三个姓王的人。看来这也是命中注定的事情。

刚刚吃罢三鲜面，我抬头看到王处长手里拿着一只饭盒，快快走进食堂。这个情景令我感到非常意外。王处长的午餐，明明老王已经送到楼上去了，王处长怎么又大驾光临呢？这时，人事处的小王对我说："你们十三处的王处长，原先其实是一个烧锅炉的小工。后来突击提拔干部，一步接一步升了上来。他本来患有牙周炎，一疼起来常常贻误工作。他到医院将满口牙齿拔光，换成一副假牙。王局长对他颇为欣赏，说他工作起来很有闯劲。他真行啊，用二十八颗牙齿，换来局长的欣赏。"

我心不在焉听着她的讲述，猜想老王一定是出了什么事情。匆匆与小王打了一个招呼，我快步离开食堂朝办公大楼里跑去。当我气喘吁吁走进四楼办公室的时候，果然看到老王坐在椅子上呻吟不止。

"你这是怎么啦！老王？"

黑黑胖胖的老王立即忍住疼痛，朝我笑了笑。

"我今年才五十五岁，怎么就这么不中用啦？走到三楼的时候我跌了一跤，汤汤菜菜的全都泼在地上……"

我看到老王满含着痛楚的表情，就问道："你是不是摔伤了什么地方？应当马上到医院去检查一下。"

老王摇了摇头："我的筋骨还是很结实的。我年轻的时候，有一次在办公室里擦玻璃，那时候我是副股长，一不小心从二楼上掉了下来。你说怎么样呀？居然没伤一根汗毛！大家都叫我铁人。"

说到这里，老王突然大汗淋漓，脸色煞白。

我慌了，看到贴在墙上的局机关内部电话号码表，医务室的电话是261。我拨通医务室，说老王摔伤了，情况非常紧急。

接电话的是一个女医生。她问："老王？哪个老王？"

我捂住话筒对老王说："医务室问你叫什么名字？"

老王说："王正林。"

电话里的女医生说："哦，这个王正林不是局里的正册。他是四二一八厂驻局办事处的办事员。"

我听懂了，女医生是说，王正林的摔伤与局医务室毫无关系。这时，老王起身走了出去。

放下电话我追到楼道里。老王笑了笑说："没事！我自己可以去医院的，步行五分钟就能走到。"

他一步一步走下楼去。我默默望着他的背影，觉得五十多岁的男人，其实是最容易衰老的。

整整一个下午，我独自坐在那张陈旧的办公桌前，胡思乱想。临近下班的时候，王处长走了进来，问我走进社会第一天，对机关的生活有什么感受。我说我很好，只是老王给摔伤了。

王处长哦了一声："关于老王的情况，我扼要向你介绍一下吧。四二一八厂驻局办事处其实只有他一个人。他没有办公的房间，我就允许他在这间屋里办公了。老王的四二一八厂坐落在太行山区，很艰苦。老王的家呢就在咱们这座城市。他总想调回来——具体说就是总想调到咱们T市工业局里工作。我呢，同意，可是要等待时机成熟才成。目前呢，老王虽然坐在这里办公，但他其实是一个外人。情况就是这样。"

王处长又说："刚才老王打来一个电话，初步诊断，医生说他左肋第三根肋骨骨折。伤筋动骨一百天，看来，老王真的要休息一段时间了。"

说罢，王处长转身要走。我说："王处长您还没有告诉我这张桌子从前是谁用过的。"

王处长哈哈大笑："你很有求知欲啊。告诉你吧！这张桌子的第一个主人就是如今的王局长。年轻人好好干吧，前途不可限量啊！"

听了办公桌的来历，我并不觉得这是一个什么典故。

老王是在第三天的上午突然出现的。我坐在办公桌前，专心誊写着王处长起草的一个公文。王处长的字迹龙飞凤舞，而且常有语病出现，誊写起来很是费神。这时老王拎着提包推门走了进来。

"老王！你怎么来啦？"

老王对我的惊讶感到意外："我？我来上班啊。"

我说："肋骨骨折！刚刚三天你怎么能够上班呢？"

老王立即说："说是肋骨骨折，我一点都不觉得疼，只是感到胸闷。没事儿，从小我就不是娇生惯养的人。"说着，他拎起屋角的水壶，快步走了出去。

我觉得老王真是一个铁人。

片刻，老王拎着热气腾腾的水壶走了进来，气喘吁吁说："我去给王处长沏茶，他不在屋里。"

我告诉他，王处长陪着王局长下厂检查工作去了。听了这话，老王掏出一个药瓶儿，吃下四枚药片，然后满含歉意地朝我笑了笑。这神情，仿佛是他做了一件对不起我的事情。

我举起手里的公文对他说："老王同志，我有个问题向你请教。我正在为王处长誊写一份公文，可是，我发现有几个病句。你说，我是替王处长改正呢，还是原样不动誊写上去呢？"

老王连忙点燃一支香烟，狠狠吸了一口，目光不停地闪动着。

"按理说，只要发现错处，就应当及时改正，这没什么可说的。自古就有一字之师的典故啊。可是，可是王处长亲手起草的公文，自有他的道理。所以，我也说不好这件事情到底应当怎么办……"

我打断他的话语，问道："你刚才吃的是不是止痛药？"

他使劲点了点头，然后就不言不语吸着那种不带过滤嘴的劣质卷烟。

我又问："你是不是很快就能调入我们十三处了？"

他轻声轻语说："我向王处长提出调入的申请已经三年了。四二一

254

八厂属于外省，调入这里存在不少困难。首先需要入市指标。我想，有些事情是不能着急的。今年我五十五岁，六十岁退休之前，总该调回来了吧?"

这时我就连连点头，对他的执着精神表示赞同。

就这样，我与老王相对而坐，开始了我们同室办公的生涯。

老王的肋骨骨折，也就无声无息痊愈了——好像他从来就不曾骨折一样。机关的生活，仿佛就是一台复印机，每天都是相同的样子。譬如说王处长，仍然每天坐在办公室里等待老王给他从食堂端来午餐。譬如说我，也仍然每天中午到机关食堂与人事处的小王同桌用餐。就这样，渐渐有了往来。小王是一个令人难忘的姑娘。有那么一个瞬间，我几乎已经爱上了她。从她的口中，我听到一些关于老王的事情。

老王确曾在工程机械公司当过生产科科长。那年冬天，上级号召，支援太行山区工业建设，结果选中了老王。老王有五个儿子，当时长子只有十五岁。妻子是一个老实本分的家庭妇女。一家人的生活并不富裕。老王恋家，虽然到车站托运了行李，但他还是推迟了出发的日期。当他抵达四二一八厂报到的时候，已经迟了三天。老王受到降级的处分，成了一名普通的干部。就这样他在太行山区生活了十年。后来他开始生病：高血压、风湿关节炎、神经性头痛。成为全厂著名的病号。这时老王终于受到上级的特殊照顾，以外省人的身份回到祖祖辈辈生活的T市，成了四二一八厂驻T市工业局的办事员。

自从知晓了老王的背景，在我心目之中他就没了神秘色彩。虽然仍是相对而坐同室办公，老王的存在却唤不起我更大的兴趣。有时候埋头忙于公务，我居然忘记世界上还有这个老王。然而老王却依然存在着。

一个星期天我到公园里闲坐，老王从远处匆匆走过，并没有看到坐在长椅上的我。他很快就走到飘散着花香的槐树下，一步站定。起式，慢慢悠悠打起了太极拳。我站起身朝他走去，说时迟那时快，老王已经收式，脚步匆匆走了。我惊呆了，老王这一来一去，真是神速。这使我想起电子游戏机里受人操纵的那种忽快忽慢的机器人。

老王仍然是老王。相对而坐闲得无事，我们常常努力寻找话题，聊上几句。有时难以找到话题，房间里便静得令人窒息。我无法忍受这种宁静，渐渐学会了吸烟。老王也吸烟，但他总是将办公桌的抽屉拉出，一边低头吸烟，一边朝里面看着，目光定定。每逢王处长推门走进来，老王必然顺势将抽屉推进桌内，起身表示谦恭。

我开始怀疑老王的抽屉里盛着一个秘密。转念一想，又觉得茫然：老王这样的人又能有什么难以示人的秘密呢？

我决定单刀直入："老王，你总是低头朝抽屉里看，看什么呢？"

他不好意思地笑了笑："你可不要笑话我啊！我想提高写作能力，所以这些天我总在阅读小说，当然啦都是报纸上新近发表的作品。外国古典小说呢，我一时还不敢读，怕太深奥。"

起身走到他的桌前，看到拉开的抽屉里平平展展摆放着一册《文艺》。这是一册品位很高的杂志。我对老王刮目相看。

"老王，经常阅读这种杂志，你的写作水平就会渐渐提高的。"

听了这话，老王脸上现出舒心的表情："我并不想写作，只是乐意阅读罢了。"

我是公元一九八七年离开T市工业局，调往T市作家协会的。到人事处办理调动手续的时候，小王已经住进产院，等待分娩。她做了王局长的儿媳，前途大好。我牢牢记住小王的笑靥。回到办公室我与老王告别。此时他已经五十九岁，仍是一个外省人。他惊讶地握着我的手说："你就是鹿一啊？我常常在报刊上阅读你用这个笔名发表的小说。面对面坐了四年，我居然不知道你是一个作家，白白错过了向你请教的大好时光。"

老王说罢，表情很是伤感。我说："明年你就六十岁了。俗话说落叶归根，你还是争取在退休之前调回T市吧。"

"是啊。王处长前几天找我谈话，说今年一定将我调进来。唉！我这个人其实并没有更高的目标。你是不是有些瞧不起我？"

我说："生活无罪。你多多保重吧。"

专事写作的几年间，我已将老王忘却了。后来他给我打过一个电话，说已经退休了。我问他退休之前是不是已经调回T市阖家团聚了。

他说不是。我说你鞍前马后伺候王处长这么多年，他居然言而无信，真是令人失望。电话里老王默然。看来他是一个私下不讲别人坏话的人。

从去年开始，老王频频给我打电话。每次我都觉得他心里有话要说，可又总是支支吾吾的，语焉不详。这时我才想起，我与老王足有八年没见面了，他已是年近七旬的老人。从电话里听他的声音，中气堪足。我猜想这与老王修炼太极有关。

记得是端午节那天上午，我坐在家里为一家报纸赶写连载小说。门铃响了，我离开电脑跑去开门。

是老王！他站在门外，无声地朝我笑着。我第一次看到老王拥有如此灿烂的笑容。

应当说这是一位不速之客。我将他请进书房，他看到我电脑屏幕上现出的文字，就连声说打扰了。老王的确是老了，头发几乎完全变白，脸上皮肤透出松弛，目光也不如当年清亮。唯有说话时候的神情，跟当年没有什么两样。

我说："您这么大年岁了，跑来找我有事情啊?"

"说起来，也没有什么要紧事情……"

我看出他是有话要说的，就为他沏了一杯茶，也不催他。

喝下一杯热茶，他使劲咳了咳，说："我这一来，可就耽误你写作了。"说罢就颇为不安地看着我。

在老王眼里，我俨然一个大人物了。

沉默了一会儿，他终于鼓起勇气："有一件事情总想与你说一说。你是作家，可不要笑话我呀!"说着，他从提包里掏出一个纸袋。我认识这个提包，十几年了，老王每天都拎着它在人间小路上走来走去。

"这个纸袋里装的都是我写的文字，实在是不成样子。"说着，他又从提包里掏出一瓶国产葡萄酒，"给你添麻烦了，很不好意思。"

我一手接过纸袋，一手接过葡萄酒："老王您告诉我，这到底是怎么一回事?"

"读了纸袋里的东西，你就明白了。"之后他与我握手告辞，"你是作家，可千万不要笑话我呀!"

这倒令我摸不着头脑了。

我猜测，那纸袋里一定贮藏着老王的人生秘密。老王走后，我急忙给报纸写完那段连载小说，急忙打开纸袋，先是看到老王写给我的信。

老王在信中感慨自己一生终无大用。然后告诉我，今年他六十八岁，老妻六十二岁，属于老年夫妻。然而他们迄今依然拥有完满如意的性生活，从不知道什么叫作性欲衰退。对此老妻非常陶醉，说虽然穷苦了一辈子，但作为一个女人，她今生无悔。老王认为，人到暮年依然拥有如此强健的性功能，应当归功于自己的多年修身。几十年来他渐渐摸索出一套简单易行的养生术，对男人的身心极具裨益。他将自己的养生术命名为"老王幸福功"。当然，修炼"老王幸福功"时，必须有妻子紧密配合。

老王信中诚恳地说，作为慈父，他很想将自己摸索出来的养生之术传给儿子们。对于家庭来说，夫妻的和谐是首要的幸福。可是父子之间，这种事情怎能启齿呢？思来想去，还是老妻想出一个办法，让他将"老王幸福功"的修习要领，逐段写成文字，封存在一只木匣里，传给儿子们。

老王认为，越是这种难以启齿的事情，越是要用高雅简洁的文字来表达。他深知自己难以胜任，所以才求助于作家的。"你千万不要笑话我。庸碌一生，一事无成，这是我能做的最后一件大事。拜托。"

读罢老王的信，我又将装在纸袋里的"老王幸福功"读了一遍。老王用简朴直白的文字，讲述着这种与道家"铁睾功"颇为近似的养生术。有几处文字言不达意，有几个段落的用词显得生疏粗陋。关于练功的配图总共十幅，画得比例失当，大马拉着小车。

是啊，在机关里当了一辈子小公务员，毫无业绩可言。而身为人父，老王很想有所作为，可谓用心良苦。然而他能够留给儿子们的财富，也只有多年摸索出来的"老王幸福功"。除此之外，他一无所有。老王的确是一个天真的老人。想起当年他在 T 市工业局伺候王处长，那种自甘人下的情形，我总想用"水深火热"这个词来形容老王。

老王啊。

几天之后，我去盘山参加一个笔会。笔会结束，我下山归家。坐在自己的电脑近前，恍如隔世。写作，仿佛是很久以前的事情了。一瞬之间，我开始怀疑人生的意义。

　　当天晚上，我无意之中看到摆在案子上的那瓶葡萄酒，才蓦地想起老王。这时，电话铃响了起来，我连忙拿起听筒。

　　"您是萧叔叔吧？很抱歉，我跟您没见过面。我是王正林的长子，我叫王大川。我父亲今天上午十点二十分去世了……"

　　我蒙了，电话里的声音变得十分遥远。

　　匆匆赶到王宅。这是一个狭小的院落，可见老王的人生的窘迫。我站在亡者遗像前，鞠了三个躬。老王的五个儿子，遵照本地习俗，身披重孝，伏地向我行着大礼。

　　老王的妻子在两个儿子的搀扶下出来见我。丈夫的突然病逝对这位辛勤操劳的家庭老妇打击极大，她神色黯然对我说："老王这几年来，总是提起您的名字，心里特别敬重。他窝窝囊囊活了一辈子，只有您这么一个朋友。"

　　面对老王的遗属，我真不知道说些什么才好。

　　回到家里，坐在电脑面前我整整工作了一夜。我将"老王幸福功"一字一句整理出来，精心绘图，打印六份，装订成册。

　　这时候，起身打开老王送给我的那瓶葡萄酒，接连喝下三大杯，之后我酩酊大醉。

　　老王遗体火化的那天，我赶到殡葬馆。老王静静躺在那里，穿着一身藏蓝西装，戴着一顶前进帽，看上去很像一位颇有身份的官员。老王生前，从未如此郑重。

　　我又想起当年老王拎着水壶为王处长沏茶的背影。

　　我掏出一只装有"老王幸福功"的白色信封，投到焚烧着纸钱的火盆里。我心里说："老王你好！你托我做的事情，我做了。这一本小册子寄给你，请查收。"

　　之后，我又将那装有小册子的五只信封，一一送到王大川王二川王三川王四川王五川手里。他们不知道这是怎么回事，都目光疑惑地看着我。

我说："这是你们的父亲留给你们的。请回到自己家里的时候再打开看吧。"

我知道，人死如灯灭，但老王的儿子们将从"老王幸福功"里看到一个真实的父亲形象。从这个意义上说，老王完成了自己的人生。

王大川长我十几岁，依然口口声声叫我"萧叔叔"。他握着我的手问道："这封信，是不是应当也有小妹一份？她名叫王六妹。"

这时候我才知道，老王不仅有五个儿子，还有一位女儿远在外省工作，一时没能赶来奔丧。

不知为什么，我的心猛地一颤。

回家的路上，我处于胡思乱想的状态之中。毫无任何根据，我却在心中认定，那个所谓王六妹，就是当年在幼儿园偷吃我一块宝宝软糖的那个王姓女孩儿。

理应如此。

如果真是这样，我与老王也就确有缘分了。而我与那王姓女孩儿，也将前嫌尽释。

老王同志，你说是不是这样呢？

特殊任务

一连几个星期六晚间，第十九中学篮球场不亮灯光。我失去观摩高水平篮球比赛的机会，急得抓耳挠腮活像花果山小猴子。

以前每逢星期六晚间准有比赛，要么塘沽盐场对中天电机，要么纺织机械对新河船厂。如果是女篮比赛，要么邮电工会对大沽化工，要么天津碱厂对合成纤维，反正都是天津职工篮球联赛的强队，比赛紧张激烈特别好看。这样星期六成了我的节日。

我读五年级是西藏路小学篮球队的"板凳队员"，属于替补。我的预期位置是中锋，就偷偷加练"勾手"。白练，参加小学生篮球联赛仍然不得上场，坐在场边成为超级观众，暗暗抱怨戴眼镜的教练"吴四眼"。

其实妈妈会打篮球，还做过学校女篮教练。可是她不肯教我，反而强调"学好数理化，走遍全天下"的名言。我问妈妈学好数理化走没走遍全天下，她表情黯然。

这个星期六晚饭继续棒子面粥，外加咸萝卜。外祖母熬的粥很稠，完全能够竖插筷子，自然省略主食。我放下碗筷还没擦嘴，她老人家催促我写作业，说好好念书有前途。我情绪不好，说妈妈念过北京辅仁大学，照旧下放郊区农场种地。外祖母叹了口气说，你妈妈是特殊情况，不作数的。

说话间，妈妈骑车回家来了。她身材高挑面容秀丽，可是身穿农场劳动的棉裤棉袄，显得肥大笨拙。原本好看的妈妈变成这样，真是可惜。我向妈妈报告十九中篮球场黑了灯。妈妈思索着说以后不会有比赛了。

外祖母方方正正"国字脸"，身材不高，身板厚实，一派不畏困难的样子。她及时插言道，国家粮食定量供应，打篮球饿得快，不再比赛是对的。说罢拉开抽屉取出牛皮纸信封，跟妈妈说，你大姐来信了。

妈妈的大姐是我的大姨，大姨家住唐山附近胥各庄，也叫河头镇。河头是地处煤河端头的意思。从前李鸿章开挖煤河方便开滦运煤。这是外祖母告诉我的。

看过大姨来信，妈妈说，大姐又病了。外祖母摇摇头说，燕蓉这是又要咱们给她寄钱。

听外祖母这样说，我想起大姨名叫柯燕蓉，也想起以前家里给大姨寄过钱。

妈妈无奈地说家里没有存项。外祖母继续叹气，说，燕蓉不知道你下放农场降了薪水，还拿你当她小银行呢。

说着，外祖母起身穿好斜襟薄棉袄，迈着小脚走出家门。妈妈缓缓走进她的房间，我跟随进去。

她环视四周好像打量着空气，然后拉开大衣柜门，里面显得空旷，没挂几件衣裳。妈妈自言自语，显然情绪不高。

外祖母满脸沮丧回来，她外出借钱碰了钉子，戳伤脸面。

妈妈安慰外祖母，人家借给钱是人情，不借给钱是本分。外祖母不反对妈妈观点，说筹不到钱只好明天全家跑趟河头了。

妈妈同意明天全家跑趟河头，还说礼拜天不用跟农场请假。

妈妈跟外祖母说话，仍然把星期日叫礼拜天。看来习惯难以改变，比如外祖母说起李鸿章叫"李大人"；我们学校老师说签订《马关条约》是卖国贼，两种说法南辕北辙，不挨着。

妈妈从钱夹里抻出四块钱钞票派我买火车票，看来全家果真要去大姨家。我觉得外祖母跟妈妈真是好母女，遇事一拍即合。我也想跟妈妈成为好母子，凡事心往一处想，劲往一处使。

天大黑了。我走出自家小院。胡同里站着几个男生，手牵大黄狗的是张振东。他亮开公鸭嗓说，大黄饿了，所以又来找你。

平时我总被张振东几个差生欺负，却不敢向老师禀报。他们吃惯甜头，多次逼我提供狗粮。这次我又被他们堵住，只好反身跑回家去。

我溜进后院厨房里，打小竹篮里寻摸到半个窝头。想起晚饭只喝了两碗棒子面粥，估计它是我明天早饭。

拿着半个窝头走出小院，我把狗粮递给张振东。他袖手不接，让我把窝头塞进嘴里嚼过，一口一口吐出来，托在掌心喂给大黄狗。

我才不经手呢，这样就等于是你自愿喂了大黄。张振东坏笑说。

我惊讶这家伙如此狡猾，难怪他成了坏孩子首领，心思不比成年人差。外祖母说过，坏人从小就比好人精明。

我喂过大黄狗，它抬头朝我摇着尾巴。张振东闪开身子让出道路，我出了胡同朝着和平路跑去，心里挺难过的。

张振东为吗把欺负别人当作乐趣呢？看来他不想成为共产主义事业接班人了。我被他们欺负了，但是我能成为共产主义事业接班人。因为好人从小就比坏人实诚。

和平路与哈密道交口有铁路售票处，二十四小时不关门，这就是大城市的便利。我从"东北方向"窗口买了三张火车票，手里剩余四毛钱。担心这钱被张振东搜去，我蹲下身子藏在鞋坑里，心怀忐忑走进胡同。

人和大黄狗都不见了。我认为大黄狗受到张振东不良影响，肯定也会成为狗里的差生。

走路走得饿了，这是不能告诉外祖母的，我知道她既心疼我也心疼粮食。走进家门把余钱和火车票交给妈妈，她好像有话要说，却没有张口。

我猜测着说，您降工资别难过，我保证勤俭节约不乱花钱。

你身体发育赶上节粮度荒，不要再想打篮球了。妈妈催促我上床睡觉，说明天起早赶火车。

半夜里被饿醒了，我只好忍着。妈妈房间还亮着灯光，外祖母和妈妈忙碌着，小声说话。

大姨又来信要钱，外祖母外出借钱碰了钉子，可是全家跑趟河头镇又能怎样呢？我寻思着又睡着了。

大清早起床。外祖母发现半个窝头没了，小声咒骂老鼠。我不敢承认实情，愈加憎恶张振东，却不怨恨大黄狗，它是动物不懂事。

全家早饭又是棒子面粥，比月份牌还准。其实我家有习惯，每逢外出要吃顿白面伙食。今天早饭只在棒子面粥里掺了菜叶，黄粥绿叶好像美术课的感觉。

外祖母好像看透我的心思，说，咱家的白面都要支援你大姨的。然后特意批准我多喝两碗粥。我毫不犹豫多喝了两碗，感觉肚皮鼓成半个篮球。天津人把不吃干粮光喝稀粥叫"水饱"。我松松裤带伸伸腰，做着深呼吸。

外祖母转向妈妈说，燕莺你也是体力劳动者，多喝两碗粥吧。

妈妈没有回碗，表示吃饱了。我起身给妈妈添粥，重复着外祖母说的话，您也是体力劳动者了。

妈妈从脑力劳动者变成体力劳动者，每月粮食定量从二十九斤长到三十六斤，好在她单身在农场，没人争嘴吃。外祖母仍然替妈妈惋惜，认为宁当教书匠也不去种皇粮。

外祖母属于家庭妇女，每月粮食定量二十八斤，我是小学生，二十四斤。她老人家总把不满情绪发泄在我身上，动不动就说老太婆只比小毛孩子多五斤粮食，政策不合理。小毛孩子只比老人家少五斤定量，我却感觉很有成绩。

全家吃过早饭。外祖母说要是常年都能喝上棒子面粥，全家就烧高香了。我问高香有多高，她老人家说高过四尺。我就觉得喝上棒子面粥确实不容易。

妈妈打开大衣柜取出那件黑呢大衣。去年大姨来信要钱，妈妈把好多衣服送到委托店换钱，全寄给她大姐了。

清晨时光里，妈妈经过简易打扮，穿起黑呢大衣凑到镜前打量着自己。外祖母找出蓝色发卡递给妈妈，热烈地说，燕莺你这件大衣又派上用场了。

我望着身穿黑呢大衣系着紫色围巾的妈妈，觉得她端庄秀丽文雅大气，恢复了高中女教师的形象。

外祖母拿出灰色棉坎肩给我穿上，说天冷别受凉。她精心制作的棉坎肩特别厚实，穿着沉甸甸压身。

外祖母让我拎着小包裹。妈妈问带五斤粮食算不算投机倒把。外祖母说不用嘀咕，电影里放羊娃还送过鸡毛信呢。

这时外祖母跟妈妈谈论粮食差价，我随即报出凭粮食册从国营粮店购买五斤棒子面的价钱：四毛九分五。

你速算能力很强嘛。教过高中代数的妈妈打人造革提包里拿出个小纸袋，这样子很像奖励优秀学生。我看到小纸袋里是块小熊形状的饼干。

谢谢妈妈！我接过饼干塞进衣兜珍藏了。这时我特别希望妈妈是魔术师，再给我变出大蛋糕来。

穿着肥大厚实的灰色棉坎肩，我咽下口水跑出家门。大清早胡同里辛科长挥动大扫帚，弓身低头清扫着。

我们依次从他身边走过，妈妈礼貌地道了声"您辛苦了"。辛科长嗯了一声，继续扫地。

其实他不是科长了，连公职都没了。外祖母私下贬评这男人，说当科长月薪九十七，偏偏回家管不住自己的嘴，一撸到底了。

我以为辛科长嘴馋贪吃，问外祖母妈妈从学校下放农场还降了工资，算不算一撸到底。外祖母摇头说，你妈妈是知识分子，谁也撸不掉她的知识。

自从妈妈下放农场降了工资，全家过日子处处吃紧。外祖母感慨说，以前做小生意贴补家用，现今割资本主义尾巴打成黑市了。

妈妈好像急着证明自己下放农场跟辛科长开除公职两者性质完全不同，一路上给我讲解说，那年全市紧急召开科级以上干部大会，传达全国实行粮食定量供应的中央红头文件，市委书记要求全体干部严格保密不得外泄。

辛科长给外泄啦？我难以克服自我表现的毛病，张嘴抢问。

被我问得没了悬念，妈妈平平淡淡说，辛科长散了会就告诉了小姨

265

子，她立马跑到粮店抢购大米白面，一下子暴露了……

这叫嘴给身子惹祸，小姨子毁掉姐夫前程！外祖母插话做出结论。

他为什么要告诉小姨子呢？我跟随家长登上8路公共汽车，心里寻思着。

全家下了8路公共汽车，走进天津东站候车室。这时我已换算清楚：小姨子就是辛科长媳妇的妹妹。

候车室里旅客很多，不是黑颜色就是蓝颜色，只有我的棉坎肩是灰颜色。进站检票口迎面挂起横幅大标语："坚决打击投机倒把行为，全面严查长途贩运分子！"

外祖母进过扫盲班认识不少汉字，大声表态赞成这条大标语，说打击长途贩运分子没错，当心他们变成短途的。

妈妈小声提醒公共场合少说话。外祖母扬起国字脸响声说，咱们身直不怕影子斜，脚正不怕鞋歪。

不知什么原因，外祖母变得理直气壮，好像跟谁较劲似的，平时在家她可没有这么硬气。

我们排着长队挨到检查行李的卡口。妈妈主动递过印有"年度模范教师"字样的人造革手提包，从里面取出眼镜盒、自来水钢笔、羊皮钱夹和手绢，还有小块紫色药皂。

安全检查员说这药皂是外地出产的。妈妈解释在天津凭票能够买到上海产品。

安全检查员接过我的小包裹问这是谁家孩子。我撩起胸前红领巾说，我是祖国的孩子。对方好像没有见过这种小动物，有些发蒙。

外祖母不慌不忙答道，我们全家去唐山走亲戚，这年头不能吃人家喝人家，带着五斤棒子面是仁人的口粮。

安全检查员说可以随身携带全国粮票。外祖母哈哈大笑，说年轻人不当家不知柴米难，天津市民领取全国粮票要返还油票的，谁家也舍不得二两菜籽油。

我们顺利通过安全检查。妈妈特别佩服外祖母临场哈哈大笑，说，您不愧是见过大世面的人。

外祖母受到表扬越发豪迈，当场念出两句格言：人逢险处心要稳，放开脚步路自宽。说罢小步颠儿颠儿走上天桥。

妈妈告诉我，早先外祖母到日租界做保姆，每天要凭良民证进出日本宪兵卡口。我觉得外祖母接受检查很有经验，所以敢于哈哈大笑。

全家从二号月台登上火车。这节车厢空气不好，散发着白菜腐烂的味道。外祖母抢到空座催我坐下。我尊老不肯接受，她老人家说，你带着粮食是重要人物。

我成了重要人物只好落座，怀里紧紧抱着小包裹。火车呜呜拉响汽笛，开往唐山方向。

车过塘沽，查票了。一男一女身穿铁路制服，一排排座位询问过来。妈妈抬头看到身穿铁路制服的女子，起身尝试着问道，你是女七中高三二班的鞠丽萍吧？

这个被妈妈称为鞠丽萍的女子，表情淡然，不置可否。

妈妈意识到自己冒失，随即道歉说认错了人。这个身穿铁路制服的女子仍不搭话，打开我的小包裹当众检查。

我记起外祖母在火车站说过的话，抢先向她复述着：我们全家去唐山走亲戚，这年头不能吃人家喝人家，带着五斤棒子面是仨人的口粮。

外祖母惊诧地望着我，分明打量着小怪物。妈妈则叹了口气，有些无奈的样子。

邻座妇女行李里被查出携带细盐和碱面，她解释自己是中学化学老师，盐和碱给学生课堂做实验用。身穿铁路制服的男子不听解释，带她去见列车乘警了。

这时身穿铁路制服的女子突然张口说话，声音比空气还轻。

柯老师几年不见您壮实多了，祝全家一路平安吧。她不待妈妈搭言匆匆走了。妈妈连忙低头打量自己，尴尬地笑了。

外祖母表情坦然说，你这个学生眼光真毒，看外表你就是壮实多了。她老人家说罢扭脸夸赞我能够背诵她说过的话，确实是个小人精。

我被表扬为"小人精"高兴了，悄悄掏出衣兜里小熊饼干，伸出舌尖儿轻轻舔着。妈妈及时阻止说这不雅观。她毕竟当过高中教师，注重公共场合仪表。我记得辛科长也注重仪表，一撸到底清扫胡同就没了形象。

我们在胥各庄站下车。一群身穿"稻地中学"运动服的女学生，手里拎着篮球排队上车。妈妈出神地望着她们。我猜测她是想起当年的自己。

外祖母连声催促出站。既然被称为小人精，我大步奔向出站口，充当全家的开路先锋。

出站也要检查行李。我再次把携带五斤棒子面的理由通篇背诵出来。对方听罢递过小包裹说，京油子卫嘴子，小毛孩子也能说会道。

我听出这是挖苦不是赞扬，一手推着妈妈后腰，一手把小包裹递给外祖母，抢先跑出火车站。

几个灰头土脸的汉子迎过来，悄悄打着手势。我以为他们是不会说话的聋哑人。外祖母显然懂得他们的手势，连连摆手说没有。一个尖嘴猴腮的汉子突然张口，说从天津过来哪有空手的。

妈妈羞得脸色涨红，起身走开。我和外祖母追赶过去。我唯恐跑丢饼干，停住脚步掏出"小熊"捧在手里看了看。

小熊饼干散发着诱人的香甜气息，我咕咚咽下口水。这时觉得脑后呼地起风，一只大手腾地抢走小熊饼干，光剩下我空空的掌心。

这是我的饼干！我的饼干！我被吓得原地乱蹦。外祖母急得高喊，你追他！他饿得跑不快。

我有了胆量，大步追赶到他。这个披头散发的男人脸色苍白脚步不稳，好像随时都会倒下。他竭力把饼干捧到嘴前，噗噗吐出唾沫。我的"小熊"被唾沫洇湿，眨眼间变成脏东西。

妈妈跑来紧紧揽住我说，好孩子，这人饿急了，你就给他吃吧。

这男人听到妈妈说话迅速吞下浸透口水的饼干，趔趔趄趄走了。

他不吃这块饼干就会饿倒的，你这是做了好事呢。妈妈既安慰又鼓励我。外祖母赞成妈妈的观点，说救人活命胜造七级浮屠。

我不知七级浮屠是什么，心里想念我的"小熊"。外祖母摸摸我头顶连连念叨着：抚抚毛，吓不着。抚抚毛，吓不着……

她老人家认为这样念叨我就摆脱惊吓了，之后问我大姨家的地址。我当即答出胥各庄三街工农北街八号。

　　你没被吓傻啦！外祖母再次称赞我是小人精。我说小人精不如小熊饼干实用，吃了它饿不倒。

　　一路行走，我们来到工农北街大姨家小院门前，这里看着很破旧。

　　一个黑衣黑裤的男人夹着饭盒走出小院，妈妈迎面叫了声大姐夫。我迅速换算辈分叫了声大姨夫。这男人躬身说下窑去下窑去，就匆匆走了。

　　外祖母解释下窑就是上班，坐罐车下井挖煤。我长了见识同时添了几分失望，感觉大姨夫没有充分展现煤矿工人的气概，拢肩缩脖像个黑市小商贩。

　　一个半大小子迎出小院，大我四五岁的样子。他眨着小眼睛朝外祖母叫了声姥姥，冲妈妈喊了声小姨，我就推断他是二表哥。

　　二表哥小名叫塞子。他引领我们进了小院。迎面房子三开间格式，中间堂屋安灶做饭，两边屋子住人。

　　你妈妈又不在家？外祖母询问。塞子说前天去唐山煤炭医院了。

　　外祖母好像很熟悉地形，径直走进东边屋里。她召唤我进屋脱下灰色棉坎肩，让塞子找来大铜盆摆在炕头。

　　塞子突然说，我妈要卖掉大铜盆换钱。外祖母说大铜盆是当年陪嫁，给多少钱都不能卖。

　　外祖母拿起剪子拆开我的棉坎肩大襟，拎到大铜盆里抖动着，一缕缕面粉从棉坎间缝隙里撒落出来。

　　天啊！难怪外祖母说我带着粮食是重要人物，敢情我棉坎肩里塞满面粉，那五斤棒子面小包裹只是个幌子。

　　这时妈妈走进东屋，脱下黑呢大衣解开外套纽扣，随即露出缠绕腰间的布袋，看着好像儿童救生圈。

　　我若不是为了援救燕蓉大姐……妈妈窘得扭过脸去。我顿时想起那女列车员说的话，她分明看出妈妈腰间藏着东西。

　　外祖母从妈妈腰间解下布袋，撕开袋口把面粉倒进大铜盆里。

燕莺啊你的苦楚我知道，你念过辅仁大学，当过高中老师，受到学生尊重是体面人，今天夹带私货真是污脏你了……

外祖母把大铜盆端到堂屋，忙不迭地对我说，你是小人精也就不瞒你了，这次咱家没钱给你大姨，只好把全年积攒的白面带来，换成钞票支援她。

我只得反过来安慰妈妈说，这白面不是偷的也不是抢的，它是全家人从牙缝里节省出来的，咱们不亏心。

妈妈倚住门框失神地望着我，不知说什么好。身为家长让孩子看到她做出蒙混过关的事情，妈妈肯定内疚。

外祖母让塞子搂柴烧灶，一边和面制作烧饼剂子，一边谴责自己说，一斤白面我做成六个烧饼，这真是黑了心。

尽管这样自我谴责，外祖母依然不愿做成五个烧饼剂子，看来她老人家确实黑了心。

塞子埋头添柴把锅燎热，妈妈协助外祖母烙制烧饼。她腰间系着蓝布白花围裙，挺好看的。我认出这是从天津家里带来的，看来妈妈为了援救大姨做了充分准备。

渐渐烙熟了——白面烧饼散发的香甜扑面而来，非要充满天地似的。我使劲嗅着烧饼的味道，沉浸在大口咀嚼的幻想里。

外祖母让塞子外出寻找买主，说，卖了烧饼赚了钱都给你妈妈。

塞子受到激励，怀里揣着六个烧饼，拉着我上了街。

胥各庄的主街不宽，显得冷清。塞子好像做过小买卖，一点儿不怵头。他向街边缝鞋匠打着手势，对方随即塞过一块钱，他飞快地递去个烧饼。我还没有看清缝鞋匠的嘴脸，他已经吃进肚里了。

我默默计算着：我们在天津凭购粮册从国营粮店买一斤面粉一毛八分五，在这里做成六个烧饼卖到六块钱，这样赚钱是违法的。

风儿吹起胸前红领巾，我撒腿跑回大姨家，进门打了个冷战。

外祖母哈哈笑着递来个热烧饼，说把小人精吓坏了。我坚决不接受热烧饼，一头扎进东屋里。

我想哭。妈妈跟将进来说，火车站检查不注意小孩子，所以让你携

270

带面粉，妈妈对不起你……她说着伸手抚摸我的脸。我扭头躲开。

妈妈无可奈何说，人活着难免做错事，这是为援救你大姨啊。

尽管没有见到大姨身影，我还是不愿让妈妈伤心，使劲点点头。

塞子跑进院门迈进堂屋，手里举着六块钱。外祖母又惊又喜说这么快就卖光了，乐得哼起家乡皮影戏。她马上数出十个烧饼递给塞子，叮嘱说，有人逮你千万别往家里跑。

我不敢也不愿再跟塞子出门。塞子自己兴高采烈上街去了。

外祖母兴奋得忘了午饭，连连搓手说从天津带来十五斤白面，一揽子做出九十个烧饼，总共能卖成九十块钱。

这九十块钱能治好大姨的病吗？我急切问道。

妈妈皱皱眉头说，不论治好治不好你大姨的病，反正咱们全家尽力而为了。

外祖母埋头揉面，继续制作烧饼剂子。妈妈近旁观看突然问道，您怎么能掺棒子面呢？人家是花高价买白面烧饼的。

唉！外祖母叹口气说，我掺棒子面是想烙成七个烧饼，多卖钱多给你大姐。

您这样昧良心，让我们怎么做人呢？妈妈哽咽了。

哐当门响，及时冲断母女争论。我以为塞子回来了。妈妈望着院里说是瓶子。

一个小伙子大步穿过院子走进堂屋。外祖母挓挲沾满面粉的双手，绽开满脸皱纹说，瓶子回家来啦。

哦，敢情这是大表哥瓶子。他浓眉大眼相貌英俊，头发乌黑"天然卷"，目光炯炯有神，身穿黑色棉裤棉袄，手里提着帆布兜子。

我以前没有见过瓶子，主动叫了声大表哥。大表哥冲我笑了笑。

瓶子很有礼貌，先问候姥姥好，之后问候小姨好，再次冲我笑了笑。

这时外祖母想起午饭，马上给热锅添水，哗地泛起白色蒸汽。她告诉大表哥说，远道回家进门应该吃顿白面伙食，可是白面要做成烧饼换钱，只能让你喝粥了。

271

外祖母说着拿起小包裹。我从天津带来的五斤棒子面，这时派上用场了。

大表哥说了声"棒子面粥好喝啊"就去了西屋。妈妈小声告诉我，瓶子特别能吃苦，初中没毕业跑到东北钢厂上班，省吃俭用每月给大姨寄钱。

听妈妈讲述瓶子事迹，我很佩服大表哥，兴冲冲跑去看他。

西屋墙壁糊满报纸，衬得大表哥浑身是字儿。他见我跑进来便叫了声"小表弟"，伸手放下门帘表情郑重告诉我，东北钢厂下马，平炉车间停产，工厂遣散工人，他卖了铺盖卷儿买了火车票回家来了。

大表哥说的事情我能听懂，他被工厂给裁了。想起妈妈表扬大表哥省吃俭用每月给家里寄钱，我很想安慰他。

小表弟你不知道，我家平时就是我妈花销太大，气得我爸下班不回家在外边喝酒。大表哥说着脱掉棉袄解开棉裤，翘起身子把屁股挂在炕沿上，让我抓住他的棉裤脚使劲往下拉。

我很惊奇。大表哥中学没毕业就独立生活，脱棉裤却要别人帮助。我蹲下抓住他的棉裤脚，用力朝下拉着。

我觉得大表哥双腿太粗，被棉裤紧紧包裹，轻易拉不动。大表哥双手撑住炕沿扬起双腿，好像举起两根铁筒，轻声叫着"预备——拽！"我使劲拉动两条裤筒，一屁股坐在地上。

这条坚硬的棉裤总算脱了下来。我爬起来看到棉裤筒里挂满白花花的东西。这是从大表哥双腿上刮掉的吧？我惊恐极了。

大表哥双腿沾满油渍，赤脚拎起棉裤倒悬着抖动，一块块白色油脂纷纷落地，不断堆积起来。他把裤筒抖落净了，随手将棉裤倒置旁边，这条沾着油脂的棉裤站立不倒，活像是铁皮做成的。

我转身跑到堂屋拿抹布，说给大表哥擦腿。外祖母跟进西屋看到这堆油脂，愣住了。

大表哥接过抹布擦拭双腿，满脸微笑告诉外祖母，他裤筒里塞满猪板油，一路火车都没给查出来。

外祖母侧身抬腿爬到炕柜近前，拉开柜门找出黑布夹裤扔给大表哥说，你这孩子胆子忒大，这要是给逮住非蹲局子不可。

大表哥穿好黑布夹裤说，我现在就把猪板油给廖文良送去，这是做猪胰子的好原料。

我知道农村人把肥皂叫胰子。猪胰子就是猪油做的肥皂吧。

走出西屋来到堂屋，外祖母告诉妈妈廖文良会做胰子。妈妈听到廖文良名字腾地红了脸，轻声说，他原本就是大学化工系毕业。

大表哥有些抱怨说，我们胥各庄不比天津卫，即使凭票也不容易买到肥皂，老百姓有脸洗不干净，所以黑市猪胰子卖得特别好。

老百姓有脸洗不干净？我想起塞子脏乎乎的脸蛋，看来还是大城市好。

妈妈听到廖文良做猪胰子，一时起了说话兴致，就跟教师讲课似的说，古巴比伦典籍里记载了制造肥皂的方法，庞贝古城废墟也挖掘出肥皂作坊遗迹。

妈妈娓娓道来。外祖母及时打断说，是啊是啊廖文良外国留学当然会做胰子。

这时候，二表哥塞子呼呼喘气跑进堂屋，大声说差点儿没给警察逮住，绕了三条街跑回家来。

大表哥望着弟弟，说了声你要当心，然后把猪板油都装进麻袋里，提拎起来往外走。塞子追着哥哥说镇里有警察。

大表哥很有信心地笑了，告诉塞子警察眼光盯着烧饼，提拎麻袋出去反而没事。

妈妈追到小院里叮嘱瓶子千万不要被人逮住，犯了事写进档案这辈子没了前途。大表哥连连应声请小姨放心。

外祖母毫不迟疑动手拆洗瓶子的棉裤，疼惜地说瓶子冒险带猪板油回来，还不是为了给家里挣钱。她说着扭脸吩咐塞子，你待到晚晌警察下班再出去卖烧饼吧。

妈妈目光伸出堂屋注视小院，神色紧张等候着。过午阳光爬满墙头，时明时暗，令人不安。

终于等到大表哥推门走进院子，妈妈深深吸了口气，脸色平复了。

大表哥跨进堂屋，慢条斯理说把猪板油卖给老廖了，然后从大襟里抻出一沓钞票，笑着说六十块钱。

妈妈连忙说，瓶子不要倒腾黑市了，你毕竟之前是工人。大表哥连连点头，有些难堪地笑了。

外祖母拆开棉裤掏出棉花，动手把裤面和裤里泡在木盆里，撒进碱面除油，然后指派塞子把棉花套子送到后街老杨家，说立马把棉花弹出来多加钱。她老人家要连夜缝好棉裤，不能冻着瓶子。

大表哥主动告诉妈妈，说廖老头子在家偷偷用猪油原料做成猪胰子，卖了钱从黑市买烧饼吃，没太挨饿。

妈妈分明听到好消息，说廖老师教物理和化学，她读高中是两门课代表。

外祖母搓洗着布片对瓶子说，你不要叫廖老头子，人家年纪不老还是单身汉呢。

妈妈好像受到触动，怯生生提出给廖老师送两个烧饼去。外祖母竟然爽快答应，还夸赞说燕莺有情有义。

妈妈被夸得再次红了脸庞，有点像电影里的女学生。

塞子送棉花套子回来，说镇上来了几个陌生人。外祖母给他怀里揣上两个烧饼，叮嘱他给廖家送去。

妈妈急着补充说，你可不要找廖老师要钱，这不是卖给他的。

过午时分，堂屋里充满热气。妈妈拿起马勺从大锅里盛出一碗碗棒子面粥。这才是我们的真正午饭，跟白面烧饼没有任何关系。

大表哥端着饭碗站立起来，满脸涨红说，谢谢姥姥谢谢小姨谢谢小表弟，你们全家特意从天津跑来援救我妈妈。

外祖母趁势大声说，我们好不容易带来十五斤白面，一时救得急，救不得命。你从东北冒险带回猪板油换钱，也是救得急，救不得命。

我难以参加这场谈话，于是想起那句俗语就大声说道，人的命，天注定。

妈妈惊得连连摇头说，你这是唯心主义，少先队员到学校不敢乱讲的。

全家低头喝粥了，争先恐后发出呲呲声响。这时塞子噔噔跑进堂屋，大声说廖老头子给逮走了。

妈妈双手紧紧端住饭碗，好像屏住呼吸。大表哥反而显得镇定，让弟弟蹲下说话。

塞子蹲下果然稳住了。我暗暗佩服大表哥经验丰富。塞子定住心神，张口道出实情。

我把烧饼送给廖老头子，他舍不得吃，笑着放进瓮里。他听说我小姨来河头镇了，突然掉下眼泪说好多年不见面了。还用外国话给我念了几句诗，我哪儿听得懂啊。

妈妈瞪大眼睛追问塞子，那么后来廖老师又说了什么？

他又说了句人生如梦，就不言语了。我走出他家看见来了几个穿制服的，他们进门就把廖老头子带走了。

妈妈情难自禁，红着眼圈说，塞子不要叫廖老头子，要叫廖老师。

外祖母急了，绕过妈妈追问那麻袋猪板油的下落。塞子回忆说做胰子的家什都给弄走了。

我记得作文课堂老师讲过情感描写，你想象开心的场景就要兴高采烈，你想象激动的场景就要心潮起伏，你想象什么场景就要调动什么心情……我没见过廖文良，只能想象他孤苦伶仃被逮走的场景，突然喉咙紧缩，眼窝渗满泪水。

外祖母紧急行动起来，拿出包袱皮把烧饼包裹起来，沉甸甸掖到塞子怀里说，你等到傍黑卖给下窑的，把钱收好找个地方躲宿，千万不要轻易回家。

说罢外祖母转向大表哥说，瓶子你也出去躲躲吧，我拆洗了你的棉裤只能让你穿夹裤挨冻了。

大表哥不认为会出事情，执意不走。妈妈不知如何是好，紧张得左手抓着右手。

我的小祖宗！你已然留下证据啦。外祖母扑通给他跪下了，吓得大表哥脸色惨白，立即猫腰把她老人家搀起来。

外祖母抹了把眼泪说，瓶子啊我吃的盐比你吃的饭都多，你听姥姥的话赶快走，那麻袋猪板油他们肯定要追查来路的。廖老师是文化人，他扛不住那些人的审问……

妈妈同意外祖母的见解，极力镇定，对大表哥说，你妈妈的事情够麻烦了，你若有个三长两短这家庭就完了。

大表哥听到心里，双手摸地给外祖母跪下了，姥姥！您带着全家跑到胥各庄援救我妈妈，我确实不能给您添乱了。

我从未经历这种场面，心儿咚咚跳响喘不过气来。外祖母拿起两个烧饼掖给大表哥，叮嘱他躲到海边黑沿子去。

大表哥给外祖母和妈妈鞠了躬，拎着帆布兜子冲我笑了笑，匆匆走了。

走了塞子和瓶子，屋里人少了，空气反而凝重起来。妈妈思索着问外祖母，您是不是有些紧张过度？

外祖母并不答话，挪过大铜盆拿出两个烧饼依次递给妈妈和我，嘴里好像吐出两颗钉子——吃吧！

我瞪大眼睛望着小院里，想象着即将发生的场景——有人进门前来抓拿大表哥。

燕莺你认为我紧张过度？外祖母急忙收拾灶台，再次催促妈妈和我把烧饼吃了。妈妈没有心情吃，我也不敢吃，悄悄解下胸前红领巾塞进衣兜里——这样他们就不会知道我是少先队员了。

外祖母收拾停当扭脸注视我说，姥姥看见你摘下红领巾藏了，知道我为什么催你把烧饼吃到肚里吗？这烧饼同样是证据啊。

她老人家真是精明透顶。我环望着堂屋，确实没了烙制烧饼的痕迹，不禁想起课外读物里的"抗日堡垒户"，转念细想又觉得很不恰当，外祖母分明是"黑市堡垒户"，不应该歌颂的。

外祖母拿起妈妈黑呢大衣，挥起手巾掸掉面粉痕迹说，燕莺啊我知道农场不许请假，你赶晚车返回天津吧，明天清早准时报到，那些头头儿不会剋你的。

妈妈接过黑呢大衣有些感伤说，毕竟是您有经验，所有事情都提前考虑了，我要是像您这么缜密就不会下放农场了……

外祖母连连叹气说，我吃了多少亏才懂得晴天带伞的道理，燕莺不要泄气，你人生道路还长，平安返回天津就把来胥各庄的特殊任务忘了吧。

特殊任务？我从外祖母嘴里听到新鲜词语，思索着它的内容。

不论外祖母怎么开导，妈妈仍然精神不振，好像胥各庄成了她的伤心之地。

外祖母不放心，派我陪妈妈去火车站买票送她上火车。

我和妈妈走出大姨家院子，我再次感到疑惑，怎么还未见到大姨呢？妈妈紧紧抓住我的手说，所有事情你姥姥都会有安排的。

只要说到外祖母我就有了信心，牵着妈妈的手走进火车站。

下午有慢车开往天津，我陪妈妈等待着，突然想起廖文良，就问妈妈为什么没去看望自己的老师。妈妈不言声。我也不再说话，就这样沉默着。

远处传来火车鸣笛声。妈妈缓缓说了话，你问我为什么没去看望廖老师？是啊，既然多年不再来往，今生还是不见为好吧。

妈妈说的这几句话，我不懂。我想，长大成人我肯定会懂的。

火车吐着白雾进站。我送妈妈上车。她踏进车厢的刹那，我顺势把烧饼塞进黑呢大衣衣兜，扭头就跑。

我听到妈妈呼喊我乳名，心头猛地热了。她当教师多年习惯叫我学名，从小就像是我的班主任。

我奔回大姨家。堂屋被收拾得空旷无物。外祖母端坐灶台旁边，满脸轻松哼唱皮影戏。我毫不相关地想起"空城计"，但她老人家不是诸葛亮。

灶台大碗里有粥。外祖母端来给我。我看见粥碗就饿了，双手捧起随即喝光。她老人家接过空碗，伸出食指沿碗壁抹了一圈，快速把食指伸进嘴里，吱吱吸吮着残汁。

我突然觉得外祖母很了不起。即使她烙制烧饼卖到黑市，这也是为了援救自己的女儿。我这样想着，伸手从衣兜里掏出红领巾重新佩戴胸前。

她老人家满意地笑了，好孩子你总算想明白了，即便咱们做了错事也不必藏着掖着，不藏不掖反倒没有思想负担。你妈妈就是心思太重，其实人世间的事情是藏不住的。

　　外祖母说的这几句话，我似懂非懂，仍然认为长大成人会懂的。这时她老人家似有预感，表情郑重地告诉我，瓶子年轻不能毁掉前途，廖文良是文化人不能蹲小黑屋，所以她老人家要把倒腾猪板油的事情揽到自己身上。

　　您把事情揽到自己身上不怕蹲小黑屋？外祖母笑着答道，我老婆子怕什么！我死了就臭块地呗。

　　这时候院门响了，果然拥进几个人来，大声询问谁是赵平。我想起大表哥学名赵平，赵子龙的赵，平价粮油的平。

　　外祖母披起大袄迎出堂屋，我紧紧跟随来到院子里。

　　你们找赵平干吗？他在东北钢厂兴许过年也不回家。我是他姥姥，有啥事跟我说吧。

　　这几个男人进屋搜查，耸耸鼻子寻找味道。你家里还有猪板油吧，主动上缴，罪责化小。

　　外祖母满脸诚恳说，没啦！那麻袋猪板油我打玉田县带到胥各庄，倒手就卖了。

　　这几个人显然认为外祖母不好对付，决定把她老人家带走，说要彻底调查。外祖母笑眯眯对我说，好孩子，姥姥不是去了派出所就是去了工商所，小包裹里还有棒子面你自己熬粥喝吧，当心别煳了锅。

　　我哇地哭了起来。

　　一个人坐在堂屋里，四周空空荡荡，没有外祖母没有妈妈，也没有大表哥瓶子和二表哥塞子，更没有我不曾见面的大姨和下班不回家的大姨夫……仿佛人间万物都被抽空了。我冷得起了寒战。

　　这时我明白了，跟亲人在一起不感觉冷，于是鬼使神差想起妈妈的老师廖文良，他独身生活一定很冷吧。

　　天色暗了下来。我走出大姨家小院，捡起根树枝插紧柴门，壮起胆量上了街。已然傍晚时分，朦朦胧胧看见街上有人溜达，这让我想起外出觅食的大鸟。是啊，下窑的人们肚子饿了，这该是塞子偷偷售卖烧饼的时候。

派出所门前灯光微弱，似乎灯泡也饿暗了。警察忙着审问盗窃豆饼的妇女，当面指出她是惯犯。

我看着这个相貌文静的妇女，难以想象她是盗窃惯犯，就觉得自己见识短浅，应当快快长大。

我央求另一个警察。他听了我的讲述，挥手跟轰苍蝇似的说，投机倒把的事情归工商所管。

我找到工商所大门，跨过门槛就说猪板油是我带来的，你们放了我姥姥。值班干部咧了咧嘴说，小毛孩子哪儿凉快哪儿待着去。

我勇敢起来响声说，就你们这里凉快。对方愣了愣，低声问我外祖母叫啥名字。我说出外祖母名字，还补充说出大姨名字，值班干部听了，立即起身走到里面去了。

我意识到自己长了胆量，便倒背双手踱步好像长大成人了。一旦长大成人，我就会懂得很多事情的，比如廖老师的独身生活。

一个脸颊贴块红纸的男人走出来，详细询问外祖母和大姨的姓名，我当然对答如流，就跟背诵户口页似的。他听罢嘿嘿笑了。

我看清他脸颊是块红记不是红纸，那颜色不亚于我的红领巾。这男人有些信不过我，再次核对外祖母和大姨的姓名。我趁机要求放了外祖母，他伸手指点我脑门说，你们天津人就会讲故事骗人。

他扭身走进去了。我估摸他是个不爱听故事的人，不禁想起外祖母给我讲的故事：目连救母、王祥卧鱼、缇萦救父……我清楚记得她老人家说过，人世间大事小情都会成为故事流传，比如辛科长一撸到底，比如廖文良终身不娶，比如瓶子跟塞子是同母异父的兄弟。

我沉浸在听过的故事里，突然看到外祖母迈着小脚走了出来。我蒙头蒙脑唯恐她老人家从故事里跑掉，没敢动弹。

外祖母径直走出工商所，我清醒了，跳出故事追上前去。她老人家不容我搀扶，我只得跟随着。

街黑没灯，外祖母自觉放慢脚步说，那个红记脸听说柯燕蓉是我女儿，偷偷乐了。他趁着身旁没人跟我说了实话，原来他跟你大姨有缘分。

我急忙问道，那红记脸跟大姨有缘分就释放了您？

外祖母不应声，摸索着拐进小胡同找到老杨家，拍门询问塞子送来的棉花弹好没有。很快从门里递出棉花包袱说八毛钱。外祖母让我接过包袱，摸黑掏出一块钱说不用找零了，转身拕捀着小脚就走。

黑天黑地显得棉花包袱分外醒目，我走在前面引路。身后她老人家絮叨不止说，机关算尽不如萧何遇见韩信，算尽机关不如冤鬼遇见判官。

我听不懂，说，明天我要旷课了。外祖母大包大揽说，明天咱们坐早车赶回天津。

我拔去插着柴门的树枝，引着外祖母走进大姨家堂屋。她老人家亮开嗓音喊道，诸仙回避！东屋里西屋里都没人吧？

西屋黑洞洞传出人声说，姥姥，我把烧饼都卖给下窑的了，总共赚到三十八块钱。

塞子！我不是不让你回家吗？这要是被他们掏了被窝儿，你就蹲小黑屋去吧。外祖母气得啪啪拍着大腿。

三十八？那两块钱呢？外祖母摸黑查账了。塞子掌亮煤油灯说，四十个烧饼我饿急了吃了两个。

灯影笼罩着外祖母，有些虚幻。她老人家找出隐藏东屋炕洞里的白面口袋，准备和面烙饼。

您还要让塞子出去卖啊。外祖母瞥了瞥我说，咱们再卖出多少烧饼也填不上你大姨欠的赌债！敢情工商所红记脸就是债主子，他放我回来让我筹钱替你大姨还账的。

原来大姨没得病也没住唐山煤炭医院，她欠了一屁股赌债不知躲哪儿去了。我实在惊讶就问道，大姨连肚子都吃不饱还有心思赌钱啊。

二表哥塞子抢着回答说，这是旧社会养成的坏习惯，新中国也没把她改造过来，我们全家经常给她填赌债，还是填不平窟窿。

我极力想象大姨的形象，怎么也想象不出具体模样。因为我没有见过真正的赌徒吧。

只要你大姨还能赌钱，她就死不了。这叫宁死在牌桌前，不愿殁在锅灶边。那些跟她赌钱的男人，一个税务所副所长，一撸到底了；一个粮站出纳员，没得可撸开除了；一个供销社采购员结婚不到半年也毁了，不知道你大姨牵连了多少男人……

这都是男人，我大姨怎么不跟女人赌钱呢？我有了好奇心。

外祖母忍住不说话了，动手烙饼。一张饼烙得了，她就把整张饼撕成两半，分给我和塞子吃。

很久没有吃到白面，我差点咬到自己手指。可能肚里有两个烧饼垫底，塞子吃得比我稳重。

就这样，外祖母用光所有白面烙出六张饼，我和塞子分吃三张，她老人家留下三张。

塞子把卖烧饼的钱交给外祖母，她老人家摆手不要，说，你们哥儿俩留着过日子吧。塞子听了这话就去西屋里睡觉了。

我随外祖母住东屋。她剪亮灯火给瓶子赶制棉裤。我和衣躺下，迷迷糊糊睡着了。

半夜里被冻醒了。外祖母还在穿针引线忙碌着。你知道跟你大姨赌钱的男人还有谁吗？她老人家见我醒了，忍不住说起。

反正都是下窑挖煤的呗……我又睡了过去。

大清早醒来。大表哥棉裤摆放炕头，看着就暖和。外祖母拿出两张白面饼叠进棉裤里，红了眼圈说等瓶子回家让他吃顿白面吧。

外祖母烧灶做早饭。我跑去西屋叫塞子，没想到屋里没了人影。

一大早就跑去给他妈妈送钱去了呗。外祖母好像无所不晓，催我吃早饭。我看到锅里还是棒子面粥。

我清楚记得还有一张白面饼，眼巴巴望着外祖母。

你还记得那女列车员吧，她查票对咱们有恩！但愿回天津火车上遇见她，我就送这张白面饼表表心意。

我说要是遇不到女列车员怎么办。她老人家笑了笑，说带回家过年上供祭祖。

我们收拾妥当走出大姨家小院，我忍不住回头看着，心里有说不出的滋味。

上午有两趟车，一趟快车一趟慢车。素常节俭的外祖母让我多花钱买快车票。我觉得她老人家变了，昨晚把所有白面都烙了饼，今早把所有棒子面都煮了粥，就好像没了明天似的。

我们登上从三棵树开来的列车，满车都是东北口音。我有了接受列车员检查行李的经验，就偷偷观察车厢里的乘客。

我发现靠窗的乘客相貌酷似曾经携带细盐和碱面的妇女，暗暗惊诧。满世界不会都是长途贩运的投机倒把分子吧？

火车驶过芦台，一路瞌睡的外祖母睁开眼睛，仔细打量着我。

小人精你先跟我起个誓吧，这件事情永远不能告诉你妈妈，因为廖文良年轻时是她偶像，我不能让她的偶像塌了。

我想起加入少先队时宣过誓，那誓词是时刻准备做无产阶级革命事业接班人。面对饱经风霜的外祖母我只得起了誓，明确表示保守秘密永远不告诉妈妈。

你知道跟你大姨赌钱的男人还有谁吗？这可是工商所红记脸亲口告诉我的。外祖母说不下去了，抬手擦了擦了眼角。

他可是外国留学回来的高才生啊！有学问，有才调，有风度，有修养，那是多么体面的人啊，如今变成四处借贷的赌徒！连肚子都吃不饱怎么还去赌钱呢？外祖母说着呼地站起，显得特别激动。

尽管火车摇晃着，我还是听懂了外祖母的话语，也大致理解她老人家为什么激动。

于是，我小心翼翼安慰说，姥姥，您不是也把棒子面跟白面掺和一起啦。

是啊，这年头就是把棒子面跟白面掺和一起啦。她老人家冷静下来，不悲不喜说，只要他们还有劲头赌钱就活着呢。

火车缓缓停了下来，不知前边出了什么事情。

查票的来了。

小巷的雕塑

老城关二道街上，那条名叫弓弦胡同的小巷，其实是由两条相连的巷子构成：一条挺得直直的巷子当是"弦"，另一条弯出一个弧度的巷子则为"弓"。进了小巷东口，或行"弦"上，或走"弓"背，都能通往小巷西口。路弯则道远，偶有过往的行人，走"弦"的居多。这绝不能说是陈规陋习。

本地自明朝以来就出产白干老酒。胡同里酒徒也多。住在"弦"上小院里的一个酒糟鼻汉子，嗜酒如命，一天三端杯，六两白干下肚。他是煤场的看夜人，白天却很少合眼。饮罢就靠着小巷墙根儿把身子一歪，哼唱着裘派味道的《赤桑镇》，包大人也好像是喝醉了酒。

一个脖子上挂着钥匙的男孩，常常走"弦"而过，极有规律的：那个星期若是每天下午两点半钟出现，这个星期则是每天晚上十点半钟露面。每每都是一袋烟工夫之后，男孩就随一个身躯微胖的中年妇女顺原路折回，手牵手过巷而去，从不多言多语。小巷里的人默默地看着，天长日久，这对相依相傍的过客就在小巷这卷长长的胶片上留下了似清晰又模糊的身影。

一天下午，这一大一小照例手牵手过巷而去：男孩手中举着一支糖堆儿，中年妇女手中提着一小捆韭菜，无声无息地走着，经过小巷中的一座座宅门。座座宅门都在眨着眼睛。

终于，小巷土著——在聚华戏院拉大幕的牟顺老头儿开口说道："哎！孤儿……寡母啊。"他干了大半辈子"后台"，悲角苦戏见得多了。

这可能就是牟顺老头儿的"艺术直觉",于是便有人应承:"那女人准是个两班倒的工人——这个礼拜上早班,那个礼拜就上中班。跟咱们胡同的刘大姑一样……"

听到有人跟自己一样,干的是"两班倒",心直口快的刘大姑也站在宅院门口开了腔:"那个男孩是块好料,天天迎接娘老子下班回家。"

"多亏赶上了这太平世道……"众人感慨。但这绝不是无端的感慨。

小巷于是有了这么一个男孩。

晚间,天上挂着一弯属于大伙儿的月牙。家家都敞着临巷的窗子,墙上挂的咸鱼味儿,胃里返出的蒜汁味儿,桌上座钟打点敲出的响铜味儿……还有心头那些欲念的辣味儿,都升腾起来,仿佛化成一种银白色的霜,沉积在一根根古老的檀条上,构成一种永恒。人在屋里,或蹲或坐,或仰或卧,安歇着。总有那么一个时辰,胡同里有了响动:于黑暗中,一阵咚咚的脚步伴着一个童声,高唱"雄赳赳气昂昂"的歌儿,震得巷筒山响。由远及近,之后由近渐远。

"那孩子又去接他娘了……"丁老太太的儿媳妇正在奶着孩子,嘴里小声嘟哝着,权作催眠的词儿。这是一曲新词却又古老。

小巷却也不乏敏感。一个清早,公休在家的刘大姑口含牙刷站在阳沟边上,含混不清地说:"那孩子大晚上一个人跑出来,真可怜呀!"那表情使人相信她每晚都能看到那个黑暗中的男孩子的可怜相。拉大幕的牟顺老头儿端着一盆水走出院门,说:"那孩子胆小呀,大嗓唱歌响声走路是给自己壮胆呢。"

小巷人纷纷点头,觉得很合道理。

"那孩子日后长大了准是个孝子!"正与儿媳妇处于"冷战"中的丁老太太瘪瘪嘴说。

"你们这是在说谁呀?哪个男孩……"正在重点中学读高一的女孩子昕昕拿着书本倚着院门小声问道。丁老太太却不理会。

奇了。从此每逢"雄赳赳气昂昂"的歌声响起,小巷人就好像受到了无形的召唤,纷纷打开那本来已经熄了的电灯。那光波,庄重地从一方方窗口泻出，镀得小巷一片银白——为大家心目中那个虽不知名姓却已属于小巷的男孩子助威壮胆。被小巷灯光镀成银白色的男孩在小巷中走着，虚幻似的，似从小巷人心中走出。待歌声远了，户户窗口依然眨着深情的眼睛，像得到一种莫大的满足。

而每逢月底缴纳电费，若是哪个家庭主妇说："哎呀，总是胡乱地点灯，这个月又多用了一码电！"便为胡同里的一些仁人所不齿。仿佛小巷不容小里小气的俗人，以此影射大家心中的那个圣洁的光环。

小巷里的孩子们，也顽皮。他们共同享用一个"大玩具"——酒糟鼻醉汉，经常闹得胡同里乱哄哄的。常年足不出户的丁老太太是一方长者，她好不容易逮住一个孩崽，摸着那小脸蛋说："脏猴儿！你看看人家那个总从咱们胡同路过的小小子——多么干净。"

"那男孩，多稳重！多大方！"丁老太太说。

"走路高抬脚，人家那男孩就是省鞋。"刘大姑也凑上来夸赞。

"你瞧瞧人家……"小巷的家庭主妇们新添了这么一个口头语。

这样的话听得多了，小巷的孩子们那晨雾般的童心世界里就渐渐有了一个板框似的榜样。再遇那男孩，顽小们都停止了眼前的游戏，木然地瞪大眼睛——傻看。

男孩似乎并不感到惊奇，依然匆匆过巷而去。正读高一的女孩子昕昕终于在一天下午拉住了那个男孩，想问上几句什么。男孩好像连一秒钟也不愿停留，闪身滑过去了。

酒糟鼻汉子仍是一日三端杯，亦醉亦醒，唱得满巷子都是"包公"。

一天下晚儿，胡同里来了个捏面人的，生意做得很不成功：从街上追来了一个买主，出了个极不常见的小仙童的式样让他捏；手艺人却捏出了一个极常见的小仙童来，好像已经惯于循着一种轨迹而手不由己。双方理辩不清。已经捏成的那个小仙童被胡同里的牟顺老头儿乐呵呵地买了去。原来的那个买主悻悻地走了。

就在牟顺老头儿把小仙童请到家里"落户"的第九天，丁老太太的儿子——久病初愈的丁根突然惶恐不安地道出一个发现："哎哟，一连好几天晚上没有听见'雄赳赳'了……"这发现波及其他小院，人们如梦初醒般地啧啧着。小巷的孩子们却猛地顽皮起来，东奔西窜活像一群出了洞的小耗子。

"哼!"丁老太太气得直从鼻孔出音。

"嘻! 全是让足球……电视里头的足球赛勾去了魂。中国队……"在小巷人共用的水龙头近前，刷锅洗盆的人们猜测着事情的根由。

太阳也有落山的时候。小巷的灯火也未必永恒。

酒糟鼻汉子眨着一双半醒半醉的小眼睛，冲着水龙头前的众人说道："你们，你们都不知道……"言罢喷出一口酒气。

众人惊讶地望着这位绝少开口说话的酒徒。"杜康"受到人们的瞩目，愈加语无伦次："男孩迎空了。那天晚上，急得他一个人在胡同口转磨磨儿。我说别傻等了，她刚才从'弓'上过去了。嘿嘿，还有个高个子男的送她哩，这已经不是我头一回瞧见了……"

众人都伸长脖子瞪大眼——静听。

"守寡不容易呢，我跟那个小男孩说。其实我娘就是在我六岁时候跟一个高个头汉子跑了关东……"酒糟鼻汉子耸了耸酒糟鼻。

"不许你瞎说八道拿孩子开心!"牟顺老头儿急了，"这话……当真?"

"有真无假。妈妈的……"酒徒双眉一拧。

"怪不得呢……"有人小声嘟哝着。

酒徒毕竟是酒徒。众人将信将疑地散了。

于是便等待。一连几个晚上过去了，一连一个月时光过去了，确确实实听不到那咚咚脚步和阵阵童声歌唱了。没了，小巷的男孩。或许那真正的男孩根本就不属于小巷。

刘大姑院里的东房檐一夜之间垮了下来。众人相帮——几条壮汉整整修补了一天，才成。

这一天人们可没少发议论——

"男孩跟女孩就是不一样，他最忌讳亲娘给他找后爹。"

"妈妈本来是他一个人的，半道上出来个生脸汉子占了位，这就伤

286

了孩子的心喽。"

"那孩子心硬，长大了保准是条汉子！"

"唉，女人家真是的，寻了汉子失了儿。"

丁老太太还是音量不减："看看人家那个男孩多有血性，长大了必有贵样！"孩子们都蔫蔫地听着。

终于有一个晚上，天上有星，巷里无风，极静。人们已经安歇了，突然，一阵咚咚脚步声响起来了，紧接着，"雄赳赳气昂昂"的歌声灌满了巷筒。小巷人或许早已入梦，又或许醒着但被这突如其来的声音惊呆了，迟迟未见有何反响……终于，有两户人家开亮了电灯。那灯光显得朦胧，在黑暗中雕出虚幻般的世界。

还听到丁老太太的咳嗽声。

转天清早，小巷人彼此见面时似乎都想说些什么，但最终还是因为无人首先开口而共同沉默着。

牟顺老头儿办理了退休手续——再不去戏院拉大幕了。他搬个马扎子在胡同口一坐，好像时时刻刻都在找寻着什么。

适逢一个星期日，人们忙进忙出做着家务。酒糟鼻汉子靠墙呆坐。

胡同口出现了三个人：中年男子着一套蓝装，很斯文的样子；中年妇女穿一色绿衣绿裤，不是十分时兴的款式，却也能让人风韵犹存；男孩则是一身砖红色小西服，黑白相间的领带十分醒目。他站在两个大人中间，像一块有生命的胶。蓝红绿，颜色鲜明地手牵手并排走来，一路欢声笑语，仿佛他们已经走了很长很长的一段路程，一直在欢笑着。青灰色的小巷竟然显得窄了。

牟顺老头儿坐在马扎子上，闭目养神。

男孩的鞋带松了，蹲下系。两个大人先行走出巷口，在街上候着他。这时站在院门口的女学生昕昕终于按捺不住了，向蹲着的男孩问道："喂……那、那个男的是谁呀？"

男孩眼中透出一股大惑不解的神色："谁？那是我爸爸呀！"他好像是个天生地就的大嗓门，说话声调很高，一个野味十足的小小子。

人们似乎刚刚看清这男孩的面孔。

"你爸爸？啊！"昕昕吃惊地叫道。接着问道："那、那个女的是……"

"那是我妈妈呀！"男孩一脸不悦之色。他可能认为昕昕是个傻头呆脑的女孩子，净问些不值一问的事情。

他系了系鞋带，偶然回头，看到满头银发的丁老太太，脱口说道："哎呀，这是个瞎……"

丁老太太睁着那双已经失明十年的眼睛，静静地剥着花生壳。

男孩起身跑了，像一只小野兔子。

身胖体硕的刘大姑一步三颤地走进胡同，当她觉得有个小毛孩子迎面从自己腋下滑溜溜地钻过时，信口说道："慢着跑，小崽子！"

昕昕听罢，欣慰地笑了，觉得这样才对。

两小时之后，老天爷渐渐变了脸色，下起了淅淅沥沥的小雨。这雨水仿佛是一种显影液，欲将小巷这卷古老漫长的胶片冲洗出个模样来……

远 的 星

　　小久儿他爸是个修理眼镜的手艺人。

　　小久儿他妈则是修理眼镜手艺人的妻子。

　　小久儿是爸妈的独子———一根苗儿。

　　看着别人家一帮一伙的孩崽子，小久儿心里纳闷：怎么爸妈就我一个？

　　"多了就疼不过来啦，你傻！"妈妈说。

　　他爸盼子成龙，就学着人家那些有地位有学问人的样子做，只要一个崽儿，精心喂养。

　　可是独根儿的日子更不好过。

　　他爸常年在北街口摆摊：案子上一盏煤油灯，玻璃罩子总是朦朦胧胧的，使人觉得灯芯是个猜不透的大谜语；手中不离小锤小锉小镊子，虽玲珑也属利器。只是他爸从来不施猛力——面对案子上那个易碎的小世界，缩脖拢肩，轻手轻脚做着活计。也有闲时，他爸放远了眼神儿，却觉得空茫。他的心思全在案子下边：伸手抽出一个小玻璃瓶儿，举到嘴上"啧"地呷上一口辣水儿，然后埋头接着做活计。

　　有时候中午他不下街，小久儿就来送饭。

　　小久儿丑相：塌鼻梁子扇风耳，麻酱色的头发。唯有那双眼睛五官独尊，挺有瞧头。眼睛不大却圆，滴溜溜像两颗黑葡萄，灵气四溢。这双眸子，既不随他爸，也不像他妈。好似天外两颗流星落地，溅到小久儿脸上。天上的星星都是野生的，小久儿这双眼睛常含几分野气。他爸悄悄对他妈说："不把这野气去尽了，咱久儿念一辈子书也成不了

289

气候。"

因为这双眼睛小久儿总挨他爸的骂。

"你那双眼睛总趸摸什么？"他爸吃着小久儿送来的午饭，腾出嘴里的"剩余空间"，呵斥正在东瞧西瞅的宝贝儿子。

小久儿正抬眼望着远处百货公司大楼尖儿上的那面小红旗儿。他闻声一惊，目光唰地转了回来。

"小毛孩子家就眼神儿发散，心里尽想着放风筝啊？没出息！"

小久儿张了张金鱼式的小嘴儿，没出音儿，又合上了。

"爸！你掉了一两粮票……"小久儿突然岔出这么个话题，算是突围。地上果然有一两印在纸上的"粮食"。小久儿猫腰去捡，"吧嗒！"一颗小玻璃球滑出衣袋，掉在地上。他慌忙伸手去捂。

"眼珠子掉在地上啦！整天价慌里慌张疯跑疯颠，能有大出息？"他爸气哼哼地数落着。

小久儿赶紧收拾碗筷，奔家就走。

进门他就对妈妈说："给我买个望远镜吧。"

"望远镜？买那玩意儿干啥？明天妈给你买点心吃，得听话呀！"

"我想看星星，那叫天文学！"

"天文学？"妈妈不解地看着儿子。

"对，刘家的小华就有这么一个。"

"当心你爸回来揍你。"

"那我就自己想办法，反正我得有个望远镜。"小久儿坚定地说。

小久儿他爸是"猫"，小久儿是"鼠"。每天晚上等"猫"吃饱喝足歪在炕上睡了，"鼠"就溜出去撒疯。

小久儿先是巴结刘家小华，借望远镜自己看星星。后来就随小伙伴们跑到聚华戏院旁边的小胡同里去。戏院太平门外，孩子们你推我挤争夺地盘儿，抢着把身子往门上贴——找个门缝儿，踮起脚尖儿往里瞧。一双双好奇的目光艰难地透过窄小的缝隙射向戏台。对充满童稚的眼睛来说，那里是一个遥远的世界。遥远的世界正在上演着遥远的故事。

小久儿体弱，常落后排。只有在这种时候，他那双含着野气的眼睛里才闪烁出焦渴的光芒。太平门紧板着个面孔。当他奋力争到门前，脸蛋就像焊在门上，心中涌起争强好胜的惬意，任伙伴们在自己背上锤打。

"嘭!"门内一只无名大脚使出蛮力一踹，门外小久儿的鼻子被碰得酸疼。

摸着黑儿回家。妈妈还在灯下做着营生：往一种灰色的小布娃娃身子里填锯末。填好一个给一分钱。布娃娃们显得很胖，但一个个都是"盲人"。镶嵌眼睛的工序设在街道玩具厂，那里有一筐筐小玻璃球儿。小久儿偷来几颗整天带在身上。

"久儿!"在炕上睡觉的爸爸醒了，嗔怪地说，"又跑出去扒门缝儿看景致啦?你什么时候能长出贵样!不争气呀……"

"明天妈妈领你去东兴市场看拉洋片，那不比扒门缝强?"妈妈出面息事。

"不。拉洋片看的是死景儿，扒门缝看的是活景儿。"小久儿固执地说。

"你是找揍!"他爸火了。

"你到底想干啥?"妈妈问。

"我……我就想看远处的景、热闹的事。"

"看远……八里地看见个蚊子，不如先看清眼毛前的学问!"他气哼哼地躺下睡了。

"你们都不懂。人家小华他大哥对小华说:'人得有理想。理想就在远方。'所以我就爱往远处看。再说我也真的爱看星星……"小久儿小声朝妈妈嘟哝着。

妈妈惊讶地瞪大眼睛看着自己的儿子。

过了几天，小久儿真的从外边弄了个望远镜回来，晚上偷偷站在院里往天上看。他先是原地不动站着看，渐渐，他朝前挪步，一步、两步……好像在追逐着心中的那颗星星。

一只大手拍在他肩膀上。他好似入了迷，全然不顾。那只大手狠狠地拧住了他的耳朵，他才回到现实中来。

"谁的？这鬼东西！"爸爸厉声责问。

"我、我给了小华一百二十张香烟盒，他许我看三个晚上……"

"还给人家，现在就去！"

"我不……"

"去！"他爸猫腰脱下鞋来，冲小久儿举起个大鞋底子。

"爸！你看你看，这天上的星星有多好看。将来我也能发现一颗……"小久儿朝他爸举着望远镜，急切地乞求着。

"啪！"他头上重重吃了一鞋底子。

小久儿绝望了。在他爸的押解下，他快快地去小华家还了望远镜。

"心好野啊，专看那些不沾亲不带故的星星。这样下去你能长大出息？"他爸一路叨叨着。

小久儿想问：什么叫大出息？但他怕那只大鞋底子，就闭住了嘴。

他很长一段时间没有去戏院太平门外扒门缝。有一天晚场上演一出名叫《孩子们的星星》的话剧，是一个外省的小剧团，百年不遇。小久儿一听戏里有星星，心就动了，瞒着爸妈悄悄跑了去。此时，他已经是一名一年级的小学生了，认识了上百个字。

戏院太平门。孩子们经过年复一年的努力，已经用指甲在门上抠出一个个窟窿眼儿——打通了另外一个世界。门外，孩子们的争夺战更加激烈了。争到有利地形的孩子们很快发现自己抢到的缝隙已经被门内的木条钉死了，就纷纷发出尖叫声。

这是童心的绝望。

小久儿抢到那个孩子们用指甲打通的窟窿眼儿，黑暗中，他急切地把右眼凑上去，渴望看到《孩子们的星星》。

当他把目光对准窟窿眼儿的时候，只觉得右眼凉森森一疼。他捂着右眼退了下来，朝家中疾跑。路灯下的街道变成一个长长的黑洞。

门上那窟窿眼儿已经被人用木条封死了，窟窿眼儿下缘边上从门内钉出一个半寸长的钉尖儿。这是成人世界的疏忽。

他妈惊得尖叫起来；他爸吓得抖动不止；他们的宝贝儿子毁了……

小久儿终于成了一个独眼孩子，成天十分机警地活着，像是在提防着什么。

动乱年间，小久儿主动要求下乡插队去，尽管他这个独眼独生子可以要求留城。他用"安家费"装了一只假眼。人造的眼球射出一种僵死却专一的目光，向着远方。

他父母相继去世了，死前都满怀悔恨地说没能保住儿子的眼睛终难瞑目。他们到了，也没能懂得天上的星星也是一颗颗眨动的眼睛。

历次"知青"返城都没见小久儿回来，听说他娶了一位农家姑娘在那里安居乐业了。

他还生了一个男孩儿，取名小远。那孩子有一双亮晶晶的眼睛。

后来听说他在镇上干起了那种"一目了然"的行当——修表。眼前戴一个俗称"猫眼儿"的放大镜，专注地操理着活计，成了小镇名人。

晚上他爱步入村野，支起单筒望远镜望星空。妻子抱着儿子站在他身边。幸福的家庭。

昨天我才在本市晚报第四版下端看到一则版面颇大的广告：新河镇农工商联合公司推出新型多功能产品——儿童望远镜。广告语十分醒目：让纯洁的童心远大。设计师兼经理：李久长。

我想：这定是儿时伙伴小久儿所为了。他父母泉下有知，应该认为这就是"大出息"吧。

图书在版编目（CIP）数据

失眠／肖克凡著. — 北京：中国文史出版社，
2020.3

（中国专业作家小说典藏文库·肖克凡卷）
ISBN 978 - 7 - 5205 - 1640 - 2

Ⅰ. ①失… Ⅱ. ①肖… Ⅲ. ①短篇小说 – 小说集 – 中
国 – 当代 Ⅳ. ①I247.7

中国版本图书馆 CIP 数据核字（2019）第 261173 号

责任编辑：蔡晓欧　　薛未未

出版发行：**中国文史出版社**

社　　　址：北京市海淀区西八里庄 69 号院　　邮编：100142

电　　　话：010 - 81136606　81136602　81136603（发行部）

传　　　真：010 - 81136655

印　　　装：北京东君印刷有限公司

经　　　销：全国新华书店

开　　　本：720 × 1020　1/16

印　　　张：19　　　　　字数：283 千字

版　　　次：2020 年 3 月第 1 版

印　　　次：2020 年 3 月第 1 次印刷

定　　　价：65.00 元